다시, 빛 속으로

김사량을 찾아서

나남
nanam

나남 창작선 143

다시, 빛 속으로

김사량을 찾아서

2018년 2월 10일 발행
2018년 2월 20일 2쇄

지은이   송호근
발행자   趙相浩
발행처   (주) 나남
주소   10881 경기도 파주시 회동길 193
전화   (031) 955-4601(代)
FAX   (031) 955-4555
등록   제 1-71호(1979.5.12)
홈페이지   http://www.nanam.net
전자우편   post@nanam.net

ISBN 978-89-300-0643-9
ISBN 978-89-300-0572-2 (세트)

책값은 뒤표지에 있습니다.

나남 창작선 143

다시, 빛 속으로

김사량을 찾아서

송호근 장편소설

나남
nanam

10년 전, 교토의 봄밤은 하얬다. 만개한 벚꽃이 무심히 내려앉는 어둠을 밀어 올렸다. 잠을 잊은 벌들이 하얀 꽃잎에 취해 밤새 잉잉거렸다. 나는 김사량金史良과 함께 밤을 뒤척였다. 1940년 일본 문학계 최고봉인 아쿠타가와상芥川賞을 수상한 작가, 식민지 조선의 뒤틀린 세계를 일본어로 실어 낸 작가 김사량의 혼백을 불러내 벚꽃 잎이 후드득 떨어지는 교토대학 교정과 시내를 걸었다.

벚꽃에 취한 행인들의 발걸음은 자유로웠는데, 70년 전 일본에 유학한 식민지 청년의 얘기를 들으며 걷는 식민지 후예인 나는 자주 발걸음을 멈춰야 했다. 가슴속에 고이는 비애를 달래려 시내 천변을 헤맸다는 대목에서는 숨을 죽였다.

'신성한 근대', 일본이라는 천개天蓋에는 정신의 환풍기가 허용되지 않았다. 김사량은 일본어로 민족의 감각과 현실을 벼려 구원의 작은 구멍을 뚫었다. 25세에 쓴 그의 수상작 《빛 속으로》는 식민지 접경에서 구원의 빛을 찾아 출발하는 식민지 청년의 출항

고동이었다. 그가 탄 배는 일본어였다.

김윤식 교수가 '이중어 글쓰기' 세대라 불렀던 그 불운한 시대를 그렇게 건넜다. 그의 배는 짓눌린 조선의 감성, 풍속, 문물을 가득 싣고 광기의 바다를 헤쳐 나갔는데 정작 그의 작품은 일본에도 조선에도 등록되지 못했다. 1973년 일본의 하출서방신사河出書房新社가 발행한 4권짜리 《김사량 전집》의 내면세계는 조선이고 형식은 일본이다.

도쿄제국대학 시절, 김사량은 조선어를 그리워하며 조선의 산천을 품에 안고 다녔다. 그는 방학이면 관부연락선을 타고 귀국해 강원도를 자주 돌아다녔다. 나는 그의 기행문을 읽고 흔적을 좇아가 보기도 했다. 그는 춘천 봉의산에 올랐다가 소양강을 건너 오봉산을 넘었다. 북한강변 화전민 초옥에서 며칠 밤을 지냈다. 《태백산맥》과 〈풀숲 깊숙이〉의 배경이 된 홍천 두촌면 가리산과 가마연봉은 아직 인적이 드문 자작나무 숲이다.

그의 작품에는 박경리의 역사적 울혈, 백석의 토속적 감성, 김승옥의 근대적 감각의 원형原形이 도처에 발견된다. 그럼에도 한국문학사에 편입되지 못하는 운명적 이유는 해방공간에서 쓴 작품의 이념적 편향 때문이다.

6 · 25전쟁 종군기의 작가를 한국문학사는 결코 용납할 수 없다. 종군기는 뜻밖의 변신이었다. 《빛 속으로》의 작가가 썼을 거라고는 결코 믿기지 않는 필체이자 문장이다. 김사량 문학 연

구자들은 연안延安 태항산太行山에서 돌아온 후 1950년 10월 원주 치악산 부근에서 병사할 때까지 그가 남긴 작품들 때문에 한 발짝도 나아가지 못한다.

나는 계속 물었다. 왜, 무엇이 당신의 예상치 못한 변신을 재촉했는가 하고. 그것이 자율적 선택이었는지, 생존을 위한 잠정적 타협이었는지를 말이다. 묻는 나도, 머뭇거리는 김사량도 곤혹스럽긴 마찬가지였다. 벚꽃이 흐드러진 식민 종주국 고도古都에서 그걸 다투기가 비감하다는 느낌이 들 즈음 벚꽃은 모조리 낙하해 바닥을 덮었다.

교토의 봄은 그렇게 끝났다. 귀국 후에도 나의 의식 속에는 화톳불이 계속 켜졌다. 추적해 보기로 했다. 이 소설은 1945년 봄 북경에서 연안으로 탈출하면서 김사량이 쓴 《노마만리駑馬萬里》의 후속편에서 시작한다. 1부 제목이 〈고향만리〉다. 평양으로 돌아온 후 6·25전쟁에서 전사할 때까지 그의 행적은 단편적으로만 알려져 있다. 그 단편적 사실을 골격으로 상상의 집을 지어 올렸다. 《빛 속으로》의 작가를 원점에서 생각하고 싶었다. 식민지 후손인 우리에게, 분단 현실을 살아가는 우리에게 '빛'이란 무엇일까를 생각하면서. 그래서 제목이 《다시, 빛 속으로》다.

2018년 2월

송호근

다시, 빛 속으로

김사량을 찾아서

차 례

작가의 말 5

고향만리

조선의용군 귀국로

심양(瀋陽)

승덕(承德) 금주(錦州)

장가구(張家口)

북경(北京)

원산

평양 홍천

태원(太原) 석가장
(石家庄) 서울 원주

여량(呂梁) 대구 영천

연안(延安) 하동 부산

태항산맥(太行山脈) 교토(京都)

상해(上海)

중경(重慶)

태항산채

건너편 태항산太行山에 여름 해가 떠올랐다. 협곡을 훑고 민가로 내려오는 바람은 상큼했다. 평양 집 뜰에 서 있던 오동나무 냄새가 실려 왔다. 작약과 오동나무가 어우러진 그 화단에서 울던 이슬 맞은 아침 풀벌레 소리가 들리는 듯했다.

'일찍 잠 깬 아이들이 화단으로 쪼르르 달려가 풀벌레 잡아 달라고 조르곤 했지.'

얼룩 검둥이가 괜스레 꼬리치며 아이들 주변을 맴돌았다. 부엌에서 아침을 준비하느라 분주한 처 창옥崔昌玉의 모습이 아련했다. 멀리 왔다. 수천 리를 걸었던 두 달의 기억이 가족들 얼굴과 겹쳐 아스라했다.

'여불비餘不備'라 쓴 편지는 처에게 전달됐을까. 낭림이, 정림이는 가죽 구두를 머리맡에 두고 나를 기다릴 것이다. 북경 평한로에서 귀국하는 노천명 시인에게 전달한 편지와 선물이었다. 평양을 떠나기 전 처와 은밀히 밀약한 그 암호 '여불비'는 무사히 도착했을 것이다. 사량은 두 달 동안 걸어 온 그 아스라한 거리만큼 마음을 자꾸 다져야 했다.

해가 온 산천에 생기를 불러왔다. 남장촌에 아침밥 짓는 연기가 자욱이 피어올랐다. 저 멀리 내려다보이는 하남점河南店에 사람들이 분주히 오가는 모습이 보였다. 병사들이 벌써 대오를 이뤄 어디론지 행군해 갔다.

… 우렁찬 혁명의 함성 속에
의용군 깃발이 휘날린다.

그들이 부르는 〈조선의용군 행진곡〉이 바람결에 실려 오다 흩어지곤 했다. 청년들의 목소리는 우렁찼고 결기가 느껴졌다.

'아! 이 자유로운 공기는 얼마 만인가.'

툇마루에서 내려선 사량은 뻐근해지는 가슴을 주체하지 못했다. 어제 환영회에서 오랜만에 마신 술의 취기가 가슴께로 모여들었다가 일순간 벅찬 환희로 분출했다.

'이제야 벗어났구나 …. 가슴과 머리와 온몸을 짓누르던 그 무서운 압박감에서, 절망의 구렁텅이에서 허우적거리는 조선의 참상을 보면서도 책상머리에 여전히 앉아 글을 끼적거려야 했던 그 자괴감에서 ….'

사량은 담뱃갑에 북경北京 대전문大前門 그림이 멋지게 그려진

'전문前門' 담배를 한 개비 빼 물었다. 연락원이 건네준 담배였다. 태항산 협곡의 맑은 공기가 니코틴과 섞여 뭉게구름처럼 부푼 환희를 달랬다. 그때 태항 본부 연락원으로 일하는 손영해가 마당에 들어섰다.

"작가 선생님, 본부 구락부실로 오시랍니다."

손영해는 자못 상기된 표정이었지만 태평스런 그의 천성을 감추지 못했다.

"뭐 상이라도 줄 모양이지요."

태항분맹太行分盟 본부는 개울 건너 산기슭에 있다. 손영해와 나란히 걸으며 사량이 짐짓 물었다.

"손 동무는 연안에 언제 가나? 나도 거기에 한번 가보고 싶기는 한데."

"기회가 있겠지요. 연락원은 언제든지 전령을 쥐고 뛸 준비를 해야 하니까요. 거기 가면 김두봉, 무정 동지가 있고요, 팔로군 지휘부도 만날 수 있어요. 팔로군들은 토굴을 좋아하나 봐요. 죄다 토굴을 파고 들어가 있으니, 원!"

양팔을 휘저으며 뛰는 시늉을 하는 그의 서울말씨는 단정했다. 부모가 서울에서 의원을 경영한다고 했다. 일본 츄오대학中央大學을 다니다 징발돼 석가장石家莊 부근 전선에 배속된 학도병이었는데 지난 봄 조선인 병사와 탈출을 감행했다. 일본 추격대가 쏜 총알이 다리를 스쳤지만 어릴 적 어깨너머 배운 응급처치법으로 상처를 치료했다.

"결행을 한 게 천만다행이에요. 거기 있었으면 P-51기 폭격에 맞아 죽거나 일본 놈들 등쌀에 총알받이가 됐겠지요. 여기 와서 그놈들과 싸운다고 생각하니 죽음이 그리 두렵지 않게 됐지요."

그건 나도 그렇구나. 손영해의 말이 자신의 비겁한 가슴팍에 내리꽂혀 옅은 통증을 일으켰다.

냇물은 맑았다. 화북華北 산중에서 고향집 개울처럼 맑은 냇물을 만나는 것은 또 다른 즐거움이었다. 압박감과 자괴감에서 벗어나니 즐겁지 않은 것이 없었다. 아이들이 벌써 개울가에 나와 조잘대며 놀고 있었다. 늙은 오리나무 아래서 여병사가 화사한 웃음을 머금고 열댓 명 아이들에 둘러싸여 뭐라 얘기를 들려주고 있었다. 흐뭇한 광경이었다.

산기슭 구락부실에 들어섰다. 어깨가 떡 벌어지고 뼈마디가 굵은 건장한 세 남자가 긴 나무 책상에 앉아 담소 중이었다. 어제 환영회를 주관한 김창만金昌滿 선전부장과 이익성李益星 지대장, 그 옆에는 처음 본 사람이었다. 연안총교 집행위원 서휘徐輝라고 했다. 진기로예晉冀魯預 군구● 회의에 참석했다가 연안延安으로 돌

● 조선의용대는 연안을 중심으로 몇 개의 군구(軍區)로 편제했는데 진(晉)은 산서, 기(冀)는 화북, 로(魯)는 산동, 예(預)는 화남 등 4개 성(省)이다. 진기로예는 4개 성의 변계(邊界)를 뜻한다.

아가는 길이었다.

엄숙한 분위기였다. 어제의 환영회와는 사뭇 달랐다. 사량은 나무 책상과 약간 떨어진 의자에 앉았다. 표정을 아예 바꾼 김창만이 짧게 물었다.

"왜 여길 오셨소?"

"……."

갑작스런 질문에 사량은 말을 찾지 못했다. 봉쇄선을 뚫고 수천 리를 걸어온 이유야 천 가지 만 가지인데, 그걸 어찌 한마디로 말할 수 있는가.

"다시 묻겠소. 왜 여길 오셨소?"

말의 품새로 봐서 머뭇거릴 계제가 아니었다.

"죄의식 때문에 그냥 앉아 있을 수가 없었지요. 거기에 해군 위문이니 황군 위문이니 내모는 통에 탈출을 결심했던 겁니다."

"만주로 갈 수도 있었을 텐데."

"동만東滿의 독립군들은 여기저기 떠돌아다녀 근거지를 찾기 어렵고, 동북항일연군은 연해주에 터를 잡았으니 국경선을 두 개나 넘기는 어려웠습니다. 마침 황군 위문 차 북경 파견단에 지명돼 태항산을 염두에 두게 된 거지요."

김창만은 이익성과 서휘에게 뭐라 귓속말을 했다. 이번에는 서휘가 물었다. 굵은 목소리였다.

"작가 선생, 맑스레닌 사상에 대해 어떻게 생각하시오?"

이건 또 다른 심문이었다. 8년 전 도쿄대학 시절 동료들이 매료당한 그 맑스레닌주의에 대해 사량은 깊이 생각해 본 적은 없었다. 그렇다고 무작정 의구심을 품지도 않았다. 제국주의에 대항하는 정신적 무기라면 사막에서 우연히 마주친 오아시스처럼 퍼먹을 테니까. '세틀먼트' 동지들과 밤새워 진지하게 토론한 주제도 제국주의와 계급문제였다. ● 사회주의를 대안으로 내세운 친구들이 많았다.

그때 사량은 연극에 취해 '신협극단'을 이끌던 무라야마 도모요시村山知義를 찾은 적이 있었다. 도쿄 연극계의 신예인 무라야마 씨는 사량이 내놓은 희곡을 읽고 나서 무대에 올리기로 선뜻 결정해 사량을 놀라게 했다.

"조선의 최하층이라고 부를 만한 계급의 생활을 다룬 걸작." 〈불가사의한 벌레〉라는 작품에 대해 당시 〈요미우리신문讀賣新聞〉이 낸 평이 언뜻 떠올랐다. 꼭 그런 것도 아니었건만 평자는 계급을 콕 집어 말했다.

'신협극단' 패와 관계를 맺으면서 알게 된 김용제金龍濟 시인과 밤새 했던 그 끝나지 않은 논쟁도 스쳤다. 김용제 시인은 일본 프

● 세틀먼트는 도쿄제국대학 독문학부 동기였던 신다니 도시오(新谷俊郎)가 만든 동아리였다. 맑스레닌주의 영향을 받아 빈민들을 가르치고 구호하는 학생활동이었다.

로문학에 깊숙이 발을 들여놓고 있었다. 발을 들인 정도가 아니라 아예 프로문단의 총아였다.

그런데 사량은 아직 계급은 시기상조라고 생각했다. 제국주의에 대항할 총체적 역량은 민족이 우선이었고, 조선인민과 중국인민의 삶을 처절히 파괴한 일제의 광기를 폭로하고 분쇄하는 것이 우선이었다.

교토의 사가佐賀고등학교를 다니면서 어둑한 공원과 천변에서 얼마나 소리 죽여 울었던가. 대학생이 된 후 고국으로 향하는 관부연락선의 경적 소리에 얼마나 가슴이 설렜던가. 사량은 호흡을 가다듬고 말을 이었다.

"심취해 본 적은 없습니다만, 민족 해방 이후에 터올 먼동 여명 속에 더욱 선명해지겠지요. 지금부터 본격적으로 연구해 볼 요량입니다만. 오는 길에 태항산 어귀 남풍도에 마침 중고서점이 있더군요. 거기서 스탈린이 쓴 《레닌주의의 제문제》를 하나 구입했지요."

"흠… 작가 선생다운 답이로군. 좋소. 그러면 모택동 사상도 연구해 보시오."

김창만은 책상 위에 모택동이 쓴 《신민주주의》와 《논연합정부》두 책자를 꺼내 놓으며 말했다.

"아, 그거라면 저에게도 있습니다. 그 서점에서 같이 구입했거든요."

"좋소. 작가 동무는 일본에서도 이름을 날린 문필가 아니오? 작가 동무에게 특명을 내리겠소. 전투가 일어나는 곳이든, 농사 짓고 훈련하는 곳이든, 팔로군과 의용대가 하는 모든 일을 정성 껏 기록하는 임무요. 훗날 우리가 조선 해방을 위해 무엇을 했는지 소상히 알려야 할 것 아니겠소?"

서휘와 이익성도 고개를 끄덕였다. 심문을 통과했다는 의미였다. 사량은 태항산채 초입자인 자신에게 사초史草를 담당하는 역할을 맡겼다는 것이 적이 기뻤다. 믿는다는 표시였다.

세 사나이는 동시에 자리에서 일어나 사량에게 악수를 건넸다. 잡은 손에서 굳은 감동이 전해졌다. 집행위원 서휘가 잔잔한 미소를 띠며 말했다.

"자, 태항산 입산을 기념하는 선물이오. 작년 일본군 포대를 습격해 건진 전리품인데 포병장교가 쓰던 물건이오. 작가 동무에게는 총과 같은 것이겠지."

미쓰코시 백화점 각인이 찍힌 만년필과 수첩이었다.

학창동료였던 쓰루마루 다쓰오鶴丸辰雄 군의 허여멀쑥한 얼굴이 떠올랐다. 맑시스트였던 그는 몇 년 전 징집돼 동만東滿 전선에 배치되었다. 순진한 성격에다가 하층민에 대한 연민이 남달랐던 그 친구가 소련군 가슴팍에 총이라도 제대로 쏠 수 있을지 의구심이 일었다.

신다니 도시오, 휴머니즘을 숭배했던 자네는 끝내 징집되어 동북 전선으로 내몰렸지. 황군 중위 신다니 도시오, 무고한 중국인 이마에 총부리를 들이댈 수 있는가. 아니면 그런 자신에게 총부리를 들이댔을까. •

혹시, 이 만년필의 주인이 그가 아닐까 하는 불길한 상념이 스쳤지만 정신을 수습했다. 서휘가 서둘러 길을 떠날 채비를 했다.

"연안에 독립동맹 대표자회의가 소집돼 준비 차 오늘 떠납니다. 아마 연안총교에 갔던 최창익崔昌益, 장지민張志民 동지가 곧 도착할 것이오. 태항분맹을 잘 지켜 주시오."

그때였다. 손영해 연락원이 헐레벌떡 분실로 뛰어들었다.

"태항산 전진 초소가 기습을 받고 있다는 연안총교의 통신입니다. 적은 중대 병력에 경장갑차를 동원했다고 해요. 아군 두어 명이 기습공격에 쓰러졌다고 합니다!"

그의 얼굴에서 느긋한 표정은 사라지고 황망함이 감돌았다.

세 사나이와 사량은 동시에 사립문을 열고 뛰쳐나갔다. 팔로군 전투기 3대가 서쪽 하늘에서 날아와 굉음을 일으키며 태항산 능선을 훌쩍 넘었다.

쿵! 쿵!

간간이 포격소리가 들렸다. 이익성 지대장이 명령을 하달했다.

• 쓰루마루 다쓰오는 사가고등학교와 도쿄대학 동창이며, 신다니 도시오는 도쿄대학 동창이다. 모두 독문학부 문예동인지 《제방》(堤防)의 동인이다.

"지대 집합하라! 곧장 초소 엄호작전에 돌입한다."

손영해가 양팔을 휘저으며 뛰었다. 이익성은 모젤 권총을 허리춤에 차고 산 아래로 질주했다. 떡 벌어진 어깨, 굵은 목, 뒷모습이 건장했다. 하남점 중심부에 여기저기 흩어져 있던 병사들이 재빨리 모여드는 모습이 보였다. 평소 비상훈련을 잘 받은 티가 났다.

남장촌은 평화로운 모습을 거두고 전시태세로 돌입했다. 아이들도 어디론가 대피했고, 여병사도 보이지 않았다. 군용 트럭이 병사들을 태우고 남쪽으로 질주했다. 김창만은 본부로 돌아가 상황파악에 들어갔다.

사량은 북새통에 홀로 남았다. 생산분맹을 끌고 밭에 나갔던 최경식 동무가 거친 숨을 몰아쉬며 올라왔다.

"제가 경호하지라요."

최 동무 역시 학도병 출신으로, 석가장을 벗어난 어느 촌락에서부터 사량과 동행한 연락원이었다. 태항분맹에서는 생산활동을 지도한다고 했다. 하남점 중심가에 들어서니 가게 앞 찌그러진 의자에 앉은 깡마른 중국 노인이 담배를 피워 물고 뭐라 중얼거렸다.

"맨날 그런데 왜 이리 난리냐고 하는구만요."

비상사태에 어지간히 면역되었다는 듯 최경식이 살짝 웃어 보였다. 그의 충청도 사투리가 유난히 큰 앞니에 부딪혀 더욱 느려졌다. 태항산 너머 기관총 소리가 간헐적으로 들려왔다. 마치 실로폰을 두드리는 빗물 같았다. 팔로군 전투기 2대가 다시 굉음을 울리며 곡선비행을 했다.

"최근 들어 큰 기습인 모양이구만유. 아무래도 뭔 사단이 날 모양이네유."

무슨 사단이 날까. 평양에서, 일본에서 받았던 그 까닭 없는 닦달보다 더한 사단이라면 죽음밖에 없을 터, 우리 뜻으로 사단이 난다면 기꺼이 받아들일 수 있다. 사량은 최경식의 어깨를 두드리며 말했다.

"최 동무, 우리의 운명은 이미 사단이 난 거야. 저놈들이 깨지든 우리가 깨지든, 결판을 낼 때가 다가온 거지. '천양무궁天壤無窮의 신칙神勅' 아래 조선의 후손이 살 수 있을까. 황조황종皇祖皇宗, 일시동인一視同人? 나는 한 번도 그렇게 생각해 본 적이 없어. 도쿄대학을 다니면서 울지 않은 날이 없었어. 빛을 찾아 헤맸지. 여기가 빛이야."

"아이고, 선상님, 저도 니혼대학日本大學을 다닐 때 하루에도 수십 번 들었던 소리였구만유. 하루는 육당 최남선 선생과 춘원 이광수 선생이 와서 강연을 했지유. 학도병으로 출병하라고요. 그래서 제가 그랬지유. 그러면 조선이 독립이 되느냐고 말이지유. 독립이 된다면 나가겠다고 결연하게 말했구만유. 말이 옳으시데유. 눈물바다가 됐시유, 강연장이 고만⋯."

해가 중천을 넘고 있었다. 평화는 사라지고 긴장이 감돌았다. 사량은 초가로 돌아와 방에 누웠다.

뭔가 써야 한다는 내면의 목소리가 솟구쳤다. 태항산 햇살이 간헐적 총소리에 흩어지는 그 순간 들려오는 내면의 목소리에 귀를 기울이라고 누군가 명령했다. 사리원에서 헤어진 형님 목소리인가? 조선총독부 전매국장 김시명金時明. "제발 몸은 망가뜨리지 마라"고 당부했던 형님은 사리원역에서 내려 총총히 사라졌다. 농부로 변장한 모습으로.

쓰루마루 다쓰오, 그대는 지금 어디에 있는가? 내면의 목소리에 충실하라고 술만 마시면 충고하던 자네는, 지금 동만 전선에서 내면의 목소리에 충실한가? 신다니 도시로, 홍고 산초메三丁目 하숙집에서 《제방堤防》을 만들 때 선인鮮人의 심정 깊숙이 진입하라고 목을 조르던 그대는 지금 동북 전선 어느 촌락 포대에서 이슬 내리는 밤을 지새우고 있는가.

답하라, 학우들이여! 그대들과 나는 역사의 전선에서 갈라졌음을, 적아敵我로 넘을 수 없는 경계선을 사이에 두고 대치하고 있음을 말이다. 우리를 갈라놓는 것은 누구인가?

아마테라스 오미카미 여신? 아마테라스 여신의 웅비를 품고 강림했다는 당신들의 천황? 천황은 가짜야. 너희들은 가짜들의 전쟁놀이에 동원됐을 뿐이야. 그걸 일찍이 알았잖아, 우리들의 하숙집에서.

밤새 켜진 가로등 불빛 아래서, 쓰루마루 상, 네 누이동생이 만취한 우리를 부축하고 집으로 데려갈 때 그 따스한 온기를 내가 잊을 수 있겠니? 그 휴머니즘적 온기를 말이야. 평양에 돌아와 편지를 썼지, 에이코 상에게. "오빠와 나는 다시 만날 겁니다, 염려하지 마세요"라고. 그런데, 나는 지금 여기 와 있네. 자네에게 총부리를 겨눠야 하는 항일의용대 종군기자로 말이야.

태항산채에 어둠이 내리기 시작했다. 총소리는 잦아들었다. 삐오넬 소년●이 무사해야 할 텐데. 셰퍼드와 함께 초소에 남았던 청년 조선웅은 어찌 됐을까. 얼굴이 보송보송한 앳된 연락병이 밀기와리떡과 고추, 마늘즙을 날라 왔다. 저녁참이었다. 사량은 시장기를 느꼈지만 저녁 먹을 엄두가 나지 않았다.

미쓰코시 만년필을 꺼내 들었다. 태항산 오는 길에 연락원 현준식에게서 들었던 '호가장 전투' 얘기를 희곡 풍으로 쓰기 시작했다. ●● 총소리가 멎었다. 태항산 협곡의 초여름 밤은 서늘했다.

● 소년공작대. 김사량은 북경에서 태항산으로 탈출한 기록인 《노마만리》에서 그냥 삐오넬 소년이라 썼다.
●● 이 희곡은 1946년 북한에서 《호접》(胡蝶)이란 제목으로 출간되었고, 1946년 2월에는 서울에서 공연되었다.

전투

팔로군 전투기들이 몰려갔다 몰려왔다. 태항산 능선은 녹음이었다. 총소리는 점차 뜸해졌다. 하남점은 다시 평상시를 회복했다. 나른한 대낮 햇살이 쏟아졌다. 아이들 노랫소리가 아련히 들렸다. 여병사가 놀다 지루해진 아이들을 달래는 모양이었다.

팔로군과 의용군은 단단히 좋아해
니데나 워데나 형제나 마찬가지
둘이서 총을 메고 일본을 족치니
왜놈이 아이쿠 데이쿠 도망갔다구

짐승 같은 왜놈아 올려면 또 오라
팔로군은 유격하며 민병은 지뢰 묻어
왜놈이 지뢰를 메시메시 꺼꾸러진다구
왜놈이 아이쿠 데이쿠 도망갔다구

낭림이, 정림이도 가죽구두 신고 노래 부르고 있을까. 아니야, 사량은 고개를 저었다. 가족 생각을 가능한 한 떨쳐야 했다. 나도 의용군 따라나설 걸, 손영해 동무를 따라 전방 초소에 나갈 걸 그랬다는 후회가 스쳤다. 위험하다고 만류했겠지만 생생한 전투 현장과 생사를 넘는 공방전을 놓친 것이 못내 아쉬웠다. 진격이 아니라 일방적 후퇴일지 모르지. 경장갑차에 기관총을 대동한 일군 중대 병력이라면 감당하기 어려울 거야. 호가장 전투에선 용맹한 의용대 전사 10여 명이 전사했다 하지 않았는가. 삐오넬과 셰퍼드 청년은 무사할까? 영해는? 전진 초소에는 무전기가 없었다. 불안한 시간이 흘렀다.

이틀이 훌쩍 지났다. 무더위가 엄습했고 메마른 태항산채에 먹구름이 몰려왔다. 비가 쏟아졌다. 남장촌민들이 식기와 항아리를 들고 나와 빗물을 받았다. 빗물은 열병을 면하게 해주는 귀중한 식수食水였다.

맑은 물이어도 화북 산협 냇물은 가끔 열병을 불러왔다. 내몽고 고원지대로부터 발원한 강줄기가 양 떼와 낙타 떼, 야생말 떼 분뇨에 섞여 수천 리 흘러내리는 도중에 뜨거운 햇살과 만나 열병 포자를 만들어 냈다.

두어 시간 쏟아진 빗줄기가 점차 뜸해졌다. 먹구름이 태항산과 오지산五指山 능선을 넘어 북쪽으로 밀려났다. 다시 오후 햇살이 비추고 맑은 공기가 몰려들었다.

최창익과 장지민 동지가 분맹 본부에 도착했다는 전갈이 왔다. 최경식 동무가 귀띔했다. 최창익은 태항분맹 책임자이고, 장지민은 태항분교 교장이다. 최창익은 성깔이 날카롭고, 장지민은 학자 풍이라고 했다. 산기슭에 올라서니 그들은 벌써 사립문 밖에 나와 있었다.

"어서 오시오, 작가 동무!"

　최창익이 먼저 손을 내밀었고, 장지민은 슬며시 웃으며 뒤에서 사량을 맞았다. 둘 사이에 약간의 긴장감이 감돌았다. 최창익이 송충이 같은 굵은 눈썹을 움찔거리며 말했다.

"연안에서 독립동맹 대의원회의가 열릴 것이오. 이번에는 조선인 독립무장단체의 모든 대표들을 소집했소. 우리가 가야 할 노선을 점검하고 내부분열을 마무리하는 아주 중대한 회의요. 작가 동무는 잘 모르겠지만 우리가 걸어온 길은 아주 험난했소이다."

　뒤에서 미소를 머금고 있던 장지민이 조용히 받았다.

"그리 큰일은 아니오만 이러쿵저러쿵 아웅다웅했던 과거를 정리하고 대화합을 하자는 뜻이오. 작가 동무는 익히 짐작하리오만 거국적인 항일운동에도 크고 작은 분쟁이 있기 마련이지요."

　김약산(김원봉) 선생이 광복군에 합류한 사실을 두고 하는 말이라 짐작했다. 사량은 동북 항일연군과 태항산 의용군의 관계가 무엇일까, 잠시 의문이 스쳤지만 접어 두기로 했다. 항일투쟁에 무슨 논리가 우선하겠는가?

"예, 저는 신참이라 어떤 영문인지 잘 짐작이 안 되는데 모두 민족을 되찾겠다는 의지로 뭉치면 안 되는 일은 없지 않겠습니까?"

사량이 차분히 받았다. 둘 다 대여섯 살 연상으로 보였다.

"그나저나 조국 내부 사정은 어떤지 얘기나 들읍시다. 여기는 라디오가 있어도 일본 놈들 선전방송만 잡히니 고국 소식이 못내 그립지요."

최창익이 궁금해 못 견디겠다는 듯이 사량을 채근했다. 장지민도 궁금하긴 마찬가지였다. 최경식도 눈을 둥그레 뜨고 옆자리에 앉았다.

어디서부터 얘기를 시작해야 할지 사량은 잠시 망설였다.

"일본이 태평양전쟁에서 열세에 몰린다는 사실은 알고 계시지요? 승승장구하다가 이제는 점령지역에서 철퇴를 맞고 퇴각하는 중입니다. 벌써 버마를 잃었고, 필리핀에서 해군력이 몽땅 수장됐지요. 대본영에서 옥쇄玉碎라는 새로운 마약을 발명했는데, 육체는 죽어도 영혼은 산다, 그러니 천황폐하를 위해 현세의 육체로 적에게 돌진하라는 것이지요. 광기의 극에 다다랐다고나 할까요?"

최창익이 물었다. "그럼 미군이 이대로 쳐들어가 일본 본토에 상륙한다는 뜻인가요?"

"본토 공습이 시작된 듯합니다. 이오지마硫黃島전투라고 들어

보셨지요? 거기서 미군 6천, 일군 2만이 전사했다고 합니다. 북경반점에 묵을 때 사람들이 수군거리는 걸 들었어요. 이오지마를 점령해서 미군이 B-29 폭격기를 띄운다나요. 지난 3월에는 도쿄가 반파됐고, 교토, 고베, 오사카까지 폭격했다고 합니다. 오사카성城이 파괴됐다는군요. 이제는 상해까지도 사정권 안에 넣는다고 해요."

"흠, 역시 미군 화력이 막강하긴 한가 보네. 하기야 이 먼 이역만리까지 전투기를 날려 보내는 판이니 미제국주의의 군사력은 알아줘야 해! 그나저나 일본 본토가 공습을 받는다면 관동군도 위축될 텐데 우리가 빨리 동東만주로 쳐들어가야 하는 거 아니야? 그건 내가 항상 주장해 왔던 거 아냐! 관동군을 밀어 버리고 압록강을 건너자는 게 내 주장이었는데, 이제 실현이 되는 모양이구만! 내가 다시 연안으로 돌아가야 하니 그때 회의석상에서 상황을 자세히 말해 주리다."

최창익은 약간 흥분된 어조로 목소리를 높였다. 사량은 숨을 고르고 나서 묵묵히 듣고 있는 장지민을 향해 말머리를 돌렸다.

"그런데요, 조선은 전혀 사정이 딴판이네요. 보도통제가 하도 엄격해서 일군이 연전연승하고 있다고 선전을 해대고, 대동아공영권을 완성할 날이 머지않았다고 입버릇처럼 말합니다. 작년에 부임한 아베阿部信行 총독은 미나미南次郎보다 더 지독한 놈이어서 물자, 인력 동원은 말할 것도 없고 국민의용대를 조직해서 반일분자를 토벌하는 데에 혈안이 되어 있어요. 놋그릇이나 쇠붙이는 몽땅 가져가고, 공출미도 늘렸고…, 벌써 학도병 2천, 징병 20만, 징용 60만이 끌려갔어요. 국민총동원이니 익찬翼贊이니 뭐니 해서 황조황종이 되라고 성화가 보통이 아닙니다. 견디다 못해 애국지사들이 속속 친일파로 변절하는 중입니다. 명망가로 구성된 녹기연맹綠旗聯盟이 앞장서고…."

사량은 절로 힘이 빠져 말을 잠시 멈췄다. 장지민이 받았다.

"그럼 변절자 천국이겠구만. 조선어도, 역사도 폐지하고 신사참배에 황손皇孫으로 입적하라고? 이런 가증스러운 놈들! 나도 듣긴 들었네, 내선內鮮일체도 모자라 일만지日滿支일체라고? 만주를 괴뢰국으로 만들고, 중국대륙을 도륙한 다음에 일만지일체? 뭐, 팔굉일우八紘一宇가 황조의 신칙神勅이라고? 일본 놈들은 자신들이 기만당하고 있다는 걸 알아야 하는데…."

장지민의 얼굴이 붉어졌다.

그때 옅은 노랫소리가 들려왔다. 그 소리는 점점 가까워져 우렁찬 합창으로 울렸다. 절도 있는 리듬과 경쾌한 멜로디의 〈조선의용군 행진곡〉이었다. 언덕을 오르는 트럭 엔진소리도 간간이 섞였다.

중국의 광활한 대지 우에
조선의 젊은이 행진하네

발맞춰 나가자 다 앞으로
지리한 어둔 밤 지나가고
빛나는 새 날이 닥쳐오네 …

네 사람은 동시에 자리를 차고 일어섰다. 사립문을 나서니 저 멀리 협곡 입구에 흙먼지가 일었다. 트럭 2대를 앞세워 병사 수십 명이 대오를 이뤄 행진해 왔다. 행진곡은 우렁차게 양안의 암벽을 때렸다. 처음 보는 광경에 사량의 가슴속엔 뜨거운 것이 솟구쳤다. 최창익, 장지민, 최경식도 모두 눈을 부릅뜨고 입을 '한 일一자' 모양으로 다물었다.

트럭이 하남점 중심부에 들어섰다. 촌민들이 둘러쌌다. 네 사람은 일시에 산 아래로 내달렸다. 어디서 나왔는지 김창만이 내달리는 모습이 보였다.

트럭에서 뛰어내린 사람은 의용군사령부 대대장 박효삼朴孝三 동지라 했다. 최창익이 놀라서 손을 덥석 잡았다.

"아니, 어찌 된 일이오, 대장 동지?"

박효삼은 군장 먼지를 털털 털면서 너털웃음을 지었다. 허리춤에 찬 권총이 반짝 빛났다.

"아, 화중華中분맹에서 회합을 하고 급히 이곳으로 향하는데 글쎄 웬 난리? 우리가 아니었으면 저 친구들 다 죽었을 거요. 부상병이 있으니 조속히 구급실로 옮기시오."

뒤 트럭에서 내린 이익성 지대장도 한마디 거들었다.

"박 대장이 아니었으면 큰일 날 뻔했소. 화력이 열세였는데, 어디서 갑자기 구세주처럼 나타나 준 거요. 일본군 뒤에서 기습한 거지요."

"천만다행이었군요. 대장동지가 태항 초소를 살렸으니 생명의 은인 아니겠소? 안 그래도 소식이 끊겨 좌불안석이었다오!"

최창익은 자신의 조원들을 살려 준 고마움에 머리를 주억거렸다. 그리곤 인사치레를 했다.

"제가 잘 익은 술 한 병을 대접하겠소이다. 오늘은 쉬었다 내일 연안으로 건너가시지요!"

박효삼이 대동한 병사가 10명 남짓이었고, 이익성 지대장 병사들이 스물댓 명 정도였다. 트럭에서 부상병이 내려져 들것에 실려 구급실로 향했다.

익숙한 얼굴이 보였다. 삐오넬과 조선웅 동무! 옥사한 아버지 원수를 갚는다고 무작정 태항산에 합류한 17세 소년, 그리고 석가장 정거장부터 동행했던 그 말 없던 청년이 심한 총상을 입었다.

한용준, 김영식 병사는 수류탄 파편에 맞아 유혈이 낭자했다. 의식을 잃은 채 실려 가는 모습이 아프게 새겨졌다. 피를 많이 쏟았다고 했다.

부상 4명에 사망 5명, 일본군 중대 병력을 맞아 싸운 전적으로는 그리 심한 타격은 아니었지만, 그래도 귀한 목숨을 이역만리에 묻었다. 경상자들도 수두룩했다. 얼굴과 팔다리에 붕대를 감고 절뚝거리며 숙소로 향하는 모습은 안쓰러웠다.

손영해는? 사량은 주변을 둘러보았다. 트럭에서 조금 떨어진 천변에서 포승에 묶인 일본군 포로를 꿇어앉히고 슬며시 웃고 있는 사람이 보였다. 손영해였다. 사량은 그쪽으로 뛰어갔다.

"손 동무, 어찌 된 일이오? 무사해서 다행이오!"

의기양양해진 표정으로 손영해가 씩 웃으면서 말했다.

"장교 한 명에 하사관, 사병 하나씩이면 선생님 기록에 남을 만하죠?"

"물론, 그렇구 말구, 여부가 있겠나? 그런데 어찌 된 영문인가?"

"예, 자세한 얘기는 천천히 하고요, 배고파서 죽겠는데 이놈들을 어디다 가둔다?"

김창만이 창고를 개조해 임시감옥을 만들라 지시했다. 이익성은 지친 병사들에게 숙소와 먹을 것을 준비하라 명령하고 즉각 부대 정비에 들어갔다.

일본군 잔병들이 또다시 공격해 올지 모를 일이었다. 상황 파악이 필요했다. 장지민은 중상자 치료가 시급하니 연안 본부에 무전을 치라고 최경식에게 일렀다. 태항분맹에는 의료요원이 없었다.

몇몇 병사들이 트럭에서 전리품을 끌어내렸다. 최창익은 전리품을 거둬들였다. 라디오, 무전기, 수류탄, 기관총, 탄약, 그리고 약간의 식량과 군복, 지도 등이었다. 중대 병력을 몰살시키고 무기를 탈취했으니 그만하면 기록에 남을 전과를 올린 셈이었다. 박효삼은 벌써 산기슭 본부로 올라갔고, 태항분맹 지도부가 남아 뒷일을 수습했다.

사량은 각각 분주한 모습을 물끄러미 바라보았다. 항일투쟁의 현장이었다. 죽음이 대기하고 있는 삶의 현장이었다. 삶을 구걸하는 죽음의 현장보다 더 선명한 죽음의 의지가 솟구쳤다.

한순간이라도 구걸하는 삶에서 벗어나고 싶었다. 평양역에서 어머니와 이별한 후 일본 밀항과 사가고등학교, 도쿄대학 시절에 이르기까지 그토록 목말라했던 자유의 공간, 이민족의 압제가 작동하지 않는 우리만의 공간이었다. 평양에서 수천 리 떨어진 이곳에서야 사량은 생애 최초로 검은 안개가 걷힌 맑디맑은 자유의 공기를 들이마셨다.

저녁 어둠이 내리고 태항산 등성이에 샛별이 떴다.

취조

사량은 신열을 앓았다. 온몸이 불덩이에 휩싸여 육신이 녹아내리는 듯했다. 구릉 수십 개를 넘었고 끝없이 펼쳐진 황량한 들판을 걸었다. 두 달에 걸친 탈출이었다. 신열과 휴식이 동시에 찾아들었다. 실로 오랜만에 엄습한 육체의 고통이었다. 봉쇄선을 뚫고 밤새 노숙한 탓에 수축된 육체의 긴장이 한꺼번에 풀려나왔다. 혈기 왕성한 최경식과 현준식이 동행했으니 망정이지 어느 구릉 바위 밑에 육신을 묻었을 것이다.

처소 창밖엔 어둠이 짙었다. 가끔 별들이 보였다가 사라졌다. 여름밤 시원한 골바람이 밀고 들어왔다. 오한이 났다. 길 잃은 들개들이 몰려드는 악몽이 스쳤다. 구릉 위에 홀로 선 나무 등걸에서 까마귀 떼가 달려드는 환각에 시달렸다. 콩죽같이 흐른 땀이 홑이불을 흥건히 적셨다.

가슴 통증이 도졌다. 왼편 가슴에서 돌출한 통증이 숨통을 짓누르는 것 같았다. 가끔 이런 일이 있기는 했으나 사량은 대수롭지 않게 넘겼다. 상상력을 짓누르는 현실의 압제가 만들어 낸 육체적 징후일 거라고 생각했다. 통증은 한동안 지속되다 가라앉았다. 땀과 고통에서 잠시 해방된 틈새에 혼곤한 잠이 찾아왔다.

꿈을 꿨다. 단속적인 꿈이었다.

물이 넘실거렸다. 그 물은 곧 큰 강이 되어 산천에 넘쳤다. 은빛 고기 떼가 팔딱거렸다. 대동강물은 맑았다. 탈출 직전 비밀리에 환송회를 열어 준 평양 친구들의 얼굴이 떠올랐다 흩어졌다.

관부關釜연락선, 현해탄은 검푸른 바닷물이었다. 무섭고 신비로웠다.

나카지마 요시히토, 사와카이 스스무, 제국대학 《제방》 동인들의 웃는 얼굴이 스쳤다. 요코하마 김달수, '조선예술좌'의 안영일과 김용제도 보였다. 김용제는 언제나 느긋한 표정이었지, 《문예수도》 편집장 야스타카 도쿠조保高德藏 선생은 과묵했어.

그래, 상賞을 받았지. 경성 하숙집에서 썼던 그 소설 말이야, 《빛 속으로》. 아주 큰 상이었어. 〈매일신보〉 광고란에도 실리고, 온 나라 조선 문단이 시끄러웠어.

경성 하숙집 처마에 떨어지는 빗물 소리가 정겨웠지, 여름 장마에 비가 억수로 내렸어.

경성에 유학 간 누이 오덕이는 잘 있느냐. 낭림이, 정림이가 오덕이를 잘 따랐는데, 이젠 놀아 줄 사람도 없구나. 아, 창옥이! 처의 얼굴이 흐릿했다. 일흔 노인이 된 어머니! 아, 어머니!

어머니! 저 여기 있어요!

"선상님요, 선상님요!"

누군가 흔들어 깨우는 것을 어렴풋이 느꼈다. 최경식 동무였다.

"선상님요, 우째 땀이 이래 …, 아이고, 선상님이 마이 편찮으셨는가 봬유."

사량은 기진한 채로 눈을 가늘게 떴다. 몸이 허공에 둥실 뜬 기분이었다.

"아, 최 동무 … ."

"구락부실에서 오시라는구만유, 김창만 선전부장 동지가유. 일본 포로를 심문한다고 하네유."

"아, 내가 잠에 떨어졌는가 보네. 시간이 이리 됐으니."

사량은 꾸물꾸물 일어나 앉았다. 진땀을 쏟은 뒤라 몸은 가뿐했으나 기운을 차리지 못했다. 사량은 겨우 몸을 추슬러 편복을 주섬주섬 입었다. 해는 벌써 중천을 훌쩍 넘어 기울고 있었다. 골바람에 실린 녹음 냄새를 맡으며 사량은 조금 기운을 회복했다.

구락부실에 들어서니 일군 포로들이 포승에 묶인 채 나란히 꿇어앉아 있었다. 김창만 선전부장이 어깨를 들썩이며 말했다. 이익성 지대장이 옆에 동석했다. 최창익과 박효삼은 서로 머리를 맞대고 하루 종일 뭔가를 숙론한 뒤 대표자회의 참석차 다시 연안으로 떠났다.

"내가 이놈들을 심문해서 전방 상황을 알아내야겠는데, 일본어가 서툴러서 작가 동무의 힘을 좀 빌려야 하겠소!"

사량은 천천히 나무 의자에 앉았다. 우선 주전자 물을 따라 목을 축였다. 칼칼해진 입속이 한결 나아졌다. 김창만과 이익성을 위해 손영해 동무가 통역을 맡았다.

"그러지요. 우선 출신, 활동 상황, 본토에서 지령 받은 것, 최근 정황 등을 캐보지요."

사량은 등을 곧추세우고 눈을 거만하게 쳐 뜬 장교에게 물었다.

"이름이 무엇인가?"

장교는 사량의 유창한 도쿄 표준어에 흠칫 놀란 표정을 짓고 답했다.

"오무라 요시히로."

"어디 출신인가?"

"교토에서 자랐고 교토제국대학을 나왔다. 너희 같은 변방국 인종과는 종류가 다른 인간이지!"

오무라 중위의 거만한 표정에서 인종차별 냄새가 풍겼다. 사량은 개의치 않고 거침없이 물었다.

"왜 우리가 변방국 인종인가? 너희들은 조선인을 일시동인, 황조황종이라 선전했고, 천양무궁의 신칙 아래 다 같은 천손天孫임을 영광스럽게 생각하라 하지 않았는가?"

오무라는 느닷없는 일격에 당황하는 듯했다.

"그건, 너희들이 황은皇恩를 받들고 곱게 들어오면 황손의 품격으로 대해 준다는 대일본국의 은총을 말함이지 다 같은 자손이라는 뜻은 아니다. 천만에 어림없는 소리다!"

"그럼 다 거짓이었구나! 너희 천황은 시뻘건 거짓말을 일삼는 인간이구나."

"무슨 천벌을 받을 소리! 천황은 현존하는 신, 현인신이시다!"

오무라는 천황(덴노우)을 발음하면서 상체를 엎드렸다 일어나 굳은 결의로 말했다.

"나는 대大일본제국의 장교로서 옥쇄할 준비가 되어 있다. 그걸 결행 못하고 포로가 되니 천추의 한이다. 나에게 자결할 기회를 달라!"

"그래, 자결할 기회는 얼마든지 있다. 다만, 조선인은 너희들처럼 사람을 마구잡이로 죽이지 않는다. 조선인은 생명을 존중하는 민족이다. 여기 오면서 무고한 중국 촌민들이 죽창에 찔려 죽고 칼로 목이 베이고 쓰레기처럼 내버려진 현장을 무수히 봤다. 조선에서도 똑같은 짓을 했지. 그게 태양신의 후예라는 천황의 이름으로 너희들이 자행한 짓이다. 너희 '군인칙유'에는 '의義는 산악보다도 무겁고 죽음은 새털보다 가볍다'고 했지, 기억하는 가? 그런데 일본군들은 아시아인人의 의義를 새털만큼도 여기지 않았고 죽임의 사체는 산악을 이뤘지. 그래 놓고, '덴노우헤이카

반자이'를 외치며 옥쇄하는 짓이 생명의 마지막 존엄한 봉창奉唱
이냐?"

오무라는 이 지점에서 입을 봉했다. 사량은 심문을 계속했다.

"너희 포병대가 왜 민가를 급습했느냐?"

"……."

"말하지 않으면 자결할 기회를 주겠다. 손 동무, 칼을 저자 앞
에 던져 주시오."

손영해 동무가 단도를 빼 앞에 갖다 놓았다. 오무라의 얼굴에
당황한 기색이 역력했다.

"그럼, 일단… 저 부하들을 물리쳐 주시오."

김창만이 사병 포로들을 다른 방으로 데려가라 명령했다. 사량
은 반복했다.

"자, 그럼 다시 묻겠다. 왜 민가를 급습했는가?"

"사… 사실, 식량이 떨어졌습니다. 온다고 약속했던 보급대가
한 달이 지나도 연락이 두절된 상태였습니다. 부하들이 굶어죽을
까, 할 수 없이 민촌을 습격했습니다. 가는 길에 작은 초소가 버
티고 있어 공격했던 거지요."

이제야 오무라는 조금 기가 죽은 상태로 정황을 털어놓았다.
말문이 열리자 아예 자포자기 심정이 든 듯했다. 천황에 대한 사
량의 논박을 넘지 못한 낭패감도 작용했다. 장교의 자존감은 꺾
였다.

"오무라 중위, 왜 보급대가 오지 않았는가? 스스로 파악한 정황을 말하라."

"황군은 거짓말을 안 한다. 보급대는 올 것이다."

눈을 치뜨며 반박하는 오무라는 굳게 믿는 듯했다.

"내가 말해 주지. 황군은 모든 전선에서 패퇴하고 있어. 해군력은 급속히 무력화됐다. 너희가 자랑하는 무사시함과 야마토함이 작년 11월 레이테만 전투에서 격침됐다는 사실을 알고 있지? 이오지마가 함락돼 미국 폭격기가 매일 도쿄를 공습한다. 도쿄뿐 아니라 본토가 사정권이다. 중국 전선이 넓어졌는데 너희 황군에게는 크나큰 짐이지. 본토가 저리 쑥밭이 됐는데 어찌 너희들을 보살피겠는가?"

그러자 오무라의 얼굴이 일그러졌다. 미간을 잔뜩 찌푸렸다. 묵묵히 듣던 김창만이 끼어들었다.

"어제의 첩보에 의하면, 미·영·중·러 4개국 정상이 포츠담 선언을 공표했다. 너희의 무조건 항복을 요구했는데, 만약 거절하면 신형폭탄을 퍼붓겠다고 했다. 그래도 보급대가 올 것을 믿느냐? 며칠 전 인민군 전투기가 날아가는 것을 봤지? 우연히 너희를 발견하고 경장갑차를 파괴한 뒤 무한武漢으로 가는 길이었어. 거기서도 대규모 충돌이 있었거든. 너희 전투기는 오지 않았고, 결국 일군이 대거 투항했다."

오무라 중위는 아예 입을 닫았다. 낭패감이 역력했다. 믿지 않으려 안간힘을 쓰는 듯했다. 눈가에 옅은 이슬이 맺혔다.

"흠… 그러면 저희는 어찌 되는 겁니까?"

김창만이 자신만만한 굵직한 목소리로 답했다.

"너희들처럼 우리는 포로를 죽이지 않는다. 곧 일본인 독립연맹에 넘길 거니까 거기서 알아서 할 것이다. 염려하지 말라. 살아서 일본으로 돌아간다면 다시는 살육하지 말고 평생 속죄하며 살기를 바란다."

취조는 끝났다. 예상대로 별 소득은 없었다. 무전도 연결되지 않고 보급대도 오지 않은 고립무원의 전진 포병대였으므로. 오무라 중위는 힘없이 끌려 나갔다.

최근 들어 전선 상황이 그러했다. 일본군의 사기는 급격히 떨어졌고, 식량과 탄약이 떨어진 포병대와 정찰대는 인근 저항군에 투항하거나 자결을 택했다. 후퇴하기엔 너무 멀리 나와 있었고, 전진하기엔 목표물을 상실했다. 도처에 적이었다. 복수의 원한에 사로잡힌 중국인들이 칼, 도끼, 곡괭이, 낫 등 살상이 가능한 도구라면 모조리 들고 기력이 쇠한 일본군을 덮쳤다. 전원이 굶어죽은 전진 기지도 속출했다.

김창만과 이익성은 직감했다. 조선의용군이 동북으로 진격해야 할 시기가 다가온 것이다. 그때 중경重慶 임시정부의 장건상張建相 교육상이 도착했다고 최경식 동무가 알렸다.

"작가 동무는 오늘 취조 내용을 상세히 적어 〈조선의용대 통신〉에 게재하기 바라오. 나는 장건상과 긴히 할 얘기가 있소."

그 둘은 서둘러 사립문을 열고 나갔다.

노선분열

사량은 중상을 입은 삐오넬과 조선웅이 궁금했다. 손영해가 소매를 잡아끌었다. 자기도 궁금하니 한번 의무대로 가보자고 제안했다. 삐오넬은 눈을 껌벅거리며 사람을 알아볼 정도로 의식을 회복했지만 조선웅은 여전히 눈을 감고 크르릉 크르릉 거친 숨을 내쉬며 사경을 헤매고 있었다. 한용준과 김영식도 동공瞳孔이 풀린채 거의 실신 상태나 다름없었다. 간호병사가 접근을 막았다. 곧 구급요원이 도착할 예정이라 수술 준비에 들어가야 한다고 했다.

사량과 손영해는 의무대를 나와 천변川邊을 거닐었다. 저만치에서 골똘히 생각에 잠겨 있는 태항분맹 교장 장지민의 모습이 들어왔다. 사량은 그날 늦은 오후 내내 장지민에게서 독립동맹과 의용군 내부의 사정을 상세히 들을 수 있었다. 아무래도 작가 선생이 알아 둬야 한다는 전제를 달고 그는 말을 이었다.

"곧 닥쳐올 상황이니 작가 동무의 현명한 지혜를 빌려야겠소. 중경 임시정부 장건상 교육상이 온 것은 독립동맹 연안총교에서 대표자회의를 소집했기 때문이오. 원래 7월 초에 예정했는데 전선 상황이 급전해서 8월 초로 연기되었소. 전투가 격해졌고 처리할 문제가 많아졌기 때문이오."

"저도 궁금하긴 합니다만, 독립동맹과 의용군 관계, 팔로군과의 공조, 무엇보다 일본이 무너진 다음에 강대국들이 조선을 점령한다는 말이 나도는데 어찌될까 걱정은 되지요."

"우리는 황포군관학교黃埔軍官學校 전우애로 맺어진 사이요. 더러는 남경南京 중앙대학中央大學을 나온 사람도 있지만 대개 성향은 비슷하지요. 작가 동무도 알다시피 황포군관학교는 국민당 정부가 만든 학교 아니오? 처음에는 국민당 군대를 도와 항일전쟁을 벌였는데 영 웃기는 친구들이야. 전쟁할 뜻은 별로 없고 인민들 등쳐 먹고 축재하느라 정신없었지. 그 꼴을 보고 있으려니 부아가 치밀고 한심한 생각이 들었던 거요. 마침 국공國共합작이 결렬되고 반공反共토벌이 시작됐소. 남경에서 무한으로, 무한에서 시안西安이나 화북지역으로, 결국은 팔로군사령부가 있는 연안에 합류한 거요. 팔로군은 진작 1936년에 여기에 터를 잡았지만. 오랜 얘기구만. 한 십사오 년 됐나….."

뭔가 연안의 행로에 새로운 기류가 감지된 탓일까. 장지민은 오래된 얘기를 실타래처럼 풀어냈다. 그러다 한 가닥 화합의 실마리라도 찾아내고 싶은 심정으로.

개울에 검은머리물떼새가 몇 마리 내려앉았다. 어디 숨을 데도 없는 맑은 물속 은빛 고기 떼를 두리번거리며 찾았다.

그의 말은 대충 이랬다.

독립동맹총부와 의용군사령부는 일종의 정치·군사조직체로 하나의 몸을 두 개의 역할로 나눈 조직이다. 마치 팔로군과 신사군이 연안 중국인민혁명총부의 명령을 받고 있는 것처럼.

정치조직인 독립동맹에는 노선과 출신배경이 약간씩 다른 4개의 분파가 있다.

주도세력은 조선인민혁명당을 창당한 김두봉金枓奉이고, 박효삼朴孝三, 이춘암李春岩, 양민산楊民山이 여기에 속한다. 팔로군 내 공산당원인 무정武亭과 박일우朴一禹는 또 다른 분파다. 그 외에 친소 성향의 최창익, 한빈韓斌, 김학무金學斌가 있고, 소련에서 남하해 합류한 주춘길朱春吉, 주덕해朱德海, 방호산方虎山, 전우全宇가 있다. 김두봉이 인품과 지도력이 뛰어난 어른이기에 그를 주석으로 추대해 독립동맹이 운영되어 왔고, 박효삼, 무정, 박일우, 방호산이 의용군 대대와 지대를 각각 맡았다.

연안총교는 교육선전기관이다. 이것 역시 정치노선과 직결되므로 김두봉, 박일우, 박효삼이 집행부를 맡았다. 모두 연안에 기거하고 있는데, 노선과 운영에 관해 팔로군과 긴밀히 협의한다. 사실은 팔로군의 예하기관이라 해도 과언이 아니다. 팔로군은 의용군을 아주 좋게 생각한다. 호형호제 하는 사이다.

그런데 무정과 최창익 사이에 노선투쟁이 일어났고, 몇 년간 독립동맹을 괴롭혔다. 그건 중국인민혁명당과 팔로군도 마찬가지였다. 연안으로 퇴각한 이후 정풍운동이 일어났는데 여러 갈래로 나뉜 분파 간 분쟁을 종식시키고 모택동의 신민주주의론과 연합정부론 깃발 아래 뭉치기 위한 뼈아픈 자구책이었다. 1941년 독립동맹 연안총교 교수였던 김산金山이 처형된 것도 그때였다.

독립동맹은 1942년부터 줄곧 정풍운동을 해왔다. 연안총부 간부정풍은 각 분맹에 확산되어 태항산 정풍을 일으켰는데 태항분맹 책임자인 최창익과 연안총부 무정 간에 격렬한 논쟁이 벌어졌다. 최창익은 동만으로 진군해 가서 조선 독립의 물줄기를 트자는 행동주의 전략을 주장했고, 무정은 자칫 의용군의 기반을 무너뜨릴 위험천만한 불장난이라고 면박을 주었던 것이다. 이론은 맞으나 실천적 관점에서 심각한 오류라고 반박했는데, 최창익은 마치 멀찌감치 피해 나와 사태를 관망만 하는 중경 임시정부와 무엇이 다르냐며 무정을 공격했다는 것이다.

임시정부와의 관계도 문제였다. 최창익은 임시정부를 인정하지 않았다. 국민당 정부에 빌붙어 자금이나 타먹고 자리다툼을 일삼는 오합지졸烏合之卒이라고 단정했던 반면, 무정은 그래도 김구金九, 이시영李始榮, 김원봉金元鳳 선생이 계시니 그런 속단은 하지 말라고 타일렀다. 신흥무관학교 출신의 광복군이 그래도 만주와 연해주에서 일군과 싸우는 한 그들은 우리와 한편이다. 관점은 조금 다를 수 있지만 조선 독립 앞에서 그 차이가 무슨 대수랴 싶은 것이다.

장건상이 찾아온 건 8월로 늦춰진 3차 대표자회의에 김구 선생의 참석을 타진하고 미리 조율하려는 목적이었다.

보다 못해 소련파가 중재에 나섰다. 사태가 급변하기 전까지는 누구도 무정을 편들거나 최창익을 거들지 말라는 조건을 달았다. 그런데 지금은 최창익 쪽으로 전세가 기울고 있다. 의기양양했던 그의 표정에는 그럴 만한 이유가 있었던 것이다. 7월 초에 예정되었던 3차 대표자회의는 급변하는 최근 정세에 대처할 방안과 행동지침을 만들기 위한 모임이었는데, 길이 멀고 각 분맹이 크고 작은 전투에 휘말려 늦어지고 있었다.

사량은 저간의 사정을 들으며 궁리했다. 맞는 말이지만, 겨우 수백 명 의용군으로 1백만 관동군과 대적한다? 최창익 말마따나 화북, 화중, 동만에 퍼져 있는 20만 조선인을 규합하면 안 될 일도 없다. 중국 각지에 조직원이 파견돼 열심히 조직공작에 매진한다고 했다. 의기충천한 젊은 용사들이 일당백으로 덤비면 안 될 것도 없지만, 조선의용군과 동북항일연군은 소련군이나 중국인민군이 담당한 최전선을 측면 지원하는 작은 원군에 불과한 것이 현실이다. 그런 면에서 무정과 무정을 거드는 김두봉 노선이 설득력이 있다.

각 분맹의 병사를 다 합하면 고작 2천여 명, 의용군의 전력을 파악한 팔로군도 소규모의 용맹한 원군 정도로 여긴다.

"의용군은 아직 주력부대가 되기에는 멀었소!"

장지민의 말이 현실이었다. 그래도 국민당 정부를 거꾸러뜨리고 중국대륙에 인민정부의 깃발을 꽂은 후, 조선에도 인민정부의 깃발이 나부긴다면 더없이 좋지 않을까 하는 기대감에서 팔로군과 의용군은 이심전심이다.

의무대원 홍숙영

여름밤, 휘영청 달이 떴다. 평양에서 보던 보름달이었다. 개구리
가 울어 댔다.

"여기에서도 개구리가 우는군요."

사량의 말에 장지민은 고향 얘기를 꺼냈다.

"내 고향 사리원은 들이 넓었지 …. 지금쯤은 벼가 하루가 다
르게 익고 있을 거요."

장지민은 등을 돌리며 작별인사를 했다.

숙소에 돌아온 사량은 잠이 오지 않았다. 들창에 달빛이 주홍
색 연기처럼 스며들어 왔다.

일본은 분명 패하고 있어. 무기를 놓는 것은 시간문제야. 작년
해군 위문 때도 그랬고, 올봄 황군 위문 때도 사령부 지휘관들은
짐짓 승전보를 울려 댔지만 마음속 다급함은 감출 수가 없었지.
보급대가 오지 않았다는 것은 그 증거다. 병참선을 다 연결할 수
없는 지경에 이르렀다는 것이고, 중간중간 인민군 병사들과 민병

대에 의해 보급선이 무너졌음을 뜻한다.

김창만이 신형 무기를 투하한다고 말했지. 그것은 무엇일까? 도시와 교량과 산업기지를 파괴한 폭탄 말고 인류를 경악케 할 가공의 무기가 있다는 말인가? 그런 소문이 나돌기는 했는데 수소폭탄, 원자폭탄 그런 것? 그러나 사량은 그걸 짐작할 과학 지식이 없었다. 미군 전투기 P-51기가 투하한 폭탄을 본 것이 전부였으니 말이다.

그건 그렇다 치고, 일본이 패망한 후 조선은 어찌되는가? 2년 전 카이로회담에서 강대국들이 한국을 자유독립국가로 만들겠다고 선언하지 않았던가. 자유독립국가란 무엇을 의미하는가? 조선 내외에 활동하는 모든 동맹과 정당들에게 자율권을 주겠다면 내부 분쟁이 격화될 터인데 그것은 또 어떻게 해결할 수 있는가?

내가 우연히 속한 연안은 중국 공산당 노선을 따르고, 동북항일연군은 소련 노선을 추종하고, 임시정부와 광복군은 미국에 의존하는 편인데, 일본이 물러간 빈 공간에서 일어날 권력투쟁과 노선대립이 불을 보듯 뻔했다. 인민인가, 계급인가, 아니면 민족인가?

조선엔 아직 노동계급이 형성되지 않아서 프로동맹을 만들기에는 시기상조다. 농민과 노동자가 한데 어우러져 권력을 구성한다 해도 아직은 배움이 짧은 그들을 계도할 전위조직이 필요하다. 그런데 전위조직이 노동자와 농민을 앞세워 독단을 자행할 위험이 있다. 그렇다고 친일에 몸담은 명망가들을 요직에 앉혀 국가를 운영하는 것도 공평하지 않다. 역사를 바로잡는 그 민족적 과업을 그르칠 위험이 다분하다.

그래도 모택동의 신민주주의론이 가장 그럴듯해 보였다. 민주주의를 하되 부패한 자산계급을 배제하고 피착취계급 중심의 나라를 만든 다음, 기틀이 잡히면 사회주의로 이행한다는 2단계 혁명론이 신민주주의론이었다.

중국의 상황에서 가장 절실한 당면과제는 노동자, 농민, 소小부르주아지 등 피착취계급이 주도해 반제反帝, 반봉건反封建 혁명을 실천하는 것이다. 자본가계급을 철저히 배제하고 일단 무산계급 중심의 민주주의혁명을 성취한 다음 사회주의혁명으로 전진한다는 모택동 혁명이론은 중국 사정에 적합한 것으로는 보였다. 그런데 농민을 일종의 유산계급으로 취급해 '감자 포대자루'처럼 혁명과업에는 전혀 쓸모가 없다고 단정한 맑스의 이론과 정면으로 배치된다는 점이 문제다. 노동계급을 전면에 내세운 소련파와 부딪칠 점이 여기에 숨어 있었다.

민주주의를 먼저 하고 사회주의로 이행한다는 것 역시 즉각 노동혁명으로 진군을 주장하는 급진파와 대립할 것이다. 그나저나 노동자와 농민은 과연 혁명계급으로서 역량을 갖추고는 있는가? 지식인은 어디에 있는가? 나 같은 작가는 신민주주의론과 노동계급혁명론에서 어디에 위치해 있는가? 그때가 되면 작가도 혁명에 복무해야 하는가? 혁명에 염증이 생긴다면 망명할 공간은 있을까?

사량은 한때 미국을 동경한 시절이 있었다. 북경을 거쳐 미국에 건너가 유학하고 미국 문물을 한껏 배우려는 꿈을 갖고 있었다. 왜 그런지는 분명하지 않았으나 무한한 땅덩어리에 다양한 인종이 모여 사는 모습에 호기심이 발동했던 것이다. 거기에는 민족 경계선이 없을 것이다. 인종차별은 혹시 모르겠으나 민족이 섞여 사는 게 가능한지에 대해 의구심을 갖고 있었다.

게다가, 고등학교 시절 우연히 구한 미국판 대중잡지에 실린 뉴욕 맨해튼의 장엄한 광경은 압도적이었다. 고층빌딩에 자동차가 운집한 도시, 민족과 인종을 넘어서는 자유가 숨 쉬는 공간이었다. 그러나 결국 일본에, 중국에 눌러앉았다. 그럴 수밖에 없었다. 일제의 강압에 허덕이는 민족의 현실에 눈을 뜨면서 이역만리 미국에서 한가로운 공상을 즐길 수는 없었다.

아무렴 어떤가, 독립이 우선이지. 민족이 자유롭게 살아갈 수 있는 공간을 만들어 내는 것이 급선무였다. 그 속에서 사람들과 부대끼며 글을 쓰고, 친구들과 문학을 논하고, 멋진 연극을 무대에 올리고, 술에 취해 가로등이 희미하게 켜진 골목을 돌아 평양 집으로 돌아오는 장면을 상상만 해도 가슴이 부풀었다. 여름이면 아이들과 대동강에 나가 놀고, 장광도에 가서 한여름 밤의 정취를 마음껏 맛보는 것으로도 삶은 얼마나 멋진가. 밤새워 글을 쓰고, 곤한 잠에 떨어진 처 옆에 비스듬히 누워 앞날을 그려 보는 것만으로도 얼마나 설레는 삶이냐. 그런 시간이 다가오고 있음을 사량은 헤아렸다.

달이 이울고 새벽 여명이 밝아 왔다. 사량은 뜰로 나갔다. 남장촌은 새벽어둠에 잠겨 있었다. 멀리 의무실에 불이 켜 있었다. 혹시 구급요원이 도착했는지 모를 일이었다. 그렇다면, 수술이 진행되고 있을 것이다. 삐오넬과 조선웅은 무사히 수술을 마쳤을까? 사량은 새벽안개를 맞으며 천천히 발길을 옮겼다.

"여기 들어오시면 안 되는데요."

간호병사가 앞을 막았다. 그러자 안에서 다급한 목소리가 들려왔다. 현준식이었다.

"누구신지 들여보내세요. 마침 일손이 부족한 판이라…."

사량은 의무실로 들어섰다. 피비린내가 훅 끼쳤다. 여자 한 사람, 남자 한 사람이 가운을 입고 집도 중이었고, 현준식은 환자를 붙잡고 안간힘을 쓰고 있었다.

"작가 선생님, 여기 좀 눌러 주이소. 아무래도 다리를 절단해야 한다 아닝교."

사량은 난감했다. 한 번도 그런 광경을 본 일도 없으려니와 수술대에 보조요원이라니, 어림도 없는 소리였다. 우물쭈물하는 사량에게 현준식이 소리쳤다.

"아, 빨리요, 다리를 절단하려면 몸을 눌러야 합니데이."

한용준이었다. 마지막 환자라고 했다. 삐오넬과 조선웅은 수술을 마쳤고, 김영식은 팔을 절단했다.

한용준 수술이 제일 어려운 집도였다. 여의사가 머리를 잡았고, 현준식이 왼쪽 팔과 몸을, 사량이 오른쪽 몸을 눌렀다. 남자 의사가 톱으로 무릎뼈를 썰었다. 그리곤 날카로운 도끼로 무릎을 내리쳤다. 환자 대신 사량이 비명을 질렀다.

"악!"

정작 환자는 모르핀주사를 맞고 깊은 잠에 빠져 있었다. 여의사가 시뻘건 피가 끊임없이 흐르는 무릎을 동여맸다. 파편이 깊숙이 박힌 무릎뼈를 며칠을 소독하면서 치료했지만 결국 썩고 피고름이 흘러내려 의료진이 내린 최후 결정이었다. 사량은 속이 울렁거려 밖으로 나와 새벽공기를 마셨다.

"시창이, 자네가 왔다는 소식은 들었네만, 여기서 만날 줄이야!"●

고찬보였다. 평양고등보통학교 4학년 시절 광주학생의거 기념 동맹휴학을 단행했을 때 5학년 책임자였다.

"아니, 찬보 형님이 여긴 어떻게?"

사량은 반가움과 놀라움에 손을 움켜잡았다.

"자세한 얘기는 나중에 하고, 저기 여의사 동지나 진정시켜 드

● 사량의 고등학생 때 이름이 김시창이다. 그의 형은 김시명.

리게. 나는 마저 마쳐야 할 일이 있네."

밤새 수술을 마친 여의사가 가운을 벗고 밖으로 나왔다. 홍숙영이라 했다. 갸름한 얼굴에 어딘지 애환을 감춘 용모였다. 그의 어조에서 교육을 많이 받은 숙녀 티가 났다.

"홍숙영이라고 합니다. 의무대원이지요. 오는 도중에 현준식 동무에게서 말씀 많이 들었습니다. 김사량 작가라고요?"

그녀는 손을 내밀어 악수를 청했다. 얼떨결에 손을 잡았다. 따스한 온기가 전해졌다.

"예, 신참입니다. 한 달 전에 왔거든요. 이제 겨우 적응하고 있는 중이죠. 어제는 잠을 설쳤습니다. 이렇게라도 돕게 돼서 영광입니다."

새벽 여명에 어른거리는 그녀의 얼굴은 화사했다. 고향에서 보던 쪽동백꽃, 아니면 함박꽃 같은 고운 턱선이 드러났다.

"여기서 작가를 만나다니, 정말 뜻밖에 반가운 일이죠. 어떤 분일까 궁금했어요. 제가 평양 의전을 다닐 때 〈매일신보〉에 실린 광고를 본 일이 있어요. 조선에도 이런 작가가 있다는 사실이 감개무량하더군요. 물론 읽어 봤지요, 도서관에서 《문예수도》를 급히 구해갖고 숨죽이며 읽었어요. 왜 그리 눈물이 나던지 … 주인공 미나미 선생이 느꼈던 참담한 설움이 전해졌어요. 미나미 선생이 작가 선생임을 곧장 눈치챘지요. 그런데 여기서 뵙다니요!"

숙영의 말투에는 조금도 주저함이 없었다. 직설적인 그의 화법이 사량을 당혹케 했다.

"뭘요, 어린 시절에 막막한 심정을 그렇게라도 썼어야 했습니다. 그렇지 않으면 술독에 빠져 우에노공원 노숙자가 됐을 거요."

숙영이 깔깔 웃었다.

"여기도 노숙자 신세인 걸요. 태항산채 노숙자라 … . 고국이 아니니까, 이렇게 헤매 다녀야 하니까요. 죽음이 항상 옆에 대동해 있고, 죽음의 색깔이 삶의 의지보다 진하니까요. 전쟁이 언제 끝날지 모르잖아요. 이렇게 산채를 헤매다가 역사의 소용돌이에 휘말려 어디론가 소멸되겠죠. 별똥별이 그렇잖아요? 생명을 태우며 사라지는 물체 … ."

그녀의 화사한 얼굴과는 달리 어조에 허무함이 묻어났다. 그녀의 따스한 손을 잡아 주고 싶었다. 새벽 한기에 움츠린 그녀의 어깨를 감싸 주고 싶었다. 2년을 연안과 태항분맹에 있었다고 했다. 연안 의과대학에서 수학하고 조선의용군 의무군관이 되었다고 했다.

"갓 온 사람에게 하는 말치곤 조금 허무하군요. 저는 외려 삶의 의지가 솟구치고 있는 걸요!"

사량은 짐짓 목소리를 높여 숙영을 달랬다. 숙영은 살포시 미소를 머금고 화답했다.

"즐거운 일도 있어요. 제가 괜히 해본 소리죠. 그나저나 환자

들 때문에 한 열흘은 여기에 묵어야 할 것 같습니다. 상태가 좋지
않아서요. 작가 선생님, 얘기 많이 들려주세요."

　　숙영은 가벼운 목례를 하고 의무대로 총총히 사라졌다. 뒷모습
에 아침 햇살이 굴러떨어졌다.

자작나무 숲

호가장 전투를 다룬 〈호접〉과 일군 장교 심문내용을 담은 기사를
써서 연안총교로 보냈다. 전진 초소 습격사건과 전투상황을 취재
하고 싶은데 삐오넬과 조선웅이 얼마나 회복했는지 궁금했다.

며칠 숙소에 눌러앉았던 사량은 방을 나섰다. 오후 햇살이 눈
부셨다. 오른편 구릉에 펼쳐진 자작나무 숲으로 발길을 옮겼다.
숲을 둘러 의무대로 가볼 요량이었다.

고국은 장마가 지고 대동강물이 불어 온통 물바다가 될 절기였
는데 여기 태항산채에는 간간이 찾아오는 빗줄기 외에 건조한 바
람만 불었다. 산맥 너머 사막이 있다고 했다. 끝없이 펼쳐진 모
래밭은 장관일 거라고 사량은 짐작했다.

열사熱砂의 나라에도 사람들이 산다고 들었다. 베두인족, 낙타
를 기르면서 모래폭풍 속에서 생활하는 이민족의 풍습과 이름이
순간 신비로움으로 다가왔다. 중앙아시아의 드넓은 고원지대에
도 우리와 같은 아시아인종이 산다. 양 떼를 기르고 방목한 야생

말을 거두며 살아간다. 육체적으로는 고달파도 그들의 시간은 평화로울 것이다. 이민족의 습속과 풍습을 그대로 간직하게 만드는 것이 인류의 평화일진대, 어찌 일본은 하나의 권역으로 묶으려 저리 안달이란 말인가?

1억도 채 안 되는 인구로 아시아대륙을 한데 묶어 자신의 통치하에 둔다? 기실 '대동아공영권'이라는 통치구상도 구체적인 기획 없이 내건 구호에 불과했다. 재작년, 도조 히데키東條英機가 점령지역 민족지도자들을 도쿄에 초청해 대동아공영권 회의를 개최했다. 그가 한 말이라곤 아시아 정신주의의 소중함과 국체명증에 관한 것, 그리고 서양 물질주의 문명이 초래한 침략과 착취의 비도덕성에 대한 규탄뿐이었다. 그리곤 황도皇道사상을 널리 실천해달라는 부탁으로 그 지리한 연설을 끝맺었다.

대체 뭔가? 치밀한 기획도, 밑그림도 없는 침략의 목적은? 서양 물질주의 문명의 침투로부터 아시아인을 보호한다는 것? 그걸 위해 무고한 아시아인을 죽음으로 내모는 것?

1938년 남경 침공 때에는 무려 30만 명의 죄 없는 시민들이 죽창에 찔려 죽었다. 시체가 산을 이뤘다. 교토대 교수 스즈키 시게타카鈴木成高는 그 소식을 접하고 조금 당황한 나머지 '근대의 초극超克'이란 괴상한 개념을 고안했다. 근대에 갇힌 영미英美를 넘어, 일본정신의 가장 깊은 곳에서 문화, 역사, 윤리를 통합하는 과정에서는 그런 일이 발생할 수도 있다고 정당화했다. 정말 웃기는 일이었다. 지식인의 반역이 그런 무서운 합리화를 낳는다는 사실에 사량은 치를 떨었다.

자작나무 숲은 일대 장관이었다. 건장한 남자 몸통 굵기에 키는 족히 30미터쯤 되는 흰 수피의 자작나무가 빽빽했다. 마치 백색 유니폼을 입은 러시아 병정들의 열병식 같았다. 열은 안개가 나뭇가지에 걸렸다가 스멀스멀 이동했다. 저 나무 심지에는 어떤 사연이 있기에 흰색 피부로 몸을 둘렀는가. 자작나무가 뿜어내는 숨결이 폐부로 스며들었다.

연전에 백석白石을 〈조선일보〉 편집실에서 만난 일이 떠올랐다. 문학부 기자였던 백석은 항상 술에 취해 있었다. 백석은 학예부 기자로 말석에 자리한 사량을 보고는 호기롭게 말했었지.

"어이, 시창 군! 자작나무로 삶는 국숫집을 찾아냈어. 오늘 한잔 어때?"

불쾌하게 웃는 얼굴엔 애수가 서렸었지. 백석은 자작나무의 원향을 찾아 장춘인지 합이빈哈爾濱인지 가버리곤 무소식이었다. 사량은 그가 쓴 시 〈백화白樺〉를 기억한다.

산골 집은 대들보도 기둥도 문살도 자작나무다.
밤이면 캥캥 여우가 우는 산도 자작나무다.
그 맛있는 메밀국수를 삶는 장작도 자작나무다.
그리고 甘露(감로) 같이 단 샘이 솟는 박우물도 자작나무다.

산 너머는 평안도 땅이 뵈인다는 이 산골은 온통 자작나무다.

그의 고향 정주로 갈 것이지 왜 만주벌판을 헤매고 있을까? 그때 언뜻 움직이는 물체가 포착됐다. 사량은 얼른 자작나무 뒤로 몸을 숨겼다. 그 물체는 서서히 이리로 접근했다. 사람이라면 혹시 밀정? 일본군 잔병? 무기를 두고 온 것이 후회됐다. 사량은 지급받은 무기를 그리 달갑지 않게 여겼다. 총은 상대를 죽임으로 자신의 삶을 지키는 무기다. 그 비정하고 차디찬 논리가 싫었다. 전초기지의 병사라면 모를까.

사정거리에 들어온 그는 뜻밖에 홍숙영이었다. 긴장을 놓으며 사량이 말했다.

"놀랐어요, 숙영 동지가 이런 곳에 홀로 나오다니요."

"아 예, 저도 긴장했지요. 작가 선생을 이리 호젓한 곳에서 만나다니 행운이네요. 며칠 안 보이시더니 뭔가 쓰신 모양이군요, 호호."

숲속에서 본 숙영의 자태는 아름다웠다. 고운 얼굴선이 자작나무 잎처럼 갸름했고, 펑퍼짐한 편복에 허리띠를 둘렀는데도 아담하고 굴곡진 몸매가 드러났다. 내면에 감춰 둔 단아한 향기가 목적지를 찾은 듯 사량에게 풍겨 왔다. 목소리를 가다듬으며 사량이 말했다.

"예, 연안총교에 보낼 원고를 정리했지요. 이제 전진 초소 전투담을 취재하러 가는 중이었어요. 이곳을 둘러보고. 여기에 이런 숲이 있는 게 꼭 고향 뒷산 생각이 나서요."

"저도 그랬답니다. 저는 평양 외곽에 살았는데 만경대 뒷산에 울창한 자작나무 숲이 있었지요. 의학 공부하다 지루하면 그곳을 자주 갔어요."

"저는 평양 상수리에 살았어요. 시내와 가까운 곳이니 숙영 씨 집과는 지척이네요. 그나저나 여기까지 오게 된 얘기를 듣고 싶은데 ···."

숙영은 한동안 말이 없었다. 자작나무 숲에 바람이 쏴하고 일자 햇살이 은빛 가루처럼 빛났다.

"제가 무리한 부탁을 했군요. 아픈 곳을 건드린 건 아닌지 ···, 사과합니다."

"아닙니다. 어차피 상처는 오래가겠지요. 다만 평양에 홀로 계신 어머니가 떠올라 가슴이 먹먹해졌던 거구요."

숙영은 묻어 둔 얘기를 시작했다. 그녀가 연안으로 넘어온 경위는 대강 이랬다.

평양여고보를 다니던 1학년 때 광주학생운동 기념 동맹휴학이 있었다. 숭실고보 4학년이던 오빠가 동맹휴학을 주도하다가 특고特高의 수배를 받게 되었다. 도망갈 곳도 없고 그렇다고 일본으로 밀항할 수도 없어서 아버지는 오빠를 만주로 탈출시키기로 마음을 먹었다. 동네에서 큰 방앗간을 운영했고 싸전도 겸했던 아버지는 돈을 마련해서 만주행 안내원에게 오빠를 맡겼다고 했다. 오빠가 무사히 연변에 도착했다는 전갈도 받았다.

　이후에 아버지는 인생관을 바꿨다고 했다. 돈이 모이는 대로 족족 연변 항일운동단체에 군자금을 보냈다. 마치 가문의 장손에게 돈을 보내는 마음으로 말이다. 돈은 독립군에게 잘 전달됐다. 그런데 연락책이 국경에서 일경에 잡힌 후 자금의 방향이 바뀌었다. 경찰서에 증거물로 착착 쌓였다. 숙영은 평양의전에 입학한 후 다른 생각을 않고 의학 수업에 전념했다고 했다.

　어느 날, 아버지가 특고에게 연행됐다. 미나미 지로南次郎 총독이 부임하고 반일인사 체포선풍이 불던 시절이었다. 일본의 탄압은 극에 달했다. 창씨개명, 신사참배에 모든 조선인을 전시체제로 몰아갔다. 향촌의 처자들을 모집해 일본군 위안부로 넘기던 시절이었다.

　아버지에게 면회를 간 날, 어머니는 충격을 받고 쓰러졌다. 모진 고문에 혼이 나간 상태로 말을 잇지 못하던 아버지, 뼈가 앙상하게 드러난 몰골은 시체 그 자체였다. 아버지는 결국 몇 달 뒤 감옥에서 옥사했다. 시체를 거둬 가라는 특고의 통지서를 받아 쥐고 숙영은 몸을 떨었다.

　몸져누운 어머니에게 알리지 않은 채 숙영은 아버지 시신을 거둬 선산에 묻었다. 의전 졸업반, 학업을 무작정 중단하고 돈을 마련했다. 얼마간의 돈을 하인 수돌 아비에게 맡기고 어머니 간병을 부탁했다. 작별인사를 하는 숙영을 어머니는 알아보지 못했다. 그길로 압록강을 건넜다. 심양으로 가서 항일단체와 연락을 취했다. 연락원과 선이 닿자 승덕, 열하를 거쳐 만리장성을 따라 걸었다. 두 달간의 대장정 끝에 결국 태항산을 거쳐 연안에 도착했다.

말을 마친 숙영의 어깨가 들먹였다. 가족이 풍비박산이 난 저간의 사정을 아직도 감당하지 못한다는 표현이었다. 숙영에 비하면 사량은 털어놓을 얘기가 없었다. 아직 가족들이 건재하므로, 저리 쓰라린 회한을 가슴속에 묻은 바 없으므로. 자작나무가 바람에 흔들려 서걱서걱 소리를 냈다.

사량은 숙영의 어깨를 다독였다. 울고 있는 숙영을 달랠 방법이 없었다.

꾹꾹, 꾸꾸꾹….

어디선가 박새가 울었다.

딱딱, 딱따르르르….

딱따구리가 나무등치를 쪼아 댔다.

숙영에게서 창포꽃 냄새가 은은히 풍겼다. 숙영은 눈물을 멈추지 않았다. 오랜만에 마음 놓고 우는 울음이었다. 얼굴이 온통 눈물범벅이었다. 사량은 숙영의 어깨를 살짝 당겨 안았다. 사량으로선 처음 해보는 동작이었지만 전혀 낯설지 않았다. 어색하지도 않았다. 이역만리異域萬里 자작나무 숲속에서 고향 여인의 한 서린 얘기를 들어줄 순간이 있을 줄이야 꿈에도 생각지 못했다. 둘은 한동안 그렇게 서 있었다. 흰 수피樹皮를 두른 한 그루의 자작나무였다.

사량은 어깨에 얹은 팔을 풀며 입을 달싹였다.

"이젠 … 내려갈까요?"

숙영은 쑥스러운 듯 웃으며 답했다.

"자작나무 숲에서 울다니, 실은 저 흰 수피가 자작의 울음이에요. 여우, 승냥이 울음소리, 박새, 종달새, 뻐꾸기 울음소리를 다 머금고 나서 저런 흰 수피를 내밀잖아요. 그러니 사람마저 그 앞에서 울 수는 없는 노릇인데, 오늘은 실수를 했네요. 다 작가 선생님 때문이에요!"

"어이쿠, 미안합니다. 그런 걸 물어보다니, 깊이 숨겨 놓았을 텐데 …, 제 불찰입니다."

"그런데 선생님은 어떤 사연이 있어요? 얘기를 들려줘야 공평한 관계가 되는 거지요?"

숙영은 사량을 졸랐다. 공평하다는 말에 사량은 할 수 없이 저간의 사정을 들려줬다. 조선에서 황군위문단에 파견되고 북경에 머물다가 탈출한 얘기, 그리고 석가장을 거쳐 태항산에 오기까지 겪은 일을 하나씩 들려줬다. 자작나무 숲길이 끝나 있었다.

하남점에 들어서니 장이 섰다. 닭과 오리장수가 흥정을 하고 있었고, 빗자루, 호미, 낫이 멍석에 널려 있었다. 엿과 강냉이도 있었고, 쑥떡 같은 먹거리, 국수를 말아 파는 장사도 보였다. 사량은 사탕, 엿, 과자를 샀다. 환자 회복에 당분이 좋다는 말을 어릴 적부터 들었다. 봉쇄선을 넘을 때 남장촌에서 합류한 노인이 알아보고 반가워 소리쳤다.

"작가 선상, 그새 어디 있었음매? 궁금했는디 …. 옆에 있는 샥시는 어디서 왔음둥? 선이 무척 고우네 그랴."

노인은 몇 가지 물건을 사들고 따라붙었다.

"여기도 공산사회는 아닌가 봅매, 저래 물건을 내놓고 팔면 워찌 나눠 먹겠음둥?"

"예, 저 위 숙소에서 글을 썼지요. 여기 여동무는 의료대원입니다. 홍숙영 동지라고."

"참 곱게도 생겼음매. 근데, 척 보아 허니 샥시와 작가 선상이 천생연분으로 보임매. 내 직감은 영락없는 것임둥. 아, 작가 선상이 염통이 안 좋아, 혈색이 파리한 게 영 근심임매. 샥시가 잘 보살펴야 하것음둥, 안 그란감?"

"예, 그러지요!"

숙영의 대답이 사량의 핀잔과 겹쳤다.

"영감님, 처자식 있는 몸이 무슨 천생연분이라고!"

"아니 천생연분이 무슨 부부에게만 있는 줄 아심매? 살다 보면 뗄 수 없는 연緣이 있는 법이지비! 두고 보면 알 것임매."

의무동

영감이 알쏭달쏭한 말을 던져 놓고 좁은 길로 허위허위 올라갔다. 염통이면 신장인데 그런 기색이 있는지 숙영이 물었고, 사량은 금시초문이라 말했다. 태항산 오는 길에 노인을 만났는데, 그때에도 안색을 살피며 염통 얘기를 했다고 사량은 웃었다.

의무대로 들어섰다. 마침 현준식, 최경식, 손영해가 다 모여 얘기꽃을 피우고 있었다. 손영해가 반겼다.

"작가 선생 오셨다!"

삐오넬과 조선웅이 한결 나아진 얼굴로 사량을 맞았다.

"살아났구만! 얼마나 걱정했는데."

사량은 눈물이 핑 돌았다.

"모두 의사 동지 덕분이야. 홍숙영 동지에게 평생 빚을 졌네, 우리 둘 다."

삐오넬은 어깨에 박힌 총알을 꺼냈고, 조선웅은 옆구리를 뚫은 총상을 치료받았다. 조금 늦었으면 생명에 지장이 있을 뻔했다.

젊음의 회복력은 총상의 치사력보다 강했다. 사량은 과자, 사탕, 엿을 꺼내 놓았다. 기운이 회복된 김에 이들이 체험한 전투를 취재하고 싶었다.

"조 동무, 셰퍼드는 어찌됐나?"

조선웅은 금시 얼굴이 붉어졌다.

"기총소사에 맞아 죽었시요. 적 기관총이 작렬해서 땅에 엎드려 있을 수밖에 없었는데, 셰퍼드가 기관총 진지로 달려들었시요. 잠시 총소리가 멈추는가 했는데 팔로군 전투기가 공중 사격을 감행했드랬어요. 기관총 진지가 박살났고 셰퍼드도 거기서 죽었음매. 제가 일어나 뛰쳐 가는 순간 경장갑차 기관총이 불을 뿜더만요. 난 그 자리에서 고꾸라졌드랬시요. 의식을 잃었뿌랬습매. 그 다음에 무슨 일이 일어났는지 전혀 기억이 없슴매."

뻬오넬이 말을 이었다.

"실은 그 경장갑차에 지가 달려들었는디, 뒤에서 올라탔구만요. 장갑차 뚜껑을 열고 수류탄을 까발기 던져 뻐렸시요. 그리곤 뛰어내렸는데 팔로군 전투기가 경장갑차를 덮쳤능기라요. 저도 기총소사에 한 방 맞아뿌렀지요. 온몸을 쑤셔 대는 고통이 찾아오데요, 고만. 아이구, 제 생애 그런 통증은 처음잉기라요."

"그랬구만…."

사량은 자신이 총에 맞은 듯 아픔이 전해졌다.

"그래도 이를 앙물었는디. 파괴된 장갑차에 몸을 숨기고 한 놈씩 쏴삐렸지요. 세 명째 쓰러지는 걸 봤지요. 근데 뒤에서 갑자기 지원군이 나타났어요. 일본군이 달아나기 시작하데요. 어, 살았구나, 하는 순간 의식을 고만 잃었삐렸지요."

"동무들의 용맹한 전투 덕분에 촌락민들이 생명을 건졌어요. 초소가 몰살당했다면 아마 촌락민은 모두 학살당하고 민가는 불탔을 겁니다. 정말 장한 일을 했습니다. 뻬오넬, 자네는 아버지 원수를 갚은 셈이지."

사량은 칭찬을 아끼지 않았다.

뻬오넬 아버지도 감옥에서 옥사했다. 유별난 죄목도 아니었다. 일경에 대든 죄, 일본인 상인이 사기를 쳐 흠씬 때려 준 죄가 다였다. 6년 전의 일이었다. 뻬오넬은 아버지를 묻고 무작정 북경 삼촌을 찾아왔다고 했다. 원수 갚는 길이라면 무엇이든 하겠다는 조카의 말에 결국 설복당한 삼촌은 태항산채를 알려 줬다. 연락책과 함께 떠나는 11세 소년에게 삼촌은 할 말을 잃었다. 이름을 처음 알았다. 정욱제, 고향은 경북 영천.

"니는 아버지 빽이 든든한가 보네. 머리를 관통했으면 바로 북망산천으로 갔을 긴데, 하하."

현준식의 말에 모두 웃었다.

"그건 조선웅 동무도 마찬가지야, 셰퍼드가 대신 죽은 거지. 자자, 우리의 용맹무쌍한 셰퍼드 동무를 위해 건배!"

사량의 제의에 모두 옥수수차를 따른 잔을 높이 들었다. 숙영도 흐뭇한 표정을 지으며 옥수수차를 마셨다. 분위기가 왁자지껄해졌다.

"그 일본 놈들 뷀 거 아니드만요. 한 대 맞으니 푹 고꾸라지는데, 황군 어쩌고도 뷀 수 없드만요. 뭐 장검을 빼고 돌격한다고? 에고, 지원군이 들이닥치니 꽁무니 빼기 바쁘더만요, 고놈들이. 꼭 죽음을 앞둔 패잔병 같더만요. 불쌍하기까지 했다니깐요."

삐오넬이 신이 나서 떠벌렸다.

"내가 그 장갑차를 일찍 잡아삐렸으면 조선웅 동무가 총에 맞지 않았을낀디, 아섭구만요. 근데 장갑차를 뿌실라니깐 고만 아까운 생각도 들데요. 요걸 그냥 탈취해 갖고 가져가면 쓸 만할 낀디, 그런 생각이 들더만요."

"에고 살아나니까 뷀 생각 다 하는구만."

최경식이 핀잔을 줬다.

"아니 정말이라요. 지가 그걸 타고 영천까지 가 갖고 우리 아부지 죽인 영천경찰서를 콱 쑤셔 뿔라카는데, 그래야 속이 시원할 것 같은께요. 그래 놓고 우리 순이를 태우고 영천 시내를 한 바퀴 휙 돌면 고만 순이가 내 색시가 될 거 아니겠능교?"

조선웅이 거들었다.

"야는 만날 순이 타령임매!"

박장대소가 터졌다. 환하게 웃는 숙영이 사랑에게 얼굴을 돌렸다. 사랑과 눈이 마주쳤다.

고찬보가 다급한 표정으로 의무대로 들어섰다. 무슨 소식이 있는 표정이었다.

"동무들, 동무들, 희소식이오! 히로시마에 신형폭탄이 터졌다는 소식이오!"

고찬보는 숨을 고르면서 말을 이었다.

"그리고 … 말이오, 소련이 일본에 선전포고 한다는 소식도 있소!"

사량도, 숙영도 모두 자리에서 벌떡 일어섰다. 신형폭탄이라면 풍문에 나돌던 그 원자폭탄을 말한다. 원자폭탄의 위력은 아무도 정확히 짚어 내질 못했다. 도시를 한꺼번에 날려 버린다고도 했고, 산천을 몽땅 무너뜨린다고도 했다. 폭탄이 터진 후 엄청난 비가 쏟아져 홍수를 이룬다는 말도 돌았다. 아무튼 가공할 만한 무엇임에 틀림없는데 설마 그런 일이 일어날까 누구도 장담하지 못했던 소문이었다.

그런데 일어났다! 신형폭탄이 터졌다! 그것도 일본 심장부에서 말이다. 소련의 참전은 팔로군과 의용군이 그토록 원했던 바였다. 소련은 제국주의를 물리치고 식민지를 해방시키는 유일한 해방군으로 숭앙되었다. 소련이 관동군을 무찔러 주기만 한다면, 팔로군은 여세를 몰아 국민당 군대를 압박해 중국을 해방시킬 수 있다고 믿었다. 의용군에게 소련 참전은 곧 조선 해방을 의미했다. 연해주로부터 동쪽 해안을 따라 남하하면 조선 북부지역을 우선 해방시키고 함흥과 원산에 상륙해 관동군의 옆구리를 찌를 수 있다.

의용군은 소련군과 협력해서 조선에 진격하는 그날을 손꼽아 고대했던 것이다. 이런 마당에 신형폭탄은 상황의 급진전을 가져올 것이다. 일본군은 급격히 위축되고 관동군의 기세도 동시에 꺾일 것이다. 동북으로 전진해 압록강을 건너 총공세를 펼 날이 다가온 것이다. 어안이 벙벙했던 태항산채 동지들이 환호성을 지른 것은 동시적이었다.

"만세! 만세! 조선 독립 만세!"

그들은 서로 얼싸안았다. 현준식과 손영해는 서로 부둥켜안고 울었다. 최경식은 삐오넬과 조선웅의 손을 잡고 얼굴을 감쌌다. 숙영의 눈에 고인 눈물이 뺨으로 흘렀다.

사량은 이 감격스런 순간을 가슴에 깊이 새겨 넣었다. 가슴을 짓누르던 짙은 어둠 속에서 한 줄기 빛이 비추는 것 같았다. 나무 걸상에 걸터앉은 고찬보도 얼굴을 감싸 쥔 채 넋을 잃었다.

진격명령

다음 날, 소련이 선전포고를 했다. 블라디보스토크에 주둔한 소련 극동군 25군이 남하를 개시했다. 하바롭스크와 보로실로프에 근거를 둔 극동군 25군 88특수여단이 동만 국경을 넘었다. 88여단 예하부대로 편성된 동북항일연군도 조선 진군 명령을 접수했다. 김일성이 이끄는 유격대였다.

8월 9일, 나가사키에 원폭이 또 투하됐다. 조선과 철강공장이 파괴되자 일본은 군수물자를 더 이상 조달할 수 없었다.

도쿄 시내 지하벙커로 은신한 대본영은 논란에 논란을 거듭했다. 항복론자와 옥쇄론자가 맞붙었다.

8월 11일, 팔로군 총사령관 주덕朱德이 제6호 명령을 하달했다. 조선의용군에게도 동시에 내려진 진군명령이었다. 태항분맹에 명령서가 접수되었다.

중국과 조선 경내에서 작전을 수행 중인 소련 홍군과 협력해 즉시 조선인민을 해방하라. 나는 지금 화북에서 항일작전을 수행 중인 조선의용군 사령 무정과 부사령 박효삼, 박일우에게 지시를 내린다. 즉시 소속 부대를 인솔해 팔로군과 동북군 각 부대와 함께 동북으로 진군하라. 일본군과 괴뢰군을 격멸하고 동북의 조선인민을 조직함으로써 조선해방의 임무를 달성할 것을 명령한다.

— 총사령 주덕. 1945년 8월 11일 12시

오후 늦게 태항분맹 작전실에서 긴급회의가 소집됐다. 상황이 너무 급박하게 돌아가 대원들도 정신을 수습하기 어려웠다. 사량도 작전실 지휘부 회의에 참석했다. 일단 김창만이 저간의 상황을 두 가지로 보고했다. 팔로군 주덕 사령관이 하달한 명령에 대한 내용이었다. 군대를 수습해서 동북으로 전진하라는 것, 그리고 조선으로 진격해서 조선인민을 해방하라는 것이 골자였다.

김창만이 접수된 전문을 들어 보였다. 그리곤 연안에서 개최된 독립동맹 대표자회의 결과를 전했다. 지역마다 크고 작은 전투가 벌어지고, 또 시국이 급변해서 모든 대표가 참여하지 못했다고 한다. 그래서 연안 지도부가 간부확대회의로 대체해서 독립동맹의 정치노선과 각 분맹의 임무가 장시간 토론 끝에 결정되었다고 했다. 독립동맹과 의용군사령부의 지도부가 새로 선출, 임명되었다는 사실도 덧붙였다.

태항분맹 지대장 이익성이 그 명단과 직책을 발표하라고 일렀다. 김창만이 큰 소리로 명단과 직책을 읊었다.

독립동맹 주석 김두봉, 부주석 최창익, 한빈,
집행위원 무정, 박일우, 허정숙, 주춘길, 김창만, 이유민,
방우용, 장근광, 양민산, 하앙천.
의용군 사령관 무정, 부사령관 박효삼, 박일우,
그리고 진서북군구, 진기로예군구, 태항군구, 기렬료군구,
산동군구, 신사군군구, 연안의 군사책임자는 전前과 동일.

김창만의 보고가 끝나자 이익성 지대장이 일어섰다.

"아무래도 사태가 심상치 않소이다. 일본을 결딴낼 그날이 다가온 것이오. 팔로군 사령관의 명령서가 하달된 만큼 동북지역으로 쳐들어갈 준비를 해야겠소. 최창익 동지가 곧 돌아올 터이니 그 전에 임무를 나눠 시행하도록 합시다."

이익성은 후후, 흡흡… 숨을 잠시 가다듬었다가 업무 분장에 관한 지시를 내렸다.

"군대 정비는 내가 맡겠소이다. 현재 중상자가 4명, 경상자가 10명, 그리고 190여 명은 건장한 상태요. 구급요원들이 와 있으니 환자들은 빠른 시일 내 회복할 것이오. 대장정을 대비해 군대를 몇 개 중대와 소대로 편성하는 게 좋겠소. 그건 내가 맡으리다. 장지민 교장은 조선으로 귀국할 촌민과 그들의 건강상태를

파악해 주시오. 선발대와 동행할 수 있는 사람과 뒤에 따라올 사람, 그리고 여기서 아예 정착할 사람들을 자율의사에 따라 구분해 주시오. 그리고 김창만 선전부장은 이동 차량과 수레, 식량과 약품, 말과 나귀 등 수송과 보급을 챙겨 주시오. 아마 적잖은 시간이 걸릴 것이오. 다만, 남장촌민들이 동요하지 않게 신중을 기해 주기를 바라오."

모두 흥분된 상태였다. 조선으로의 진격! 그토록 고대하던 시간이 코앞에 닥쳐왔는데도 실감이 나지 않아 모두 벙벙한 느낌이었다.

진격이다! 진격이다!

그렇게 외쳐 봐도 태항산은 푸르른 녹음을 한가슴 안은 채 미동도 하지 않았다. 하남점 중심을 관통하는 냇물도 변함없이 흘러내렸고, 아이들도 어제처럼 여병사를 따라 노래를 불렀다. 다만 여병사의 표정이 한껏 밝아진 것 외에 변한 것은 없었다.

노인은 허물어진 처마 밑에서 여전히 담배를 피웠다. 왜 저리 소란스럽냐는 투의 표정도 변함없었다. 냇가 버드나무 가지가 저녁바람에 산들거렸다. 물떼새는 어디론가 가버리고 없었다. 사량은 이 모든 광경을 도장 찍듯 머리에 각인했다.

대장정 준비를 하느라 이틀이 후딱 지났다. 각자 임무를 수행하느라 얼굴을 마주칠 새도 없었다. 남장촌민들은 갑작스런 이동

준비에 부산했다. 사량은 여기저기 취재를 다녔다. 행복한 시간이었다. 귀국이라니! 온 지 한 달도 안 돼 돌아간다고 하니 서운한 감도 있었지만 일본군과의 마지막 일전을 위한 대장정이라면 얼마나 멋지고 설레는 일인가!

허리에 찬 모젤 권총에 손을 얹었다. 여전히 차갑고 냉정한 촉감이 전달됐다. 환자들은 어지간히 회복됐다. 한용준과 김영식은 팔과 다리를 절단했는데도 그런대로 냉정함을 회복하고 있었다. 장한 젊은이들이었다. 숙영은 그들의 치료에 여전히 바빴다. 숙영이 물었다.

"진군한다면서요?"

"예, 동만주로 가서 압록강을 건널 모양이지요!"

"그럼 저는 의무대원으로, 선생님은 종군기자로?"

숙영은 마치 원족을 앞둔 소학생小學生처럼 말했다.

"그럽시다, 숙영 동지는 내 염통을 지켜 주시구료. 나는 숙영 씨를 기록하리다!"

말을 해놓고 보니 소꿉장난 같은 느낌이 들어 머쓱해졌다. 사량은 서둘러 의무대를 나왔다. 삐오넬이 두 사람의 대화를 엿듣고는 싯누런 이빨을 드러내며 의미심장한 미소를 띠었다. 삐오넬이 외치는 소리가 뒤통수를 때렸다.

"작가 선상님요, 우리 숙영 동지를 선상님 희곡에 배우로 출연시켜 주이소, 잉?"

회상

8월 14일 저녁, 최창익이 작전계획서를 갖고 태항분맹에 귀환했다. 작전실에서 간단히 브리핑을 했다. 김창만, 이익성, 장지민, 그리고 분대장과 연락원들이 모두 모였다. 얼굴이 벌게진 그가 마른침을 삼키며 말문을 열었다.

"연안총교와 항일군정대학에서 동북진격 1차 작전계획서를 만들었소. 팔로군사령부 및 다른 분맹들과 협의하느라 아직 완성되진 않았지만 곧 진격 경로와 구체적인 일정이 적힌 2차 작전계획서가 하달될 것이오. 태항군구를 떠나는 출발시각은 8월 21일 오전 10시로 일단 정했소. 출발을 대비해 각자 맡은 바 임무를 다해 주기를 바라오. 총지휘는 내가 맡을 것이고, 각 분대별 업무에 관해서는 지도부가 매일 작전회의를 하고 결과를 통보해 줄 것이오. 우리가 이십 년간 고대해 온 대공세인 만큼 준비에 만전을 기해 주기를 바라오! 일본의 패망이 얼마 남지 않았소이다!"

감격에 찬 최창익의 목소리가 끝내 갈라졌다. 일동 박수와 함께 우, 우… 함성이 일었다.

사량은 요 며칠 일어난 일을 기록하느라 정신이 없었다. 비록 사소한 사건들이기는 하나 먼 훗날 누가 들추어 본다면 항일독립운동이 그렇게 먼 산협 골짜기마다 켜진 외로운 횃불이 모여 이뤄진 불의 강江임을 깨닫게 될 것이다. 삐오넬 소년에서 저 김두봉 선생까지 남녀노소 할 것 없이 오직 조선 독립을 위해 이역만리 산협에서 일본군과 싸웠다는 사실 자체로도 감격스러운 소小역사다. 수많은 지류가 흘러 대하를 이루는 법, 사량은 작은 지류가 만든 여울과 물줄기를 따라 무작정 흘러내려 갈 요량이었다.

밤이 깊어 갔다. 8월 중순의 밤하늘엔 별이 총총했다. 일본이 패망한다고 생각하니 먹구름이 걷히는 듯했다.

사량은 악명 높던 테라우치 마사타케寺內正毅 총독의 강압통치 하에서 태어났고, 내선융화를 부르짖던 사이토 마코토齊藤實 총독의 무단통치하에서 사회현실에 눈을 떴다. 고등보통학교(중학교) 4학년 때 광주학생의거 기념 동맹휴학을 주동한 것도 그 때문이었다. 기마경찰이 교문을 가로막았다. 무장경찰이 데모대를 해산하려 달려들었고, 시위 주동자를 색출해 체포했다. 사량은 시위대 앞줄에 서 있다가 엉겁결에 피신했는데, 늙은 순사가 뒤를 쫓았다. 그가 소리쳤다.

"빨리 내빼라, 빨리 내빼라!"

조선인 순사였다.

사량은 있는 힘껏 도망쳐 평양 변두리 어느 골목길에 접어들었고 허름한 집에 뛰어들었다. 노인 혼자 사는 집이었다. 그곳에서 며칠을 은신했다. 노인이 평양 시내 집에 들러 옷가지와 얼마간의 돈을 가져다주었다.

일본 밀항은 그렇게 시작됐다. 전혀 생각도 못 했던 무모한 밀항이었다. 교토대학京都大學에 다니던 형이 부산 항구를 떠돌던 사량에게 일본 도시샤대학同志社大學 제복과 위조한 도항증을 가져왔다. 관부연락선을 처음 타봤다. 검푸른 현해탄이 조선인의 애환을 싣고 나르는 눈물과 회한의 해로海路일 줄은 꿈에도 생각지 못했다.

사가고등학교 시절부터 사량은 글을 썼다. 밀항 이전에 〈동아일보〉에 시조와 동요를 투고해 실리기도 했지만 본격적으로 글을 쓴 것은 일본 유학 시절부터였다. 일본어로 쓸 수밖에 없었다. 일본어는 아주 정밀해서 사소한 감정까지도 실어 표현할 수 있었다. 재미가 났다. 고등학교 때 쓴 글은 일종의 실험 작품이었는데도 고등학교 문예지에 실렸다. 희곡을 쓰기도 했고 대학 시절에는 본격적으로 소설로 뛰어들었다.

시간 시간마다 가슴속 깊은 곳에서 샘솟는 감정과 설움을 일본어로 퍼 올렸다. 그런데 어느 날 암벽과 같은 난관에 부딪혔다. 사량이 썼던 소재는 모두 조선인의 것이었는데, 감성도 정서도 얘깃거리도 모두 조선의 체험 조각들이었는데, 일본어로 표현한 그것은 일본문학인가, 조선문학인가?

당시 조선문학은 명맥을 유지하고는 있었다. 사량이 문단에 막 발을 들여놓고 느닷없는 명성을 얻었을 즈음, 조선문학은 숨통이 끊어졌다. 조선어 신문이 폐간되고 모든 공식적 공간에서 조선어가 사라졌다. 조선어로 쓰인 문학은 발표금지 조치가 내려졌다.

4년 전, 《문예수도》편집인들이 평양 사량 집을 방문한 적이 있다. 야스타카 도쿠조 편집장과 히로쓰 가즈오廣津和郎, 나라사키 쓰토무楡崎勤였다. 대동강변에 벚꽃이 만개한 어느 봄날 일행은 강이 내려다보이는 언덕 위 고급 요정 동일관東一館에서 오찬을 같이했다. 야스타카 선생은 《빛 속으로》를 《문예수도》에 게재해 아쿠타가와상을 받게 한 일종의 은사였다. 당시 일본문학의 중진이던 히로쓰 가즈오가 인사차 사량에게 내지內地문학을 풍부하게 만들어 준 공로를 치하했다.

"대동아공영권인 조선, 중국, 대만, 오키나와, 버마 등지에서 긴 상金ちㅅ 같은 작가들이 다수 나와 일본어로 작품을 써준다면 일본정신이 얼마나 풍요로워지겠소. 그게 바로 우리 문학인들이 팔굉일우의 길을 개척하는 전사라는 뜻 아니겠소!"

황조황종黃祖黃宗의 세계로 전진하던 당시로서는 너무나 당연한 말이었지만, 사량은 이 뜻밖의 말에 짐짓 놀랐다.

'그렇다면 내가 일본정신을 개척하는 전사였던가?'

사실은 일본어로 조선의 심성 깊은 곳에 흐르는 지하수를 퍼

올리는 일에 한계를 느끼고 있을 때였다. 사량만이 간직한 조선적 체험의 신경망과 감촉을 일본어로는 도저히 건드릴 수 없던 적이 한두 번이 아니었다. 저 간극은 언어의 문제일 것이다. 민족어는 수천 년 닳고 누적된 겹겹의 민족정서를 품고 있다. 내지어內地語로 조선인의 한恨의 심성을 형상화할 수 없듯이, 일본어로 조선인의 정서적 신경망에 접속하지 못한다. 내지어로 변방 민족의 습속과 운명을 그려 낸다고? 그것이 일본정신을 풍요롭게 하는 일이라고? 애초에 불가능한 얘기였다.

장혁주張赫宙처럼 자신의 정체를 일본인과 동일시하면 가능하기는 하다. • 일본민족을 정점으로 아시아에 퍼져 있는 여러 민족을 피라미드형 구조로 만들어 그 어느 곳에 자신을 위치시키면 안 될 일도 없다.

그러나 그게 인류사의 보편적인 현상인가, 아닌가? 보편적인 흐름을 거스르는 것이 문명인가, 아니면 야만인가? 그렇다면, 나는 누구인가? 사량은 언어의 문제와 함께 존재론적 모순에 직면했다.

그 일이 있고 나서 정확히 2년 후 사량은 일본어로 쓰는 일을

● 장혁주(1905~1998) : 조선인으로 일본에 귀화한 친일작가. 초기에는 맑시스트적 면모를 보였으나 황도문학에 매진하였다. 내지어(일본어)로 써야 조선의 궁핍한 문화를 구제할 수 있다는 신념에 투철했다.

그만두었다. 그리고 국문으로 《바다의 노래》를 집필했다. 조선 설화와 미륵 얘기를 퍼 올려 일제하 점점 궁핍해지는 조선인의 생활상을 그려 내고 전통적인 습속과 민간신앙에서 치유의 길을 찾고자 했다. 그런데 결국에는 주인공의 손자 차돌이가 일본 해군기 조종사로 나서는 것으로 끝을 맺을 수밖에 없었다. •

일제의 압박은 치밀했고 집요했다. 감독기관에서 일일이 손을 댔다. 아쿠타가와상을 받은 조선의 촉망받는 작가 김사량이라면 총독부 학무국의 특별 감찰 대상이었다. 변절이라 욕하면 변명의 여지가 없었다. 오히려 그 전에 쓴 《태백산맥太白山脈》이 사량으로서는 속 편했다. 비록 일본어로 쓰이기는 했으나 갑신정변에 연루된 윤천일 중교中校가 그의 두 아들과 함께 태백산맥으로 피신해 새로운 혁명을 꿈꾸는 그 얘기는 사량에게는 힘을 돋워 주는 절묘한 타협이었다. ••

그럼에도 내지어로 쓰든 국문으로 쓰든 글쓰기의 세계가 통치 논리에 봉사할 수밖에 없는 식민지 현실에서 결국 사량은 붓을 접었다. 탈출을 결심한 것도 그때였다.

● 장편 《바다의 노래》는 총독부 기관지 〈매일신보〉(每日申報)에 1943년 12월 14일부터 1944년 10월 4일까지 연재되었다. 조선어 집필을 허락한 것은 조선 청년들이 쉽게 읽을 수 있도록 한 〈매일신보〉 측의 조치였다.
●● 장편 《태백산맥》은 1943년 2월부터 10월까지 《국민문학》(國民文學)에 발표되었다.

지난 석 달 남짓, 탈출의 시간은 가슴속을 가로지른 장벽을 걸어 내는 시간이었다. 천근만근 짓누르던 압제의 그늘에서 벗어나는 시간이었다. 낯선 시간이기도 했다. 그 낯선 시간에 오히려 언어는 샘솟았다. 정서와 감각이 살아났고, 민족의 의미가 태항산 녹음처럼 점점 푸르게 다가왔다.

중국인민의 풍습은 나름대로 정겨웠고 눈물겨웠다. 초원과 구릉에 모여 사는 그들의 생활은 궁핍하기 그지없었는데, 그 가운데에서도 먹을 것과 입을 것을 나눠 가며 사는 모습이야말로 문학 그 자체였다. 하찮은 병에 들어 시름시름 앓다 생명을 등지는 이들, 아사한 사람들, 일본군에 부모를 잃고 홀로 헤매는 고아들의 고통과 애환이 문학이었다.

창밖이 훤해졌다. 또 밤을 샌 모양이다. 여름 아침은 뜻밖에 일찍 찾아와 인사를 건네고 곧장 뜨거운 햇살을 쏟게 마련이다. 매미가 울었다. 새들이 나뭇가지를 옮겨 다니며 옥구슬 소리를 냈다. 그때 문이 열리고 최경식이 헐레벌떡 뛰어들어 왔다.

"작가 선상님, 본부에서 오시랍니다. 중대방송이 있다고 하는 구만요!"

"무슨 방송?"

"예, 일본 천황이 직접 한다는 모양이라요!"

종전 방송

본부 작전실에 태항분맹의 모든 전사들이 다 모여들었다. 앉을
자리가 없을 정도로 꽉 찼다. 더러는 문밖에서 서성거리며 담소
를 나누고 있었다. 뭔가 중대발표가 있을 모양이었다. 사람들을
비집고 들어가자 김창만 동지가 반갑게 맞았다. 이익성, 장지민,
최창익 모두 한자리에 앉았다. 저 옆으로 숙영의 얼굴도 보였다.
숙영이 맑은 미소를 머금고 가벼운 목례를 했다.

"작가 동무, 10시에 중대 방송이 있다는 정보요. 라디오가 잘
들리지 않으니 일본어를 잘하는 작가 동무가 통역을 해주시오.
혹시 모르니 지난번 잡혀 온 일본군 장교가 아직 감옥에 있소. 이
리로 호송해 오라 했소. 같이 들어 주시오. 무슨 뜻인지를 정확
히 판별해야 하오!"

김창만이 흥분에 찬 목소리로 기운차게 말했다. 모두 들뜨고
호기심이 가득 찬 표정이었다. 천황은 말만 들어 봤지 얼굴을 본
사람도 목소리를 들어 본 사람도 없었다. 일군 장교라고 해서 다

를 바 없었다. 천황은 가슴과 머릿속에 품은 신일 뿐 누가 그의
옆모습이라도 훔쳐 본 일이 일어났던가? 천황은 황궁에 깊숙이
은신한 신비로운 존재여야 했다. 그런데 그가 생생한 목소리로
방송을 한다?

'옥음玉音방송'이라 했다. 천황의 목소리를 듣는 것만으로도 신
기한데, 무엇을 말하려 함일까?

장내는 흥분에 싸여 혼란스러웠다. 오무라 중위가 포승에 묶여
끌려왔다. 전보다 훨씬 헬쑥해진 얼굴이었다. 그를 라디오 앞에
꿇어앉혔다. 그는 영문을 몰라 어리둥절했다. 사량이 넌지시 저
간의 사정을 말해 줬다. 오무라가 고개를 끄덕이며 자세를 고쳐
앉았다. 라디오가 전파를 잡기 시작했다. 잡음이 섞여 잘 분간할
수 없었다. 방송이 시작됐다. 삽시간 장내가 조용해지자 사량도
신경을 한껏 모았다. 잡음 속에 간간이 외계인이 내는 소리 같은
것이 흘러 나왔다. •

짐은 세계의 대세와 제국의 현 상황을 감안하여 … 시국을 … 충량
한 너희 신민에게 고한다. 짐은 제국정부로 하여금 미 · 영 · 중 · 소

• 1945년 8월 15일 도쿄 표준시로 낮 12시에 방송했다. 태항산에서는 오전 10시에
들었다. 이 선언문의 제목은 〈항복선언문〉이 아니라 〈종전의 조칙〉(終戰의 詔
勅)이다. 칙(勅) 자는 동양에서 원래 중국 황제만이 썼다.

4개국에 그 공동선언을 수락한다는 뜻을 통고 ···. 대저 제국 신민의 강녕을 도모하고 ···. 황조황종의 유범으로서 짐은 삼가 이를 제쳐두지 않았다. 일찍이 미·영 2개국에 선전포고를 한 까닭도 실로 제국의 자존과 동아의 안정을 ··· 나온 것이며, 타국의 주권을 ···. 본디 짐의 뜻이 아니다. 그런데 교전한 지 이미 4년이 지나 ··· 장병의 용전, 짐의 백관유사의 여정, 짐의 일억중서의 봉공 등 각각 최선을 다했음에도, 전국은 호전 ··· 대세 역시 ··· 유리하지 않았다.

사량은 뜻을 정확히 헤아릴 수 없었다. 그러나 뭔가 끝내려는 듯한 느낌이 감지됐다. 계속 신경을 모아야 했다.

적은 새로이 잔학한 폭탄을 사용하여 ··· 살상하였으며 그 참해가 미치는 바 참으로 헤아릴 수 ··· 더욱이 교전을 계속한다면 결국 우리 민족의 멸망을 초래할뿐더러 ··· 인류문명도 파각할 것이다. 이렇게 되면 짐은 무엇으로 억조의 적자를 보호하고 황조황종의 신령에게 사죄할 수 있겠는가. 짐이 공동선언에 응하도록 한 것도 이런 까닭이다.

사량은 이제 이해했다. 종전終戰이다! 종전임을 확신하고 나니 그 다음 말들은 귀에 들어오지 않았다. 사량의 가슴이 뛰기 시작했다. 방송은 계속됐다.

짐은 시운이 흘러가는 바 참기 어려움을 참고 견디기 어려움을 견
뎌 이로써 만세를 위해 태평한 세상을 열고자 한다. … 아무쪼록 거
국일가 자손이 서로 전하여 굳건히 신주(神州)의 불멸을 믿고, 책
임은 … 것을 생각하여 장래의 건설에 총력을 기울여 도의를 두텁게
하고 … 맹세코 국체의 정화를 발양하고 세계의 진운에 뒤지지 않도
록 하라.

방송이 끝났다. 적막이 흘렀다. 오무라 중위는 엎드려 "덴노!"
를 연발하고 있었다. 사량이 같이 엎드려 조용히 물었다.

"너희 일본이 항복한 것이지?"

오무라는 "덴노!"를 부르짖으며 대성통곡했다. 둘러선 병사들
이 확 달려들 태세였다. 사량이 다시 물었다.

"오무라 중위, 다 끝났네. 천황이 항복한 것이지?"

그때서야 오무라가 고개를 끄덕였다.

사량은 천천히 일어났다. 생애에 그런 비장한 표정은 처음이었
다. 입을 앙다물었고, 눈은 정면을 응시했다. 벽이라도 뚫을 기
세였다. 수백 개의 눈동자가 사량에게 모였다. 천천히 그리고 침
착하게 입을 열었다. 입술이 떨렸다.

"동지들, 일본이 항복했습니다!"

축제

시간의 결이 달라졌다. 오늘의 해가 어제처럼 떴는데도 햇살의 느낌은 달랐다. 태항산 녹음은 변함없이 푸르렀으나 어제의 빛깔이 아니었다. 벅찬 환희와 희망의 빛을 발했다. 작은 돌 하나에도 희망이 묻어났다. 길가 잡초와 야생초를 훑는 바람에 벅찬 감동이 전해졌다. 냇가 늙은 오리나무가 소낙비를 맞고 나뭇가지를 한껏 하늘로 치켜들었다. 노인이 여전히 그늘에 앉아 담배를 피워 물었다. 웃고 떠들고 부둥켜안고 울부짖는 모습에 혀를 끌끌 찼다.

남장촌은 며칠 동안 잔치로 들썩였다. 낮에는 농악대가 연주를 했고, 밤에는 성채에 횃불을 밝히고 음식과 술을 나눴다. 중국인들은 꽹과리를 두들기고 호적을 불어 댔으며, 조선인은 어디서 구했는지 북과 장구, 꽹과리로 흥을 돋웠다. 아이들이 뭣도 모르고 이리저리 몰려다녔다. 손에는 한 움큼씩 과자와 사탕이 들려 있었다. 개들이 컹컹대며 따라다녔다. 압제가 소멸된 공간에 무한한 자유가 깃들었다.

주체의 시간이었다. 적이 사라지자 산채를 지배하던 적멸敵滅
의 규칙도 유효성을 잃었다. 적멸을 대체해 주체를 구축할 새로
운 원리가 필요했다. 생각해 보지 않았던 낯선 요청의 시간이었
다. 시간의 운영, 시대의 운영을 이제 당신 스스로 해야 한다는
요청서를 받아들었다. 축제의 시간이 물러가자 망망대해에 떠 있
는 듯한 신생新生함이 몰려왔다.

동북진군에 관한 작전계획은 취소되었고 새로운 진군계획이
작성되고 있다고 했다. 일본군과의 전투가 필요 없게 되자 연안
총부와 의용군사령부는 진군계획서의 목적을 귀향 쪽에 무게를
실었다.

물론 국민당 군대와의 격전은 취소되지 않았다. 주덕 사령관의
명령을 수행하되 화북과 만주에 흩어져 사는 20만 조선인을 무사
히 귀국시키는 임무가 새로이 주어졌다. 중국 각지에서 활동하는
의용군 간부들을 조선에 빨리 입국시켜 인민해방의 정치적, 군사
적 교두보를 구축하는 일도 구상 중이었다.

어찌됐든 태항산채의 조선인들은 이제 길을 떠나야 한다는 사
실을 깨닫고 있었다. 고향을 향하여, 꿈에도 그리던 그 집과 길
과 나무와 냇물이 있는 곳, 봄이면 진달래 지천이고 여름이면 종
달새 우는 그리운 마을을 향하여. 그것이 수만 리여도 칼 찬 순사
가 없고 강제공출을 하지 않아도 되는 그런 날들이라면 아무리 먼

들 지치지 않을 것이다. 고향을 향한 한 걸음 한 걸음이 몸과 마음에 새로운 원기를 불어넣을 텐데 무엇이 걱정이랴.

대원들은 고향 갈 꿈에 가슴이 부풀었다. 각 분대에 맡겨진 임무의 중간점검이 대충 끝난 8월 하순, 동료들은 본부 작전실 마당에 모닥불을 피워 놓고 둘러앉았다. 고향 얘기에 열을 올렸다. 사량은 묵묵히 듣고 있었다.

건강을 회복한 삐오넬이 조선웅에게 성화를 부렸다.

"행님요, 이자 돌아가면 뭐 할긴디요? 좀 알켜 주소. 그래야 나도 계획을 세워 순이랑 장가들 거 아닝교? 뭐가 젤 좋응교?"

원산이 고향인 조선웅이 웃으며 받았다.

"거 뭐시기 내가 할 거 뭐 있음매? 그냥 어무이랑 오손도손 사는 게 젤 안 좋겠음둥? 원산엔 고기잽이가 그래도 제일임매. 작은 고깃배 하나 사갖고 매일 바다로 갈 것임매. 명태, 고딩이, 도루묵이, 오징어 뭐 안 잡히는 거 없지비."

"그라무 나도 따라당길까? 고거 하면 확실히 돈이 되능교?"

삐오넬이 졸라 댔다. 그러나 현준식이 핀잔을 줬다.

"욱제야, 어디 돈이 그리 쉽게 벌리노? 그리 시우면 다 부자됐게? 나는 논마재기 갖고 농사나 지을란다. 그게 속이 훨씬 편하제. 근데 내가 와서 보이 중국 사람들이 먹는 게 시원찮아. 조선 쌀하고 야채를 갖다가 팔면 돈을 떼로 벌 것 같은 생각이 막 드는디 … 고게 쉽지는 않것지. 내 고향 하동에는 강이 있싱께, 섬진강이라고. 꼬막도 잽히고 은어도 잽히고 그란데 나도 고깃배 하나 사갖고 어물 장사나 한번 해볼란다. 니 내게 안 올래? 장가보내 줄낀데."

"에고, 준식아, 니나 걱정해라. 나이는 꽉 차갖고 남 걱정하네."

손영해가 웃어 넘겼다.

"그라문 니는 뭐 할낀데?"

"나? 하던 공부 그만두고 의사나 될란다. 숙영 동지 하는 거 보니까 살짝 샘이 나데. 우리 아부지한테 얘기하면 굉장히 좋아하실 거야. 안 그래도 유학 가기 전에 영문학 말고 의사 되라고 성화셨거든. 이제 아부지 말 들을까 해. 니들 아프면 다 경성 와라, 내 다 고쳐 줄게. 공짜는 아니고, 하하."

그러자 최경식이 끼어들었다.

"나도 좀 생각이 바뀌었어유. 학창시절에는 역사를 했거든유, 그런데 대륙에 와서 굴러다니다 보니 조국을 지키는 게 내 천생의 팔자라고 느껴졌지유. 돌아가믄 군대에 들어갈려고 생각 중이에유. 내가 니들 잘 지켜 줄 테니 세금이나 잘 내서, 잉?"

그러자 모두들 '와' 하고 박수를 쳤다.

"장군 나셨네! 태항산채 출신 조선공화국 장군, 최경식 각하!"

사량도 숙영도 마음을 풀고 웃었다. 흐뭇한 밤이었다. 모닥불이 타닥타닥 소리를 내며 타올랐다.

"근디요, 지가 소원이 하나 있소!"

삐오넬이 또 튀어나왔다.

"저, 선상님이 쓴 희곡에 제가 배우로 나서면 안 될까요? 제가 이래 빼도 연기 하나는 끝내주게 잘혀요. 퉁소 부는 사나이, 뭐 그런 인물도 나오능교? 선상님, 제 퉁소 실력 알잖능교? 저 숙영 동지를 사모하는 퉁소 부는 사나이로 쫌 해주이소, 잉?"

다시 박수가 쏟아졌다. 숙영이 살짝 웃었다.

"맞아, 맞아, 욱제야, 너 경성에서 배우로 출연하면 내가 온 동네 사람 몰고 가서 응원할게."

손영해가 맞장구쳤다.

"아니, 진짜루요. 지가요, 영천에서 마당극 할 때 거지소년으로 나왔었거들랑요. 각설이 타령을 불러 제꼈는디, 온 동네 사람이 웃고 나자빠졌다니깐요! 한번 불러 볼틴께라?"

삐오넬이 일어서 육자배기를 한바탕 하더니 각설이 타령으로 들어갔다. 이리저리 어깨춤을 추며 도는 폼새가 보통은 아니었다.

"얼씨구 씨구 들어간다, 절씨구 씨구 들어간다 … 작년에 왔던 각설이 죽지도 않고 또 왔네 … 품바 품바 자리헌다 … ."

삐오넬은 몇 번이나 제자리를 돌았다. 흥겨운 시간이 속절없이 흘렀다. 모닥불이 별똥을 그리며 하늘로 올라갔다. 모두 손뼉을 치며 박자를 맞췄다. 산채에 횃불은 여전히 타올랐다.

고향만리

다음 날, 모든 대원이 본부 마당에 집합했다. 2백 명은 족히 되어 보였다. 연안총교에서 작전명령서가 하달됐다. 최창익이 연단에 올라 턱을 당기고 눈을 부릅뜬 채 입술을 움지럭거렸다. 김창만, 이익성, 장지민이 옆에 도열했다. 최창익은 좌우를 천천히 휘둘러본 다음 우렁우렁한 목소리로 명령을 내렸다.

"동무들, 드디어 고향으로 갈 날이 다가왔소! 이제 집으로 가는 거요. 가서 조선인민의 자유와 생업을 위하여 힘껏 조국에 봉사할 날이 다가온 거요!"

최창익은 감동에 벅차 숨을 골랐다. 얼굴에 붉은 기운이 돌았다.

"출발 날짜가 하달되었소. 태항분맹은 내일 모레, 9월 2일 오전 10시에 출발하오. 일차 집결지는 장가구張家口시, 팔로군이 해방한 장가구시로 결정되었소. 거기서 집결해 다시 대오를 편성하고 회래懷來현과 만리장성을 넘어 하북河北성 승덕承德시로 갈 것이오. 승덕시에서 다시 출발해 금주를 거쳐 우리의 종착지인 심양瀋

陽에 도착할 것이오. 심양 도착일은 10월 31일로 정해졌소. 거기서 팔로군과 함께 대표자회의를 열어 사후 입국 계획을 세울 것이오. 동무들은 자유의사에 따라 의용군에 남아도 좋고 고향으로 가도 좋소!"

"조선 독립 만세! 조선 독립 만세!"

대원들의 함성과 박수가 쏟아졌다.

사량은 감개무량했다. 돌아간다니, 자유를 찾은 조선으로 돌아간다니, 아무리 생각해도 꿈이었다. 낭림이, 정림이가 떠올랐다.

'이제 이 아비가 간다, 애들아, 기다려 다오! 창옥이, 얼마나 고생이 많소, 이제 내가 간다오. 어머니! 조금만 기다려 주세요, 이 못난 자식이 갑니다, 불효막심한 자식이!'

가슴속에서 뜨거운 불덩이 같은 기운이 올라와 기어이 눈물로 변했다. 최창익의 연설을 듣고 있는 내내 눈물이 뺨을 적셨다. 시야가 흐릿해졌다. 최창익이 말을 이었다.

"여기서 장가구까지는 1천 킬로미터, 4천 리요. 장가구에서 심양까지는 8백 킬로미터, 3천 2백 리, 모두 7천 리 길이오. 일본군이 퇴각했으니 큰길을 따라 갈 테지만, 중간에 일본 패잔병들과 만주국 괴뢰군들이 잠복해 있을지 모르니 전투태세를 항시 늦춰서는 안 될 것이오. 우리의 대오는 지프차 2대, 트럭 5대, 마차 15대, 나귀와 말 20여 필, 그리고 기마병 10기로 구성될 것이오. 의용군 대원 2백 명과 1차 귀국단 조선인 가솔 1백여 명이 행렬을 이룰 것이오. 선두에 지프차가 서고, 트럭이 뒤를 따를 것이며, 마차 15대를 기마병이 호위할 예정이오. 지프차와 트럭 5대는 미리 숙영지를 찾아 선두에 달리고, 뒤에 민간인을 태운 마차가 도착해 숙영하는 방식으로 전진할 것이오. 하루에 적어도 30킬로미터를 전진해야 예정 일자에 맞출 수 있소. 하루 백 리 길이오. 출발 전까지 만반의 준비를 갖추기 바라오. 그뿐."

유격전술에 익숙한 부대답게 귀국대오는 치밀했다. 지휘부는 지프차에 탑승하고, 호위부대가 뒤따른다. 다음 트럭에는 식량, 탄약, 의약품 등을 싣는다. 그 다음 차량에는 3백 명이 숙영하는 야전 텐트와 식량, 취사도구, 식기류, 식수를 싣고, 석유와 기름, 연료, 장작을 다음 차에 배치했다. 마지막 차량은 환자 수송용이다.

각 차량에는 대원 10명씩 탑승하고, 나머지 병사들은 민간인 호위 겸 마차에 나눠 탑승한다. 기마병이 마차를 호위하여 혹시 모를 돌발 사고에 대비한다. 숙영은 환자 수송용 트럭에, 사량은 지휘부 지프에 배치됐다. 현준식과 손영해는 마차와 함께, 삐오넬은 야전 텐트 관리차량, 조선웅은 식량·연료차량에 배치됐다. 나귀와 말은 병사들이 맡았다. 대오가 구성됐고, 준비가 끝났다.

9월 2일, 출발을 알리는 호각소리가 울렸다. 태항산에 작별을 고할 시간이었다. 남장촌민들이 나와 손을 흔들었다. 더러는 눈물을 흘리는 사람도 있었다. 몇 년간 정이 듬뿍 들었다. 고통과 애환을 나눈 석별의 정은 애틋했다. 중국인 아이들이 친구들과 작별하며 콧눈물을 훌쩍거렸다. 아이들과 놀아 주던 여병사도 어디엔가 탑승했을 것이다. 오리나무 그늘에서 노인이 담배를 피워 무는 모습이 보였다. 뭐라 중얼거렸지만 들리지는 않았다.

대오가 천천히 움직이기 시작했다. 하남점을 지나 북쪽으로 향하는 길이었다. 북쪽으로 가다가 동쪽으로 길을 꺾어 황하黃河를 건널 예정이었다. 태항산은 멀고 먼 여정을 시작하는 느리고 긴 행렬을 굽어보고 있었다.

장지민 동지

행렬은 느린 속도로 전진했다. 뒤따라오는 마차행렬과 일정한 간격을 유지했다. 강을 옆에 끼고 산굽이를 몇 개나 돌았다. 산협은 점점 더 험해졌다. 그나마 끊길 듯 말 듯 마차 한 대가 지날 수 있는 좁은 폭의 길이 이어지는 것이 다행이었다. 자작나무 숲이 끝없이 펼쳐졌다. 하루 백 리를 전진해야 한다. 사량은 마차에 나눠 탄 민간인들이 걱정스러웠다.

노약자도 더러 있었고, 아이들과 여인들, 아낙들과 초로의 사내들이 대부분이었다. 의용군의 가솔家率이거나 일본군의 살인적 횡포를 피해 무작정 산채로 들어온 사람이 많았다. 나머지 150명은 의용군 10여 명과 함께 남장촌에 남았다. 심양에 도착한 사령부가 귀환 명령을 내리면 그때 움직이기로 약속을 했다. 곧 가을이고, 만에 하나 귀국길에 어떤 장애물이라도 나타난다면 만주벌판에서 겨울을 견뎌야 할 위험을 고려한 조치였다.

동승한 장지민이 귀국 작전에 대해 대강 들려줬다. 연안총부와 사령부 1진은 이미 일주일 전 연안을 출발했다는 것이다. 연안에서 북쪽으로 올라가 내몽고와 화북지역 국경선을 타고 전진해 10월 중순 장가구에서 모든 지대원이 합류하기로 했다. 화중지역과 화남지역에서 북상하는 지대원들은 천진을 거쳐 심양으로 바로 가는 경로를 택했다. 중간에 일본 잔병과 만주국 군대가 저항해 온다면 격전도 불사하라는 명령을 이미 접수한 상태였다.

굉장히 치밀한 작전이었다. 아직 팔로군이 장악한 철도 노선은 없었으므로 거의 만 리 길을 걷거나 차량으로 이동해야 하는 멀고 험한 여정이었다. 태항산으로 탈출해 올 때보다 더 험난한 작전이라고 사량은 짐작했다. 그때야 노련한 현준식과 손영해, 조선웅이 인솔을 맡았고, 사량으로선 몸 하나만 잘 간수하면 성공 확률은 높았다. 봉쇄선을 뚫을 때 일본 진지를 몇 개나 포복으로 기다시피 해서 돌파했음에도 실패할 것 같은 걱정은 그리 들지 않았다.

그런데 이건 3백여 명의 목숨을 건 행렬이었다. 게다가 노약자, 여인들, 중년의 사내들, 그리고 아이들까지, 두어 달에 걸친 긴 행군에 숙식을 해결해야 했다. 보급차량과 취사대가 있기는 하지만 3백여 명을 먹이고 재운다는 것이 어디 쉬운 일이랴 싶었다. 행렬 앞에 고산준봉이 떡하니 버티고 서 있기라도 한다면 일은 난감해질 것임에 틀림없었다. 다행히 늦여름이어서 추위 걱정은 안 해도 좋겠으나 행군이 늦어져 가을이 깊어진다면 문제일 것이었다.

출발의 흥분은 곧 사라졌다. 사량은 긴 한숨을 쉬었다.

장지민이 물었다.

"웬 한숨이오? 이 희망찬 행군에?"

"이 대부대를 끌고 무사히 귀국할 수 있을지 걱정이 돼서요."

"그건 하늘에 맡깁시다. 어려운 일이 많이 발생할 거요. 그때 그때 처리하다 보면 조선 땅에 들어서지 않겠소? 올 때보다야 낫겠지! 하하!"

팔로군이 연안으로 퇴각할 당시 30만 인민군이 10만으로 줄었다고 했다. 포격에 죽고, 굶주림에 죽고, 병에 쓰러졌다. 그거에 비하면 의용군은 나중에 합류했기 때문에 희생은 적었다.

팔로군과 의용군은 화중, 화남 지역에 조직원을 남겨 두었다. 국민당 군대에서 투항하는 자와 뜻있는 청년들을 포섭하기 위한 세포조직이었다. 그동안 상당히 많은 수의 대원들을 확보해서 국민당과의 전면전에 대비해 왔다고 했다. 지금이 바로 그때라고 장지민은 힘줘 말했다. 일본군이 항복함과 동시에 전국 각지에서 팔로군 세포조직이 수면 위로 올라와 활동을 개시했다는 것이다.

"아무튼, 조선 입국이 문제요. 소련군 선발대가 벌써 조선에 입국했소이다. 극동군 특수부대가 나진과 청진항에 입항했고, 원산에 주력부대가 상륙했소. 우리가 출발하기 이틀 전, 소련군이 평양에 입성해서 대대적인 환영행사를 벌였다는 첩보요. 레닌과 스탈린 초상이 거리 도처에 걸리고, 평양시민들이 소련 깃발을 들고 행진을 했다는구료."

"아, 그렇군요. 그러면 우리는 어찌 되는 거지요?"

"의용군 선발대가 10일 전 조선에 잠입했소. 북조선의 동향을 살피고 인민들의 동태를 파악하기 위해 그동안 조직한 세포원들을 각 지역으로 파견했소. 아직 중국 공산당은 국민당 정부와 싸우는 중이라 소련과 협조할 여지를 타진하는 중이오. 그런데 동북항일연군의 김일성이 일찍 들어와 소련군의 지원을 독점하면 일은 조금 어렵게 될 것이오만 조선 독립과 자주정부 수립에 뭐 그리 다툴 여지가 있겠소?"

장지민은 속이 좀 답답한 듯 물 한 잔을 벌컥 들이켠 후 말을 이었다.

"그런데 벌써 38도선이 그어졌으니 상황은 조금 꼬이기 시작했소. 소련과 미국이 남북을 각각 점령해서 치안 유지에 주력한다고 하는데, 조선 내부에 결성된 정당들과 외부에서 들어오는 각종 단체들이 독립 조선의 정치체제를 두고 경합할 것이오. 민족주의에는 다 같이 동감할 것이오만, 사회주의와 자유주의 간 대립이 심각해질 것이오. 의용군과 조선광복군이 끝내 화합을 못하고 갈라선 것처럼 말이오."

장지민은 항일연군과 의용군의 공조도 문제지만 소련과 미국의 입장이 엇갈려 남북이 갈라질 것을 더욱 우려하고 있었다.

사량은 남북이 갈라진다거나 체제를 두고 각 정파가 격렬한 투쟁을 하리라곤 아예 생각해 보지도 않았다. 독립이 우선 문제였다. 일본의 패망이 절실했다. 어떤 나라를 세울 것인가는 차후의 문제였다. 일본이 물러간 다음에는 독립투쟁 조직들과 국내 정파들이 대의大義를 논의하면 순조롭게 풀릴 것이라고만 단순히 생각하고 있었다.

태항산에 들어온 것도 일본의 마수가 닿지 않는 가능한 한 먼 곳을 선택한 결과였다. 정말 벗어나고 싶었다. 그의 문장 하나하나를 검열하는 조선총독부 학무국 눈초리로부터, 조선작가총연맹에 전시문학의 필연성을 연설하라는 특고特高의 강압으로부터, 조선 청년들에게 황군皇軍이 되기를 독려하라고 들볶는 그 강제로부터 말이다.

조선문인보국회가 조직되어 친일문학에 나선 것도 그때였다. 더러 그런 취지로 글을 쓰기는 했으나 전혀 내키지 않았다. 가슴속에 들끓는 민족의 울분을 배반하는 짓이었다. 일본어 글쓰기를 그만두어야겠다고 마음먹은 것도 그 즈음이었다.

조선의 정서와 설움을 일본어로 써서 일본인들에게 알려야 한다는 민족주의적 의미도 내선일체의 횡포 앞에서는 무력할 뿐이라는 생각이 들었다. 내지문학을 풍요롭게 한다는 히로쓰 가즈오의 칭찬에 화들짝 놀라 정신적 공황 상태를 겪은 것도 그 무렵이었다.

'가자! 가능하면 멀리 가자! 일본의 손길이 닿지 않는 곳으로!'

중경의 임시정부로 가볼까 하는 마음도 들었으나 너무 멀고 희미했고, 접선할 광복군의 소재는 너무 유동적이었다. 화북과 화중지역, 화남지역 곳곳에 흩어져 있었는데 일본군의 감시가 닿는 곳이 많았다. 사량은 일본인들 사이에서는 이름이 너무 알려진 작가였다. 가능하면 멀리 가야 했다.

태항산을 생각해 낸 것은 그런 이유였다. 태항산 유격대가 공산주의 전사들이라서 선택한 것은 아니었다. 자유주의를 표방한 중경 임시정부는 국민당 정부와의 관계를 청산하지 못해 독립운동 조직으로부터 많은 비난을 샀다.

국민당 정부는 부패했고, 전의戰意가 없었고, 군벌軍閥들은 일본군과 밀거래를 했다. 이에 비하면 팔로군은 당당했다. 인민들에게 인기가 높았다. 농사를 같이 지었고, 마을 재건을 도왔으며, 수로를 만들어 식수와 생활수를 공급했다. 인민의 식량을 징발하면 반드시 수납증명서를 발급했다. 팔로군과 촌민은 한몸이었다.

사회주의와 공산주의 성향이 농후해도 태항산은 사량으로서는 최선의 선택이었다. 그것이 조선 독립 이후 어떤 정치적 혼란과 격렬한 투쟁을 몰고 올 것인가는 예상 밖의 일이었다. 독립이면 족했다. 일본의 존재가 소멸된 곳이면 족했다. 그런데 이제 전혀 다른 종류의 포격소리가 개시되는 듯했다.

사량은 종잡을 수 없었다. 가까운 미래에 몰려올 먹구름을 글쓰기에만 전념했던 일개 작가가 어찌 예상할 수 있을까. 그러나 자신이 남긴 글과 말이 정치적 의미망을 벗어나기에는 그는 너무 유명한 작가였고 일본 문단과 조선 문단에서 주목을 너무도 많이 받은 작가였다.

"조선에 입국하면 작가 동무는 할 일이 많을 거요. 그런데 그 전에 무산계급을 향한 동무의 무한한 애정을 입증해야 할 것이오. 친일행위에 대한 참회와 구국전선의 대오를 향한 지극한 봉사정신을 보이라고 할 것이오. 개인의 과거사에 오류가 많으면 많을수록 더 깊은 참회와 열성을 요구받을 것이오. 무산대중을 위한 나라가 그냥 건설되는 것이 아니거든. 작가 동무야 태항산에 왔으니 참회를 입증한 것이기는 하지 ⋯. 열성이 문제요!"

열성이라, 무엇을 향한 열성인가? 사량은 깊은 고민에 빠졌다. 문학과 예술이 새 시대 건설에 앞장서야 한다는 장지민의 말에서 어떤 결기와 동시에 강압이 느껴졌다. 그 강압은 일제가 강제했던 것과는 다른 종류인가? 내가 쓰고 싶은 것을 쓰지 못하다는 말인가? 문학과 예술이 구국전선의 모범일꾼이 되어야 한다는 그의 말이 느릿하게 전진하는 행렬의 자유를 가로막았다.

고국으로 돌아가는 발걸음이 천근만근 느껴진 것은 그때였다. 무산계급, 구국전선의 대오, 모범일꾼 ⋯, 그것은 내가 열망했던 문학과 어떤 연관이 있는 것인가? 하층민의 애환을 나의 언어로 형상화하면 열성을 표현하는 것인가? 사량은 헷갈렸다. 자신을 가두는 현실적 압박과 이념의 덫에서 탈출했는데, 이제 다시 새로운 유형의 철창으로 귀환하고 있는 것인가? 사량의 표정은 어두워졌다. 그를 보고 장지민이 위로했다.

"그냥 해본 말이오. 작가 동무가 사회주의니 공산주의니, 그런 정치이념에 별로 관심이 없는 듯해서 했던 말이오. 그런데, 그것이 현실이 되어 나타날 시간에 대비해 두는 것은 그리 나쁘지 않을 거요. 나야, 고향에 내려가서 학교나 운영할 요량이오만."

이별 예감

열흘 정도 강행한 행군이 황하黃河에 도착했다. 이 많은 무리를 이끌고 황하를 도강해야 했다. 강폭은 넓었고 유속은 느렸다. 그리 위험해 보이지는 않았지만 차량과 수레를 태워 건너는 일은 군사작전을 방불케 했다. 최창익과 김창만이 후한 사례를 약속해 인근 거룻배를 여러 척 몰고 왔다. 거룻배 한 척에 겨우 트럭 한 대를 실을 수 있었다. 배 한 척에 중국인 사공 3명이 손발을 척척 맞췄다. 도강 작전이 시작됐다.

숙영은 환자 차량에서 노약자와 중상자를 돌보고 있었다. 더위와 강행군에 지친 노약자들이 10여 명 더 늘었다. 한용준과 김영식은 중상에서 어지간히 회복되어 한쪽 팔과 다리가 없는 채로 충직한 간호병 노릇을 하고 있었다.

"약이 부족해요. 연안에서 충분히 확보해 왔지만 두 달간 버티기는 무리예요."

숙영이 걱정스러운 듯 환자 차량에 탑승한 사량에게 말했다.

"그럴 거요. 황하를 건너면 유림柳林현 부근에서 야영한다고 했소. 그때 시내에 나가서 비상약을 구해 봅시다."

사량은 숙영을 안심시켰다.

"그런데 작가 선생님 표정이 어둡네요. 무슨 근심이 있나 봐요?"

숙영의 눈빛은 예리했다.

"숙영 씨의 눈은 속일 수가 없네요. 고국으로 돌아가는 것은 기쁘기 한량없는데, 태항산 시절이 그리워지는 것은 이상하지 않소? 사실은 행군이 계속될수록 이 행복한 시간이 점점 짧아진다는 느낌을 받으니 말이오."

숙영은 눈으로 웃었다. 동감한다는 뜻이 전해 왔다. 그 웃음이 사량의 가슴에 애틋한 파문을 일으켰다. 환자 차량이 강을 건너 다시 시동을 걸었다.

강 건너에는 끝없는 초원지대가 펼쳐졌다. 관목 숲이 드문드문 무더기를 이룬 초원에 해가 서쪽으로 기울었다.

행렬은 멀리 유림현 시가지가 보이는 평야 지역에 야영 준비를 했다. 숙영은 지휘부에 비상약품을 구해야 한다고 요청했고, 지프차 한 대를 허가받았다. 식량과 식수차가 따라붙었다. 사량은 시내 동정을 살필 겸 가고 싶었으나 그만두었다.

어두워질 무렵 숙영을 태운 차량이 무사히 돌아왔다. 귀국 일행은 저녁 식사를 마치고 여흥을 즐기고 있었다. 당시 팔로군과 의용군에게 인기가 높은 가두 촌극이었다. 일본군으로 변장한 남정네가 총을 맞고 쓰러지자 관중들의 환호가 일었다.

사량은 환자 차량에 홀로 남은 숙영을 찾았다.

"말해 보세요, 무엇이 작가 선생님을 그리 무겁게 짓누르고 있는지를요."

"내 표정이 여전히 그렇소?"

사량은 짐짓 밝은 척했으나 마음을 돌이키지는 못했다.

"사실은… 말이오. 자작나무 숲에서 그 일이 있고 난 후에 사과할 기회를 놓쳤소. 처음 만난 여인의 어깨를 안다니, 나로서도 뜻밖의 일이었소. 그럴 수밖에 없었지만."

"아녜요, 저는 기뻤는걸요. 사실은요… 작가 선생님을 처음 본 후에 마음이 흔들렸어요. 평양의전을 다닐 때도, 여기 와 있을 때도 그런 일은 없었거든요. 오직 가족 생각뿐이었어요. 그날 의무실에서 선생님을 본 순간, 왜 그랬을까요, 제 얘기를 털어놓고 싶었어요. 마음을 들킬까 마스크를 벗지 않았지요, 아마? 숲에 간 것은 그런 마음을 덮고 싶어서였는데, 덮어 둘 분이 거기에 있을 줄이야 누가 알았겠어요. 저 같은 평범한 사람이 언감생심 선생님 같은 분을 좋아할 수 있나 싶었지요."

숙영의 눈빛이 모닥불에 비춰 반짝였다. 사량의 마음에 한 줄기 빛이 스친 것은 그때였다.

저렇게 아름다운 눈빛을 가진 사람은 없어…. 티 없이 맑은 저 눈빛은 문학이 궁극적으로 닿고 싶은 세계가 아닐까 하는 생각이 들었다. 티 없이 맑은 눈빛, 한없이 그윽한 눈동자, 다소곳한 저 표정과 갸름한 얼굴, 아담하고 단단한 몸매가 빚어낸 세계를 글이 따라갈 수나 있다면 사량은 글쓰기를 그만둬도 될 것 같은 심정이었다. 환희가 샘솟았다. 사량은 느닷없는 기쁨에 몸을 떨었다.

그러다 자신이 도대체 무슨 얘기를 하고 있는지 내심 불만이 앞을 가렸다. 평양에서 사량을 기다릴 처 창옥이 떠올랐다. 아이들도 재잘거렸다. 창옥은 어머니가 점지해 준 배필이었다. 평양 시내에서 유복하고 자산가로 알려진 집안의 참하고 고운 색시였다. 살다 보면 마음 깊숙이 들어올 때가 있을 거라고 막연히 기대하던 터였다. 사량이 태항산으로 탈출한 것은 아이들이 생기고 정이 들기 시작할 무렵이었다.

"아, 두서없이 내가 무슨 말을 하고 있는지 모르겠구려. 나는 이미 처자식이 있는 몸인데, 숙영 씨 마음을 괴롭히다니 내가 나쁜 놈이오. 용서하시오."

아, 이건 또 무슨 말인가.

가두 촌극이 끝난 모양이었다. 야외 무용이 시작됐다. 앙가秧歌•도 들렸다.

달이 밝았다. 숙영이 어색한 침묵을 깨고 입을 열었다.

• 중국인과 조선인이 함께 부르는 노래.

"그래요, 이 행군이 영원히 계속되기를 바라고 있어요. 이 짧은 시간만이라도 함께 지낸다니 한없이 기쁜걸요. 차량이 부서지기라도 한다면 같이 있을 시간이 늘어날 텐데요. 부질없는 생각이지요. 고향에 돌아가는 게 기쁘지만 이별이 기다리고 있겠지요. 그래도 행복해요. 선생님과 같이한 이 기억만으로도⋯."

사량이 입을 열었다.

"사실 나도 그렇다오, 어리석은 생각이지만. 조선이 점점 가까워 올수록 이별도 가까워지고 있구려. 운명이라면 받아들이겠소. 이리 내 마음을 적신 사람은 처음이라오."

사량으로선 엄청난 고백이었다. 숙영은 기쁨의 눈물을 흘렸다. 두 사람의 머리 위에 별빛이 내려앉았다. 사위가 조용해졌다.

혁명 풍문

9월 하순에 접어든 어느 날 행렬은 여량呂梁을 통과했다. 날씨가
제법 쌀쌀해졌다. 사량의 마음은 한결 가벼워졌다. 가벼워질수
록 마음 한편이 아려 왔다. 사량은 그것을 제어하지 않았다. 그
냥 내버려 뒀다. 어찌해 볼 도리가 없는 심정이었다.

　유림현에서 여량시로 오는 도중 작은 소요가 있었다. 일군 잔
병이 매복해 있다가 공격을 해왔다. 불에 탄 마을을 막 지났을 때
였다. 최창익의 후각은 동물적 본능에 가까웠다. 이익성 대장도
신경을 곤두세웠다. 부근에 분명히 잔병들이 매복해 있을 거라는
예감에 기마병 다섯을 골라 척후로 보냈다.

　예감은 적중했다. 인근 언덕에서 기총소사가 쏟아졌다. 말 한
마리가 총에 맞아 무릎을 꿇었다. 기마병은 다행히 목숨을 건사
했는데, 화가 난 기마병들이 정면으로 돌진해서 언덕진지를 쑥대
밭으로 만들었다. 10명 정도 되는 패잔병 무리였다. 호위 차량이
달려왔지만 이미 상황은 끝난 뒤였다.

장교는 사라지고, 하사관이 우두머리인 패잔병들이었다. 그들은 길을 잃었을 것이다. 남루한 군복 차림의 패잔병들은 퇴로가 차단되자 먹을 것을 구하기 위해 노략질을 서슴지 않았다. 불을 지른 것은 그놈들의 소행이었는데, 가구 20여 채가 몽땅 주저앉아 주민들은 살 둥지를 잃었다. 더러는 태워 달라고 마차에 매달리기도 했지만 내줄 자리가 없었다. 안타까웠다.

　그런 소요가 있은 다음, 작은 산맥을 넘었다. 행렬은 긴장했다. 길은 좁았고 가팔랐다. 산은 그리 높지 않았으나 경사가 급한 길을 헤쳐 나가야 했다.

　산 고개 중간에 접어들었을 무렵, 마차 한 대에서 사고가 발생했다. 바퀴가 빠져 낭떠러지로 굴러떨어졌다. 탑승한 사람들이 절벽 쪽으로 밀려 떨어졌는데 다행히 길섶의 나뭇가지가 그들을 살려 냈다. 그 틈에 한 아이가 절벽으로 굴러떨어졌다. 대원들이 그 아이를 구출해 안고 올라왔을 때에는 고개가 푹 꺾인 상태로 숨을 거둔 뒤였다. 아이 엄마가 울부짖었다. 대원들이 아이를 옷가지로 감싸 그곳에 묻었다.

　산맥을 넘었다. 태원太原시가 가까워지고 있었다. 한로寒露가 다가오는 9월 하순의 날씨는 쌀쌀했다. 밤에는 찬이슬이 내렸다. 대원들은 두꺼운 솜옷을 꺼내 입었다. 아예 겨울 채비를 하는 듯했다. 태원시 외곽에 도착해 야영을 했다. 보급부대가 트럭을 2대 몰고 태원 시가지로 생필품과 연료, 식량을 구하러 나갔다.

지도부 긴급회의가 열렸다. 김일성이 평양에 입성했다는 소식을 1진으로부터 접하고 소집된 회의였다. 지휘부가 모두 참석했다. 사량도 그곳에 있었다. 김창만이 미간을 잔뜩 찌푸린 채 입을 열었다.

"김일성과 동북항일연군 선발대 60여 명이 평양에 입성했다는 정보요. 정확히는 9월 22일인 모양인데, 소련 함선 푸가초프 Pugachev호가 김일성을 원산항에 태워 주었고, 거기서 철도 편으로 평양에 입성했다는 것이오. 벌써 열흘 정도가 지났는데 아직은 별다른 활동이 포착되지 않은 모양이오."

간부들도 모두 미간을 찌푸린 채 대꾸를 하지 않고 입맛만 다실 뿐이었다. 김창만은 간부들의 얼굴을 스윽 살핀 다음 말을 이었다.

"동지들, 이건 아주 중대한 사건이오. 소련이 김일성을 내세워 정부를 수립할 징후요. 소련은 우리 해방국가의 우상이자 모범이오. 우리도 한시바삐 참여하여 김일성과 함께 정부 수립을 돕도록 합시다. 우리 김두봉 주석이 이때에 입국해야 하는데 한발 늦었소. 지금이라도 김두봉 동지께 타전해서 선발대를 꾸리라고 하면 어떨까 하오. 지금 어디쯤 가고 계시오?"

서휘가 재빨리 대답했다.

"장가구시 3백 킬로미터 전방에 도착했다는 전갈입니다. 거기도 소속인원이 많아서 이동이 느려지고 있어요. 화중과 화북에서 심양에 먼저 도착한 부대가 있기는 한 모양입니다만."

그러자 장지민이 입을 열었다.

"그리 쉽게 정부가 수립되지는 않을 거요. 김일성 장군이 대중에게 인기가 높다고는 하지만, 이미 국내에 조만식이 조선민주당 조직을 넓히고 있고, 천도교 청우당도 평안도에 근거를 구축하고 있는 중일 거요. 남조선에서는 여운형 동지가 건국준비위원회를 꾸려 전국을 조직하고 있으니 소련도 실정을 파악하고 난 후에 행동에 들어가지 않겠소? 남북이 38도선으로 갈라져 통일정부를 수립하기 어려워진 판에 우선은 남북합작을 타진하고 나서 북조선 정부 수립을 논하는 것이 순리에 맞아요. 남쪽에서는 아직 이승만과 김구 일행이 입국하지도 않았소이다. 김일성 장군을 도와야하겠지만, 상황을 봐가면서 해도 늦지 않을 겁니다."

최창익이 받았다.

"맞는 말씀이오만, 우리가 연안에 있는 동안 소련과 관계가 소원해졌으니 하루라도 빨리 입국해서 소련 점령군과 조율을 하는게 여러 모로 좋다는 얘기요."

김창만이 결론을 냈다.

"맞소이다. 그러면 지도부에 타전을 해서 김두봉 주석을 조속히 입국시키는 선발대를 꾸리라고 해봅시다. 심양 회의야 각 분맹 대표들이 하면 되지 않겠소? 지난번 대표자회의도 어차피 못했는데 말이오."

노련한 최창익이 좌장답게 콧수염을 만지작거리며 입을 열었다.

"좋소이다. 오늘 회의는 이걸로 마무리합시다."

밤이 깊었다. 태원 시가지 불빛이 멀리에서 반짝였다. 사량은 대원들이 궁금해졌다. 각자 임무 수행에 바빠 한동안 만나 보지 못한 차였다. 사량은 민간인들이 옹기종기 모여 앉은 마차 쪽으로 천천히 걸어갔다. 모닥불이 피어 불꽃을 탁탁 틔웠고, 식사를 마친 후라 음식 냄새가 풍겼다. 사량은 시장기를 느끼며 두리번거렸다. 마침 그리운 얼굴들이 한데 모여 얘기꽃을 피우고 있었다. 뻬오넬이 제일 먼저 사량을 발견하곤 손을 들어 반겼다.

"선상님요, 여깁니더!"

"다 모였네, 안 그래도 궁금하던 차였지."

"예, 김일성 장군이 평양에 입성했다 해서 여러 얘기를 나누던 참이었구만요."

최경식이 받았다. 그러자 조선웅이 들뜬 목소리로 말했다.

"우리 장군님이 내 고향 원산을 제일 먼저 찾은 것은 그만한 이유가 있슴매. 예부터 평양과 원산이 단짝이라 원산시민이 대규모 환영대회를 열면 평양은 저절로 따라 하게 돼 있지비. 이제 조선은 무산계급이 주인이 되는 고런 나라가 될 것임매. 얼매나 좋은 감?"

삐오넬이 물었다.

"행님요, 난 무산계급이라요, 아님 유산계급이라요?"

조선웅이 핀잔을 줬다.

"니는 암 것도 가진 게 없으니 꼭 무산계급이지비! 왜, 유산계급이 되고 싶습매?"

최경식이 화등잔만 해진 눈을 굴리며 물었다.

"작가 선상님요, 무산계급의 나라라고 하믄 유산계급은 어찌 되는가유? 우리 집은 땅이 많응께 분명 유산계급인디 김일성 정부가 세워지면 우리는 땅 다 내놔야 하는 거 아님감유?"

사량은 답하기 난감했다. 대신 손영해에게 물었다.

"자네는 어찌 생각하는가?"

"글쎄요, 북조선에서는 사회주의가 승하니 아무래도 무산계급을 내세울 테고요, 남조선에서는 자유주의 숭배자가 많으니 꼭 그럴 것 같지는 않은데, 친일분자 척결에는 서로 동의하겠지만 정부 형태는 조금 꼬이겠는걸요. 그리 속단하기 어려운데요."

"나도 동감일세, 속단하기 어렵지. 우선은 통일정부를 세우도록 노력해 봐야겠지. 그게 안 되면 나라가 두 동강 나지 않겠나? 그러면 큰일이지."

사량은 말하면서도 자신이 서지 않았다. 모두 고향에 돌아갈 터인데, 남쪽 북쪽으로 결국 갈라서는 전조인가? 그렇다고 사량이 평양을 놔두고 경성으로 갈 수는 없는 노릇 아닌가? 삐오넬도 고향 영천을 두고 평양에 남을 수는 없을 테고, 조선웅은 원산으로, 최경식은 청주로, 현준식은 하동으로 각각 흩어질 것이다. 가족들과 만나 생업에 나서겠지. 태항산의 기억은 멀리 접어 두고 말이다. 그게 순리다. 그런데 그 순리가 뒤집힐 것 같은 불안감이 엄습했다. 사량이 말했다.

"자, 한 열흘만 더 가면 장가구에 도착하오. 거기서 술도 한잔하고 푹 쉽시다!"

그들은 밤 인사를 건네고 각자 위치로 돌아갔다. 숙영이 그리웠으나 들르지는 못했다.

숙영의 절규

P-51기가 산맥을 넘어 날아왔다. 대원들은 모두 차에서 내려 방어태세를 갖췄다. 민간인들은 그냥 수레에 남았다. 전투기가 공격태세를 취하는 듯하더니 상공을 한 바퀴 선회하고는 다시 산 능선을 넘어 날아가 버렸다. 민간인 이동차량이라고 판단한 모양이었다. 북경이 가깝다는 증거였다. 팔로군은 북경을 사이에 두고 국민당 정부군과 미군을 상대로 힘겨운 전투를 치르는 중이었다.

행군이 계속됐다. 장가구張家口시 전방 2백 킬로미터 지점까지 접근했는데 앞에 높고 거친 산맥이 가로막혀 있었다. 10월 초순의 날씨는 차가웠다. 햇살은 여전히 반짝였으나 기온이 뚝뚝 떨어졌다. 산맥을 넘기 전에 차량과 수레를 점검했다. 최창익은 일행들에게 추위를 견딜 채비를 하라고 명령을 하달했다.

산 계곡은 가문비나무, 참나무, 오리나무가 숲을 이뤄 장관이었다. 골바람이 쏴하고 몰려 내려왔다. 깊은 계곡에 맑은 물이 쏟아져 내렸다. 행렬은 달팽이처럼 느릿하게 산길을 돌아 올라갔다. 경사진 길에서 트럭은 그르릉 그르릉 소리를 연발 토했다. 미쓰비시 일제 차량이 짐을 가득 싣고 오르기에 힘겨운 모양이었다. 운전병이 조심스럽게 저단으로 기어를 넣었다.

수레는 거의 2킬로미터 후방에서 따라오고 있었다. 비루먹은 말은 힘겨운지 흰자위를 드러낸 눈알을 데굴데굴 굴리며 푸푸 입김을 뿜어 댔다. 짐을 덜어 주려 탑승자들이 내려서 걸었고, 기마병들이 말고삐를 붙잡고 마차를 끌었다.

바람이 쏴하고 불자 낙엽이 우수수 떨어졌다. 귀국 행렬치고는 초라하고 위태로운 길이었다. 일제를 피해, 일제와 싸우러 나선 길이었는데, 이제는 일본이 물러간 조국으로 돌아가는 길이었다. 힘들어도 희망이 있는 길이었다. 사람들은 힘을 냈다. 드디어 정상에 올랐다. 가파른 길이 저 아래로 계속 이어지고 있었다.

산기슭에 일행이 도착한 것은 늦은 오후였다. 해가 벌써 뉘엿뉘엿 지고 있었다. 코끝을 쳉, 때리는 찬바람이 불었다. 행렬은 산기슭 따뜻하고 후미진 곳에 숙영지를 정했다. 먼저 도착한 차량들이 천막을 치고 취사 준비를 했다. 어둑할 무렵 수레들이 연이어 도착했다. 기마병을 따라 까까머리 아이들이 소리치며 먼저 달려 내려왔고, 남정네들이 뒤를 따랐다.

"아이고, 죽을 뻔했시오! 이제 다 왔는감?"

사량은 일행들이 다 도착한 것을 확인하고 돌아섰다. 숙영이 어느새 뒤에 와 있었다. 얼굴이 창백하고 몸을 떨고 있었다. 진땀을 흘리는 것 같았다.

"숙영 씨, 어디 아프오?"

숙영은 대답 대신 고개를 끄덕였다. 홀로 몸을 가누지도 못할 정도였다. 사량은 숙영을 부축해서 굴참나무 숲 뒤편 아늑한 곳으로 데리고 갔다.

"여기 있어요, 내가 야영 장비를 갖고 올 테니 여기 잠시 누워 있어요."

사량은 낙엽이 푹신한 곳을 찾아 숙영을 앉혔다. 신열로 몸이 뜨거웠다. 숙영은 그 자리에 풀썩 주저앉았다. 사량이 돌아와 낙엽을 모으고 그 위에 너덜거리는 작은 천막을 쳤다. 사방이 어두워졌다. 숙영을 그 안에 뉘이고 물었다.

"해열제는 먹었소?"

숙영은 고개를 끄덕였다.

"그럼 참은? 내가 가져오리다."

사량은 취사반으로 달려가 뜨거운 옥수수 죽을 한 그릇 얻어 왔다. 자꾸 쓰러지는 숙영을 일으켜 억지로 몇 숟갈 떠먹였다. 여인에게는 힘든 행군이다. 환자 돌보며 먼 길에 시달리면 누구라도 몸져눕겠지. 밤 추위가 엄습했다. 숙영은 오한에 신음소리를 냈고 몸을 덜덜 떨었다. 그때 숙영이 작은 목소리로 말했다.

"저를 좀 안아 주세요."

밖에서 모닥불을 피우고 앉아 머리맡을 지키고 있던 사량은 조금 주저하다가 거적을 헤치고 좁은 침낭 속으로 기어 들어갔다.
숙영의 몸은 불덩이처럼 뜨거웠다. 신열로 빚은 땀으로 몸이 흠
뻑 젖었다. 사량은 양팔로 숙영을 안았다. 뜨거운 입김이 훅훅
뿜어졌다.

"흑흑….."

숙영은 울고 있었다. 사량은 으스러져라 숙영을 안았다. 울음
은 멈추지 않았다. 잠시 후 평온을 찾은 숙영이 나지막이 말했다.

"돌아가기 싫어요. 여기서 선생님과 같이 있고 싶어요, 영원
히….."

"나도 심사가 복잡해졌소. 일본이 패망하면 모든 것이 해결되
리라 믿었는데 아닌가 보오. 내가 정치에 무관심했거나."

"혁명을 한다고 태항산까지 왔는데, 돌아가서 또 혁명이 기다
린다면 인생은 어떻게 되는 거죠?"

"……."

"저는 조용히 살고 싶어요. 평범한 의사로, 사람들 병 고쳐 주
고 아이 낳고 그렇게요. 아이들 크는 거 보면 행복할 거예요. 사
람들 병 고쳐 줬다고 고맙다는 인사하고 나서는 모습을 보면 행복
할 거예요. 그런데 혁명이라뇨?"

"……."

"다 듣고 있어요. 저기 민간인들까지 김일성 장군 얘기에 열을
올리고 있거든요. 김두봉 선생이 합류해서 무산계급의 나라를 만

든다고 하니 … ."

"…… ."

"저는 어쩌죠? 저는 아버지 원수를 갚는 것으로 족해요. 오빠가 북만주로 갔지만 결국 자기 인생을 찾아 떠나겠죠. 대체 저는 무슨 계급인가요?"

사량은 할 말이 없었다. 아니 답을 몰랐다. 그럼 자신은 무슨 계급인가? 친일문학을 했고, 어머니는 심양과 평양에 큰 상점을 가진 대상인이고, 아버지는 지주계급 아닌가? 새 정권에서 내쳐져야 할 대표적인 적대계급인 것이다. 게다가 기독교 집안? 사량은 피할 곳이 없었다. 장지민과 가까운 미래에 펼쳐질 정국에 관해 대화하면서, 귀국 행렬이 시작된 그 시점부터 그게 마음에 걸렸다. 그걸 숙영이 말하고 있는 것이다.

"답이 없소. 숙영 씨는 그래도 나보다 나을 거요. 나는 피할 곳이 없소!"

숙영은 거의 울부짖었다.

"그래요, 그래서 말인데요, 가족들에게는 미안하지만 돌아가지 마세요. 저하고 여기서 탈출해 기회를 봐요. 부탁이에요! 제가 많이 생각해 봤어요. 여기 중국에 있다가 사정이 나아지면 돌아가도 늦지 않을 거예요."

숙영은 애원하다시피 말했다. 열이 펄펄 끓었다.

"일단 눈을 붙입시다. 숙영 씨 몸이 그러니 무리하지 말아요.

내일 생각해도 늦지 않으니."

숙영은 사량의 품을 파고들었다. 거의 필사적이었다. 오늘 밤
이 생의 마지막이라고 생각하는 듯이. 사량과 처음이자 마지막
체온을 나누는 낯설고 아찔한 환희의 순간이라는 듯이. 숙영의
몸이 열리고 사량은 뜨겁고 황홀한 체온에 감전됐다.

김두봉

행렬은 장가구역에 도착했다. 10월 15일이었다. 사량은 시내를 둘러볼까 하다가 그만두었다. 그럴 기분이 아니었다. 대원들과 조선인 일행은 시내에 들러 오랜만에 맛보는 번화한 도시의 거리를 즐겼다. 술도 마셨고, 음식도 푸짐히 먹었다. 거의 한 달 반 만에 접하는 도시의 풍요로움에 넋을 잃었다.

사량은 차량에 남아 있었다. 며칠 전 숙영과 나눴던 시간의 기억이 그를 꼼짝 못하게 만들었다. 숙영이 궁금했으나 곧 닥쳐올 운명에 대한 여러 상념이 궁금증을 밀쳐 냈다.

다음 날 아침 팔로군의 대대적인 환송식이 거행됐다. 다시 길을 떠나는 조선의용군을 격려하는 환송식이었다. 연안본대 2백여 명, 태항분맹원 3백여 명이 운집했다.

군악대가 〈팔로군 행진곡〉을 연주했다. 진찰기晉察冀 군구 사령원 섭영진聶榮臻 장군, 팔로군 대리참모장 등대원滕代遠 장군, 부사령 소극肖克 장군이 연달아 환송사를 격하게 말했다. 무정 장군이 답사로 우정을 표했다. 사량은 덤덤하게 무정의 연설을 들었다. 네모진 얼굴에 짙은 눈썹을 가진 야무진 인상만큼 답사에도 비장한 전의戰意가 감돌았다.

"팔로군과 반일항쟁에 나선 지도 어언 15년 세월이 흘렀습니다. 드디어 일본은 패망했습니다. 우리의 열망이 이뤄진 것입니다. 우리는 조선인민의 해방을 위해 귀국하는 길입니다만, 목전에 둔 중국인민의 해방이라는 동지적 사명을 잊은 것은 결코 아닙니다. 귀국길에서도 우리의 눈과 귀는 팔로군의 승전 소식에 쏠려 있습니다. 팔로군과 의용군은 형제입니다!"

박수가 터졌다. 무정과 섭영진은 좌중이 지켜보는 앞에서 뜨거운 악수를 나눴다. 김두봉 선생과 그 일행도 감사의 념을 전했다. 행렬 선두가 움직이기 시작했다. 사량은 차에 탄 채로 환송 인파와 팔로군 지휘부를 물끄러미 바라볼 뿐이었다. 5백여 명이 만든 긴 행렬이었다. 행군은 그로부터 보름 동안 이어졌지만, 어디를 지났는지, 어떻게 행군했는지 사량은 기억이 잘 나지 않았다.

병풍처럼 솟은 산맥 8부 능선에 펼쳐진 만리장성의 모습, 일제가 구축한 '집단부락'에서의 야영, 고북구와 무인구에 흩어져 있던 허물어진 촌락들이 떠오를 뿐이었다. 융화현 승덕시에서 소련 홍군이 내준 열차를 얻어 탔고, 어디에선가 열차를 내렸다가 몇 시간을 걸어 다시 기차를 탄 기억이 떠오른다.

사량은 숙영과의 일이 내내 머리를 떠나지 않았다. 장가구시를 떠난 이틀 후 연안사령부 요원들과 나눈 대화가 숙영의 울음 섞인 호소에 현실감을 실어 가슴을 짓눌렀다.

행렬이 만리장성 부근에 이르렀을 무렵 사량은 지휘부가 탑승한 트럭에 초청되었다. 사량보다 열 살 정도 많아 뵈는 노숙한 인물들이 앉아 담소를 나누고 있었다. 모두 누비옷에 방한용 털모자를 썼다. 소문으로만 듣던 '태항산 호랑이' 김두봉 주석이었다. 별명은 호랑이지만 훌렁 벗겨진 머리에 동그란 뿔테 안경을 쓰고 있어 학자 풍 얼굴이었다. 실제로 그는 저명한 한글학자가 아닌가.

체격이 좋은 몇 사람은 박일우, 박효삼, 방호산이라 했다. 그들은 사량에게 일일이 악수를 청했다. 옆쪽에는 다소 낯익은 얼굴이 보였는데 몇 년 전 경성에서 조선문인협회가 주관한 어떤 강연회에서 인사를 나눈 적이 있는 김태준金台俊 선생이었다. '천태산인天台山人'이란 필명으로 유명한 평론가 김태준이 반색을 하며 손을 내밀었다.

"김사량 동무, 어서 오시오. 내가 얘기를 진즉에 들었소이다. 그 소식을 듣고 얼마나 기뻤는지 모르오."

사량은 얼떨결에 손을 잡았다. 문인다운 부드러운 손에 따뜻한 온기가 느껴졌다. 김태준의 오뚝 솟은 코는 기개가 시퍼렇게 살아 있음을 상징하는 듯했다.

"예, 저도 오셨다는 소식을 접했습니다만, 이렇게 만나 뵐 줄은 예상치 못했습니다. 고생이 많으시지요!"

사량은 김태준 선생 옆에 바짝 붙어 앉은 젊은 여인을 흘낏 훔쳤다. 선생의 젊은 애인이라고들 했다. 옅은 미소를 머금은 그녀의 눈길이 사량과 살짝 부딪혔다.

　"내가 연전에 《문예춘추》에 난 그 소설을 읽어 보았소, 아쿠타가와상을 받은 《빛 속으로》 말이오. 잘 쓰셨더구만. 그런데 심사위원인 가와바타 야스나리川端康成 선생이 뭐라 합디까? 궁금해서 말이오."

　갑작스런 질문에 사량은 말문이 막혔다.

　"글 … 쎄요, 별 말씀은 없었는데요. 가와바타 선생이 조선 현실을 내지어로 잘 드러냈다고는 했어요. 뭐 저도 예상치 않았던 수상이라 일본 문단에 얼굴을 한번 내민 정도였지 특별한 의미를 두지는 않았습니다."

　"무슨 말씀을! 아쿠타가와상은 일본문학의 최고봉이고, 《문예춘추》가 문단에서 가장 권위 있는 잡지라는 걸 누구나 잘 알고 있소. 사량 동무가 일본 문단의 정상에 올랐다는 얘기지요."

　김태준 선생은 칭찬을 아끼지 않았다.

　그러자 김두봉 주석이 안경을 벗어 호호, 입김을 불어 손수건으로 닦은 뒤 다시 쓰고 형형한 눈빛을 뿜으며 입을 열었다.

　"그런데 말이오, 사량 동무, 조선 현실을 내지어로 잘 드러냈다는 게 어떤 의미를 갖는 것이오? 궁핍한 조선 현실을 일제에 호소하는 것이오? 아니면 반도인이 이리 된 책임을 일제에 따져 묻는 것이오? 내가 명색이 조선어학자인데 내지어로 쓰는 문학이 조선문학인지 일본문학인지 헷갈려서 하는 말이오."

이국異國 벌판에서 트럭을 타고 가면서 쉽게 얘기할 그런 주제가 아니었다. 그렇다고 조선을 탈출해 반제, 반봉건투쟁에 앞장서 온 이 전사들 앞에서 어정쩡한 상황논리가 먹힐 것 같지도 않았다. 사량이 가장 가슴 아파하는, 해결책이 없는 상처를 정확히 찔렀다.

김두봉이 누구인가? 주시경周時經 밑에서 국문을 연구하고 최초의 조선어 사전인 《말모이》 편찬사업에 참여한 유명한 한글학자 아니던가? 후에 두툼한 《조선말본》을 펴내기도 한 한글학자 김두봉의 질문은 날카로웠다. 사량은 머뭇거렸다.

"사량 동무, 한번 말해 보시오, 내가 궁금해서 묻는 말이오. 듣자 하니 왜놈들이 연전에 조선어 사용을 금지하고 조선어로 된 신문과 잡지를 모조리 폐간했다고 들었소. 조선 문인들이 우왕좌왕하는 모양인데 그 와중에서 최재서 같은 놈은 내지어가 조선어보다 우수하고 독창적이니 모두 내지어로 써야 한다고 주장하지 않았소? 사량 동무도 그리 생각하오?"

한참을 머뭇거리다가 사량이 입을 뗐다. 트럭이 덜컹거렸다.

"그렇지는 않습니다. 저도 일본어로 쓰면서 가슴 밑바닥에 쌓인 조선 고유의 감정과 정서를 결코 표현하지 못하는 간극을 느낀 적이 한두 번이 아니었지요. 조선의 감각과 정서는 조선어로만 표현할 수 있습니다. 조선어로 써야 조선문학이 되지요."

사량은 5년 전 〈조선문화통신〉에 기고한 글을 떠올리면서 그리 말했다. "조선문학이 조선어로 쓰이지 않으면 안 된다는 것은 엄연한 진리다"라고 썼는데, 불행히도 매체는 《현지보고》라는 일본어 잡지였다.● 일본어로 조선문학의 필요조건을 설파한 것이다. 이 얼마나 모순적인 일인가. 사량도 그 모순을 느끼고 있었다. 식민지 현실에서 그 모순을 일단 받아들이지 않으면 사량의 글쓰기는 멈춰야 했다.

그래서 그 주장 앞에 단서를 달기는 했다. "내지어로 쓰건 안 쓰건 그것은 작가 개인에 관계된 것이다"라고. 군색하기 짝이 없는 단서였으나 일본어로 문학을 시작한 사량으로선 그렇게라도 교두보를 만들어야 했다. 김두봉 주석이 사량을 쏘아보며 다시 물었다.

"흠 … 그렇다면 사량 동무는 조선 문인이요? 아니면 일본 문인이요? 무엇을 어떻게 쓰건 내지어로 쓴다면 그건 황은皇恩에 보답하는 황도주의 문학이 될 것인데 … ."

김두봉의 말은 책망에 가까웠다.

분위기가 다소 험악해졌다. 그러자 김태준이 나섰다.

"꼭 그런 것은 아닙니다. 내지어로 쓴다 해도 소신이 좀 다르지

● 평론, 〈조선문화통신〉(朝鮮文化通信), 《현지보고》(現地報告), 1940년 9월.

요. 장혁주, 김용제처럼 일본어를 신주 모시듯 해서 궁핍한 조선 현실을 훌륭한 일본어 공간에서 녹여내야 내선일체內鮮一體가 완성된다고 주장하는 사람이 있어요. 구제 불능 인간들이지요. 반면, 유진오나 이효석처럼 조선적인 에피소드를 슬쩍슬쩍 끼워 넣어 거기에 쓸데없는 애착을 보이는 애달픈 유형이 있고요. 이런 작가들은 저항정신을 키우기보다는 체념적이고 굴종적인 결말로 흘러가기 십상이에요."

김태준은 김두봉과 김사량을 번갈아 쳐다본 후 말문을 이었다.

"그래도 조금 가치가 있는 작업들이 있어요. 조선 현실의 뒤틀리고 비틀어진 형태를 사실적으로 묘사하는 방식이지요. 이 경우는 시선이 좀 달라요. 식민지 조선을 뒤틀린 형태로 재현한다고 할까요. 그렇게 해서 일제 통치의 모순을 드러내 보여 주는 방식, 일종의 거울을 들이대 일제가 자성하도록 하는 효과는 발휘하지요. 작가가 엄동설한에서 얼마나 그런 긴장을 유지하느냐는 별개의 문제지만 말이지요."

김두봉이 다시 받았다.

"그렇다 해도 일본어를 아는 독자가 조선에 얼마나 되오? 또 그런 거울을 들이대도 저 지독한 일제가 자성할까요? 어림없는 소리! 왜놈들은 천황주의와의 혼일적 융화라는 용광로 속에 주변부의 모든 목소리를 쓸어 넣어 일본 색으로 만들어 버릴 것이오. 내지어로, 내지 매체에 그런 작품을 발표하다 보면, 결국은 주목받고 눈에 띄고 싶어 일본 권력에 차츰 다가가는 것 아니겠소? 시대적 고민을 짊어진 작가라도 옷과 밥을 구해야 하고, 작품을 발표라도 할라치면 저 무단적 강압에 타협하거나 결국 굴복하기 마련이오. 김태준 선생의 옹호를 십분 받아들인다 칩시다. 요 이삼 년간 조선어 말살정책하에서 일제의 자성을 촉구하는 용감한 작품이 나왔요? 일본어로 쓴 작품을 포함해서 하는 말이오!"

김두봉 주석의 주장은 단호했다.

사량은 묵묵히 듣고 있었다. 머릿속에 수많은 상념들이 교차했다. 조선어 신문과 잡지가 폐지되고 일본어 신문 〈매일신보〉와 일본어 문예지 《국민문학》만이 허용되었던 지난 4년간 유능한 선배 작가들이 바늘구멍만 한 출구를 찾아 처절한 사투를 벌였던 장면이 빠르게 스쳤다. 일본어로 쓸 수밖에 없었던 현실을 어떤 식으로든 합리화해 줄 논리를 찾아 처절하게 헤맨 것이다.

국민문학 그룹이 내세운 '신新지방주의'가 하나의 사례였다. 아일랜드 작가가 영어로 쓴 작품이나, 인도 작가가 쓴 영문 소설이 반드시 영국문학에 종속되는 것은 아니라는 논리였다. 아일랜드인과 인도인의 민족적 정서와 식민지적 피폐함을 오롯이 담아낼 수 있다고 우기는 것은 아니지만, 영국을 항상 중심으로 설정하는 제국주의적 사고방식을 거부할 탈주의 통로를 그나마 찾을 수 있다는 것이다.

식민 본국이 중심이 아닐 수 있다! 도쿄와 경성은 다 같이 하나의 지방에 속하고 문학이 각 지방마다의 고유성을 형상화한다면 설령 내지어로 쓴다 해도 중심과 주변은 동등한 지위를 갖는다는 발상이었다.

도쿄에서 만난 김용제 시인은 아예 한술 더 떠서 신동아新東亞 건설과 내선일체의 이념에 협력하지 않는 문인을 가련하고 불쌍하다고까지 한탄한 바 있었다. 사량은 그렇게 말하는 김용제가 가련하고 불쌍하게 보였다.

어떤 일본 평론가는 내지의 정신적 순수성을 갈고닦는 데에, 내지문학이 혹시 일탈적, 퇴폐적 길로 빠지는 것을 막는 데에 조선문학이 기여해 줄 것을 기대한다고 부드럽게 권유했지만, 사실은 황국신민으로서 조선 문인은 내지어로 써야 함을 완곡하게 말한 것에 지나지 않았다. 그런 마당에 신지방주의 논리는 내지어의 우월성과 보편성을 내세워 조선문학도 내지어로 써야 한다는 오만한 제국주의 논리에 그나마 대적할 수 있는 군색한 자구책이었다.

그렇다고 해도 김두봉 주석의 말은 정곡을 찔렀다. 신지방주의를 방패막이 삼아 내지어로 작품을 쓴 작가들은 어떻게 되었나? 사량은 이석훈李石薫과 최재서崔載瑞를 떠올렸다.

《국민문학》을 주도하던 이석훈은 조선인이 일본인보다 더 훌륭한 황국신민이 되어도 결국 일본인과의 운명적 차이를 해소하지 못한다는 사실에 직면하자 만주행을 택했다. 만주는 일제의 인종적 차별을 받는 조선인이 그 절망적 간극을 해소할 수 있는 탈출구였다. 만주인을 마음 놓고 멸시하고 경멸함으로써 일본과의 열등의식을 봉합할 수 있는 신천지였던 것이다. 최고의 친일파들이 집결한 녹기연맹에 가입한 이석훈은 '내선일체'라는 일제의 민족우월론에 내재된 태생적, 혈통적 차별의 설움을 타민족의 삶의 터전인 만주 벌판에 쏟아 놓았다. 최재서 역시 절망적이기는 마찬가지였다.

조선인은 일본인이 될 수 있는가? 중심의 분산과 편재, 신지방주의가 그토록 갈망하던 중심으로의 승격은 철저한 일본인이 되지 않고서는 불가능함을 깨달은 최재서는 조선신궁을 참배하고 나서 지성적 고투와 이론적 궁리의 허망함에서 벗어났다. 일본인이 되는 것, 천황을 받드는 국민이 되는 것보다 더 명료한 해결책은 없었다.

그럼 너는? 김두봉 주석의 칼날은 사량을 향하고 있었다. 너는 조선의 식민지적 현실을 내지어로 재현해 일본 문단에 상정함으로써 내지문학의 완숙함을 갈망하는 내지 문인들의 아량을 만족시켜 준 것 외에는 어떤 의미가 있는가라는 공격이었다.

내지문학의 편향성과 시선의 협소함을 알려 주고 그 경계를 넓혀 주었는가? 팔굉일우, 황도주의의 보편성을 완결하는 데에 결연히 산화하였다는 말인가? 일본인이 될 수 없는 태생적 운명과 식민지 조선의 피폐한 현실이 중첩된 영역에서 내지어로 토해 낸 작품이 조선인에게 어떤 의미를 갖는가를 물었던 것이다.

무서운 질문이었다. 도쿄에서 귀국한 후 조선 문단에서 활동하면서 사량이 끙끙 앓았던 질문이기도 했다. 그렇다고 붓을 꺾을 수는 없었다. 그 질문에 답할 수 있기를 고대하면서 계속 썼다. 모든 주제는 조선적인 것이었다. 조선의 전통과 정서였다. 조선인의 한과 설움, 비통과 좌절에 관한 것이었다. 일본인을 모방해서 동족 조선인에 대한 우월감을 증명하고자 하는 인간상의 모순에 대해서 썼다. 조선사의 비애를 일본어로 썼으며, 거꾸로 일본 해군 참관기를 조선어로 썼다. 그런데 적절히 타협할 지점도, 목숨을 바칠 저항 지대도 발견되지 않았다.

일본 당국이 목을 조여 왔다. 해군·황군 위문단에 합류해서 황군의 위용을 찬양하라는 노골적인 임무가 떨어졌다. 절망이었다. 식민지 현실에서 '빛'을 찾아 헤맨 자신이 마련한 최초의 교두보 《빛 속으로》가 주인공 미나미南 선생과 야마다 하루오山田春雄 군이 서로 조선인임을 확인하고서야 비로소 마음의 문을 연다는 그 애달픈 스토리에 그치지 않았는가.

비운의 민족애, 그 동질성의 생물학적 근거 외에 사량이 구축한 교두보는 그리 분명치 않았던 때였다. 절망의 바닥에 다다라도 저항의 전선은 보이지 않았다. 탈출을 결심한 것이 그때였다. 탈출은 한 가닥 빛이었다.

사량은 어눌하게 말했다.

"조선에서는 철저한 저항은 불가능했습니다. 그렇다고 일제에 타협한 것은 아니었어요. 붓을 꺾지 않는 한 더러 타협할 수밖에 없었지만요. 그래서 빛을 찾아 여기에 온 것이지요."

사량의 답변은 군색하기 짝이 없었다. 어색한 침묵이 흘렀다. 트럭이 덜컹거리며 벌판을 나아갔다. 야영할 곳에 도착한 듯했다. 행렬이 정지하고 바깥이 소란스러워졌다. 병사들이 시끌벅적 야영 준비를 했다. 침묵을 지키던 김태준이 김두봉을 흘끔 쳐다보며 입을 열었다.

"어려운 문제입니다. 조선 내에서 고투하는 문인들을 다 친일로 몰아붙일 수는 없는 노릇이니 말입니다. 이것이야말로 식민지 현실이 아니겠습니까? 차차 고민해 봅시다."

김두봉 주석이 조금 미안한 듯 사량을 달랬다.

"김사량 동무! 이제 조선은 광명을 찾았소. 빛을 찾은 것이오. 새로운 공화국을 건설하는 데에 지식인의 역할은 너무나 막중하오. 더구나 이름 있는 문인과 예술인들이야 말해 뭣하겠소. 사량 동무가 열성을 다해 주기를 바라오!"

신다니 도시오

멀리 산등성이에 만리장성이 보였다. 어둠이 내렸다. 10월 하순의 바람은 찼다. 사량은 외투를 꺼내 입었다. 몸이 으스스 떨렸다. 숙소로 돌아온 사량은 깊은 고민에 빠졌다. 숙영의 절규가 병사들이 지핀 모닥불처럼 탁탁 소리를 내며 가슴을 때렸다. 탈출하는 길은 빛이었다. 그런데 돌아가는 길은 빛이 아니었다.

김두봉의 말처럼 조선은 광명을 찾아 빛을 발하고 있는데, 그토록 갈망했던 빛을 찾았는데 두려웠다. 두려운 빛이었다. 빛을 찾으면 민족애를 말려 죽이는 비운悲運이 증발할 줄 알았다. 미나미 선생과 하루오 군이 부둥켜안고 환희의 춤을 출 수 있을 줄 알았다.

하루오 군은 무죄다. 그러므로 춤을 출 수 있다. 그러나 미나미 선생은 도쿄대학 학생이고, 내지어로 작품을 썼으며, 일본 당국의 명령에 타협한 궤적이 너무나 선명했다. 황은에 대한 직역봉공職役奉公은 아닐지라도 제국과 식민지의 경계선에서 춤을 춘

죄가 뚜렷했다. 미나미 선생은 유죄다. 그러므로 춤을 출 자격이 없다. 빛은 사량의 것이 아니었다.

숙영이 울면서 말한 새로운 탈출이 뒤통수를 갈겼다. 새로운 탈출? 어디로? 의용군 종군기자가 중국 국민당 정부로 갈 수는 없는 노릇이고, 팔로군에 남아 있기도 어렵고, 미군이 진주한 남조선에 간다?

사량은 일본제국 치하에서 고위관료를 지낸 형을 떠올렸다. 해방된 경성에서 친일파를 처단하라는 민중의 분노에 형은 어떻게 하고 있을까?

소련군이 진주한 평양으로 가면 마음 놓고 작품을 쓸 수 있을까? 새로운 공화국? 지주, 전문가, 지식인, 자산가, 민족 부르주아지, 관료들이 진정한 참회를 전제로 노동자 농민의 무산계급 동맹에 봉사해야 한다는 그 공화국에서 온전한 내 자리는 있을까?

빛은 애초에 없었는지 모른다. 제국의 심장부에서 제국의 언어로 제국의 매체에 작품을 써온 작가가 제 아무리 비운悲運의 민족애를 말했다 해도 '빛 속으로' 마음 놓고 걸어 들어갈 자격은 애초에 없었다.

사량은 밤을 꼬박 새웠다. 다음 날 행군이 시작됐다. 허물어진 마을과 불탄 마을을 차례로 지났다. 전쟁은 삶의 터전을 폐허로 만들었고, 민중은 폐허의 잔해에서 생존의 빛을 찾아 헤맸다.

대지는 너그러웠다. 계절이 바뀌면 생명의 싹을 돋아내 줄 것이다. 민중들은 다시 씨앗을 뿌리고 초록의 생명을 기쁨으로 맞이할 것이다. 그것이 다시 불타 없어진다 해도 희망의 끈을 놓지는 않을 것이다. 대지의 관용, 배신한 자, 타협한 자, 저항한 자에게 차별 없이 생명의 환희를 선사할 자연에 대한 믿음은 민중이 고난을 견뎌 온 변함없이 든든한 버팀목이었다.

그런데 사량에게는 그것이 없었다. 절망의 구렁텅이를 벗어나려 첩첩이 둘러친 봉쇄선을 넘었건만, 봉쇄선이 소멸된 귀국의 발걸음이 왜 절망 속으로, 어둠 속으로 향해야 하는지 사량은 헤아릴 수 없었다.

느릿한 행렬이 만리장성 구역을 벗어나 승덕시에 진입했다. 남루한 차림의 시민들이 가두에 서서 시가지를 지나는 행렬을 열렬히 환영했다. 그곳은 소련 홍군이 점령한 지역이었다. 일본군 무장해제를 위해 일찌감치 진주해 있었다. 총에 검을 찬 소련 홍군이 행렬을 가로막았다. 승덕역驛에 진입하려면 사령부의 허가가 필요하다고 했다.

지휘부는 승덕역에서 소련 홍군이 내준 열차를 타고 심양으로 갈 예정이라고 알렸다. 만 리 길의 마지막 여정이었다. 소련 홍군의 출입금지 명령을 해금하는 데에 시간이 소요됐다. 행렬은 차량과 수레를 버렸다. 기마병은 수십 필의 기마를 소련 홍군에게 내주고 접수증을 받았다. 병사들은 무기와 군장을 꾸렸고, 민간인들은 개인이 소지할 만큼만 짐을 챙기라는 지휘부의 명령을 이행했다. 그곳에서 시내 중심에 위치한 광장을 지나 승덕역까지 행군할 예정이었다.

두어 시간 후 소련 사령부의 허가가 떨어지고 행렬은 광장을 가로질러 역으로 향했다. 광장에는 총검을 한 소련 헌병들이 빙 둘러 지키는 가운데 무장해제된 일본군 병력이 무력하게 운집해 있었다. 얼굴에 붕대를 감은 병사, 누워서 잠을 자는 병사, 한편에 몰려 뭔가 쑥덕거리는 병사들이 보였다. 어제까지만 해도 찬란했던 천황의 군대는 오늘 소련군의 포로가 되어 소속과 이름과 고향을 비굴하게 말하고 송환선을 얻어 타야 한다는 한 가닥 소망에 매달린 비참한 신세가 됐다. 모두 풀이 죽었고, 황국신민의 자존심을 팽개친 무기력한 표정이었다. 의용군 행렬을 물끄러미 쳐다보는 병사들도 많았다.

그때 사량은 눈을 의심했다. 포로 구역 안쪽 나무의자에 목발을 걸쳐 놓고 멍한 표정으로 앉은 패잔병은 분명 신다니 도시오였다. 구역 경계선에서 30여 미터 떨어진 곳이었다.

신다니 도시오新谷俊郎!

도쿄제국대학 독문학부 동기로 《제방》 동인이자 세틀먼트운동을 주도했던 맑시스트! 히라카바와시 부근 빈민촌에서 야학을 가르치며 세틀먼트운동에 사량을 끌어들인 열정적인 친구, 그 경험을 되살려 《빛 속으로》를 쓸 수 있게 했던 문우文友가 낯선 이

국땅에서 부상병이자 패잔병으로 앉아 있었다. 사량은 외쳤다.

"신다니 도시오! 신다니 도시오!"

그러자 도시오가 고개를 두리번거리더니 곧 두 팔을 치켜들고 흔들어 대는 사량을 알아봤다.

"아! 사량! 긴 상! 긴 상!"

그는 마치 절망 속에서 한 줄기 빛을 찾은 것처럼 두 팔을 흔들며 자리에서 벌떡 일어났는데 몸을 가누지 못하고 고꾸라졌다. 느닷없는 친구의 출현에 부상당한 육체의 현실을 잊었던 것이다. 도시오는 다시 일어서려 사력을 다했지만, 자력으로는 불가능하다는 사실을 곧 깨달았다. 홍군 헌병이 사량을 저지했다. 포로와의 대화는 금지되어 있었다.

"신다니 도시오! 내 친구, 신다니 도시오!"

사량은 울먹이며 외쳤지만 다리를 끌며 기어오는 그에게 다가설 수 없었다. 도시오는 동작을 멈췄다. 그리곤 엎드린 채로 팔을 들어 좌우로 흔들었다. 도쿄 하숙방에서 논쟁으로 밤을 지새운 기억, 출출한 배를 채우러 새벽 거리로 나설 때 맞은 여명에 까닭 모를 희망을 품었던 동지애가 그의 얼굴에서 눈물로 떨어졌다.

소련 헌병이 총검을 휘두르며 사량에게 계속 걸어가라고 거친 몸짓을 했다. 사량은 발걸음을 옮기며 외쳤다.

"신다니 도시오! 제발 살아 돌아가라. 다시 만날 거야!"

언제 왔는지 숙영이 사량의 손을 잡아끌었다.

허정숙

새벽에 열차가 출발했다. 이대로라면 사흘 뒤에 심양에 도착할
예정이라 했다. 숙영도 사량이 앉은 좌석 몇 개를 건넌 뒤편에 탑
승했다. 탑승한 사람들은 안도의 한숨을 쉬었다. 긴 여정이 끝나
가고 있었다. 심양에 도착하면 바로 북경발發 부산행 열차를 탈
수 있을 것이다. 사람들은 긴장이 풀린 탓인지 곧 잠에 곯아떨어
졌다.

　사량은 창밖을 응시했다. 상강霜降이 막 지난 10월 하순의 흐뭇
한 달빛이 요동 벌판에 내려앉았다. 낮은 언덕과 구릉이 이어졌
다. 구릉은 다시 낮은 계곡을 만나 울창한 숲으로 이어지고 다시
구릉이 나타났다가 사라졌다. 달빛은 언덕과 나무와 바위와 풀
위에 차별 없이 내려앉았다. 먼 곳에서 동이 터왔다. 사량은 아
스라한 잠 속에서 여명을 맞았다.

　누가 흔들어 사량을 깨웠다. 처음 보는 여성 연락원 동무였다.
몇 칸 건너 앞좌석에 앉은 여성 동지가 사량을 초청했다. 처음 보

는 여성들이었지만 그들이 지휘부의 일원이자 중요한 임무를 수행하는 요원들임을 곧 알아차렸다. 사령부 문화선전부장 허정숙許貞淑이라 했다. 40대 중반으로 보였다.

옆에는 예술부원 김위나金威那가 사량을 맞았다. 연안의 로신예술학원을 나와 그곳에서 교수로 활동했다고 했다. 두 여성 모두 얼굴선이 고운 미인이었는데 어조에는 강한 혁명 의지가 배어 있었다. 허정숙이 궁금한 듯 물었다.

"김사량 동무, 내 남편 최창익 대장에게서 얘기 많이 들었어요. 든든한 우군을 맞았다더군요. 연안은 아주 마음에 드는 곳이었어요. 혁명 열기로 가득 차고, 뭐든지 문제가 생기면 토론을 통해 결정을 하거든요. 그게 마음에 들어요. 연안이 내 방황의 마지막 장소가 되기를 원하지만, 내 생에 역마살이 끼었는지 여기저기 안 돌아다닌 곳이 없어요. 그게 지금 생각해 보니 나를 얽매던 질곡을 벗어나려 했던 것 같거든요. 해방이라…, 조선이 드디어 일제의 멍에에서 벗어났구료. 그래, 사량 동무는 도쿄제국대학을 다녔다고 하던데, 어땠소, 마음에 들었소?"

이것도 느닷없는 질문이었다. 무엇을 말하려 함일까? 아니면 무엇을 시험하려 함일까? 그것도 아니면 조국을 목전에 두고 지난 방황의 세월을 회상하고 싶은 것인가?

"예, 할 수 없는 선택이었지요. 앞으로 나아가기 위한…. 좋은 친구들을 만났고 세상에 눈을 떴어요. 지금부터 10년 전, 젊은 시절이었으니까요. 저녁 무렵에는 시내 천변을 다니면서 혼자 서러움을 삼키기도 했는데, 지금 회고하니 무척 답답했던 것 같군요."

사량은 허정숙의 속셈을 가늠하면서 조심스레 답했다. 허정숙이 혼잣말처럼 중얼거렸다.

"나는 어렸을 때 고베신학교를 다녔어요. 얼마나 갑갑하던지 죽을 뻔했어요. 일본의 격식과 규칙, 거기에 기독교의 엄한 교리가 합쳐져 거의 질식하다시피 했어요. 겨우 졸업하고 그 길로 미국으로 갔지. 거긴 아예 규칙이 없는 거예요. 최소한의 규율을 준수하는 수준에서 자기가 알아서 하라, 뭐 그런 식이었거든. 자유주의의 힘이 느껴졌지요. 힘 있는 자와 힘없는 자의 격차를 미국은 그냥 놔두고 보는 거예요. 그게 마음에 안 들어 다시 중국 상해로, 상해에서 연안으로 먼 길을 다녔지요. 호호."

마치 자신의 화려한 이력을 간략히 소개하는 듯했다. 그런데 거기에 사람을 가늠하는 전략적 그물이 쳐져 있었다.

"사량 동무는 신문사에서 일해 본 적 있소?"

"예, 조선일보사에서 학예부 기자로 잠깐 일했어요. 불과 몇 달 동안이지만."

"신문기자들, 어떻던가요?"

사량은 머뭇거렸다. 신문기자라면 당시 최고의 지식인들이었는데, 두어 달 일하고 그들을 일거에 평할 수는 없지 않은가?

"글쎄요, 다 좋은 사람들이던데요. 재미있는 사람도 많았고요."

"무슨 소리! 거기 남자들 죄다 위선자들이에요. 혼자 잘난 척하고, 자유연애 한답시고 여자들 후리고, 책임도 못 져 울며불며 집안으로 기어 들어가고, 비겁한 인간들뿐이죠. 그러니 나라가 이 모양이지."

허정숙은 과거의 회상에 잠시 잠겼다가 말을 이었다.

"나는 내 남편 최창익 대장을 만나기 전에 남자를 세 사람이나 만났어요. 아이도 낳았지. 사람들이 나를 가십거리로 삼더군요. 얼마나 말하기 좋았겠어요. 젊은 여인이 세 남자와 연애했다가 헤어졌다, 그리곤 멀쩡하다? 그래 사량 동무는 자유연애에 대해 어찌 생각하시오?"

예상치 못한 질문이었다. 저 뒤편에서 이쪽에 신경을 곤두세우고 있을 숙영이 번쩍 떠올라 잠시 당황스러웠지만 곧 표정을 수습했다. 아주 평범한 답이 오히려 허정숙의 말을 더 끄집어낼 것 같았다.

"예, 제가 자유연애를 해본 적이 없어서요···. 지금 아내는 집안끼리 중신해서 맞았고요."

"아! 그렇군요. 그럼 러시아 페미니스트 여성인 알렉산드라 콜론타이를 모르겠군요."

"콜론타이?"

"연애와 사랑은 부부를 이루는 가장 중요한 감정이지만 그 감정은 쉽게 식거나 내팽개쳐 버릴 수 있지요. 사랑이 식었는데 계속 부부생활을 한다? 그건 두 사람에겐 감옥과 같아요. 콜론타이는 사랑과 연애는 부부의 시작이지만 그것이 질곡과 멍에가 되어서는 안 된다고 과감하게 설파했지요. 언제든지 다른 사람을 만날 수 있다고 말이에요. 감정에서의 해방, 그렇듯이, 인생을 얽매는 모든 관습과 질곡에서의 해방, 이것이 사회주의의 궁극적 목표가 돼야 해요. 계급해방과 여성해방, 이 두 가지가 새 공화국의 문화적 목표요!"

과격한 발언이었다. 명성으로 듣던 바와 같이 소신과 행동에 거침이 없었다. 사량에게는 모두 생소하고 두려운 목표였다. 옆에서 다소곳이 앉아 듣던 김위나가 반달눈 웃음을 지으며 물었다.

"사량 동무는 독문학부를 졸업했다고 들었는데 무엇이 마음에 들었나요? 제국대학에서는 독문학의 무엇을 강조해 가르치는지 궁금하네요."

이것도 그리 쉬운 질문은 아니었지만, 김위나의 말에 어떤 시험의 혐의는 없어 보였다.

"저는 하인리히 하이네로 졸업논문을 썼는데, 후기낭만파라고 할까요, 낭만주의에서 사실주의로 넘어가는 마지막 세대 시인입니다. 감정에 치우치지 않고 감정으로 현실을 녹이지 않고 현실적 모순에 과감하게 대적하는 사실주의적 시선이 마음에 들더군요."

"그렇군요. 로신예술학원에서는 주로 러시아 혁명시를 가르쳤어요. 또는 혁명 이전의 시인들, 예세닌, 셀빈스키, 츠베타예바 같은 시인들 말이지요. 혹시 러시아 혁명시인 마야코프스키를 아세요?"

김위나의 눈이 반짝였다. 아, 혁명 시기 미래파 시인들이라면 사량은 익숙했다.

"모스크바 밤거리 가로등을 닮은 시인, 마야코프스키! 귀족과 서민, 예술가와 누추한 현실, 전쟁터의 마차와 무도회의 여인을 연결하는 목소리를 가진 시인! 알다마다요! 제가 제국대학 시절에 흠뻑 빠졌던 유일한 시인이지요."

"그래요, 그는 트로츠키파였어요. 영구혁명론자, 현실에 만족할 줄 모르는 열정의 소유자. 나는 한때 그의 애인 릴리 브릭을 시기했었죠. 레닌을 넘어서려고 했던 이상주의적 혁명론자가 매혹됐던 여인이라니, 얼마나 멋진 일인가요!"

그런 말을 하면서 김위나는 서른일곱에 권총 자살한 마야코프스키의 애인이라도 된 듯 즐거워했다.

"마야코프스키는 혁명 후 새로운 계획을 세웠죠. 《소브레메니크Sovremennik, 동시대인》를 편집하던 중에 우울증에 빠졌고 신경질적이 됐죠. 결국 1930년에 자살로 불꽃같은 생을 마감했어요."

그녀는 마야코프스키가 쓴 〈이별의 시〉를 러시아어로 읊조렸다.

사람들이 말하듯
사건은 끝났다
사랑의 범선들은
인생에 좌초했다
인생에 아무 책임도 묻지 말자.
하나하나 헤아리기엔 너무도 많아
고뇌와 고통, 존재의 괴로움
안녕

작별

김위나가 마치 자신이 마야코프스키가 된 듯 취해 안녕을 읊조리는 순간, 열차가 덜컹, 하고 정지했다. 마야코프스키와 혁명의 분위기는 깨졌다. 1930년대 러시아로 회귀했던 사량도 정신이 번쩍 들었다.

창밖에 총검을 장착한 소련 홍군이 몰려왔다. 탑승객들은 어리둥절한 표정으로 창밖을 내다봤다.

"모두 하차하라!"

이런 명령이 떨어졌다. 어수선했다. 의용군 일행은 짐을 챙겨 들고 철로 변에 웅성웅성 모였다.

한때 소련군에 몸담았던 지휘부 집행위원인 한빈이 소련 홍군과 뭐라 말하는 모습이 잡혔다. 10킬로미터 전방에서 팔로군과 일본 패잔병 간 전투가 벌어지고 있다는 소식이었다.

쿵! 쿵….

간간이 포 소리가 들렸다. 소련 홍군 간부와 한참을 논의한 지휘부가 결단을 내렸다. 거기서부터 걸어서 산을 우회해 금주錦州 부근 작은 촌락에 집결하면 소련 홍군이 열차를 보낸다는 얘기였다. 짐 보따리를 힘겹게 짊어진 중년 아낙들은 아이들 손을 잡고 안도의 한숨을 내쉬었다.

의용군 병사들이 일행을 호위했고, 더러는 짐을 나눠 들었다. 행렬은 철로를 벗어나 산 지역으로 이동하기 시작했다. 대규모 피란민을 연상케 하는 행렬이었다. 사랑은 사람들 무리 속에서 숙영을 발견했고 그녀의 가방을 건네받아 손에 들었다. 숙영은 미소로 사랑을 맞았다. 둘은 천천히 움직이는 무리 속에서 나란히 걸었다. 덤불 속에서 새들이 날아올랐다. 팔로군 전투기가 산 능선을 넘어 날아갔다. 늦은 오후 해가 행렬 뒤쪽에서 비쳤다.

금주의 작은 촌락 역에서 열차를 다시 타고 심양에 도착할 때까지 사랑은 골똘히 상념에 잠겼다. 차창 밖 풍경도 떠오르지 않았다. 앞에 앉은 숙영을 눈물겹게 바라봤던 기억은 선명하다. 숙영도 가끔 사랑을 바라볼 뿐 말이 없었다. 두 사람의 눈길은 겹쳐졌다가 흩어지곤 했다. 새로운 탈출의 가능성은 그믐달처럼 소멸됐음을 두 사람은 깨닫고 있었다. 뜻은 있었으나 실행에 옮기기가 얼마나 무모하고 어려운 일인가를 두 사람 모두 애초에 알고 있었다.

심양에 가까워 올수록 마음은 무거워졌다. 예기치 않은 조우遭遇와 예정된 작별이 겹치는 순간이었다. 조우와 작별은 수없이 해

보았지만 마음에 새겨진 여인과의 그것은 낯설고 두려웠다. 가끔 던지는 눈길 속에 그런 숙영의 마음이 감지됐다. 앞으로 감내해야 할 그리움이 행군해 온 거리만큼이나 아득했다. 곧 닥쳐올 미지의 일들과 아득한 그리움이 뒤섞여 앞에 앉은 숙영의 얼굴이 잘 보이지 않았다.

열차가 행렬의 종착지인 심양역에 들어섰다. 소련 홍군이 열차를 맞았다. 감개무량한 마음을 이기지 못해 일행은 〈조선의용군가〉를 불렀다. 증기를 내뿜는 열차 기관소리와 의용군가가 어우러져 역 일대에 우렁찬 합창이 울려 퍼졌다.

중국의 광활한 대지 우에
조선의 젊은이 행진하네
발맞춰 나가자 다 앞으로
지리한 어둔 밤 지나가고
빛나는 새날이 닥쳐오네
우렁찬 혁명의 함성 속에
의용군 깃발이 휘날린다
나가자 피 끓은 동무야
뚫어라 원쑤의 철사망
양자와 황하를 뛰여넘고
피 묻은 만주벌 결승전에

원쑤를 동해로 내여 몰자

전진! 전진!

광명한 저 앞길로!

역내는 소련 홍군 군악대와 마중 나온 사람들로 붐볐다. 남을
사람과 떠날 사람이 갈라졌다. 지휘부는 심양 시내로 진입했고,
조선에 입국할 사람들은 심양역에서 밤을 새웠다. 중국 대륙에
서, 만주에서, 연해주에서 조선의용군 대원들이 속속 심양에 집
결하는 중이었다.

의용군 대표자회의가 예정되어 있었다. 사랑은 지휘부 요원들
과 악수를 나눴다. 공화국 건설에 열정을 쏟는 문화요원이 되어
달라는 인사를 많은 사람들에게서 들었다. 요원들이 내미는 손에
서 굳은 결의가 전해졌다. 〈조선의용군가〉가 울려 퍼지는 플랫
폼에서 사랑은 혁명이 끝났음을 어렴풋이 감지했다.

새로운 공화국은 그들에게는 혁명의 시작이었으나, 사랑에게
는 자유의 짧은 순간이 막을 내리고 있었다. 숙영도 많은 사람들
과 악수를 나눴다. 그때 삐오넬이 다가와 뭐라고 귓속말로 속삭
였다. 손영해와 최경식이 금주에서 사라졌다는 애기였다.

"행님들이 안 보였어요. 어디 갔능가 찾았는데, 아마 금주에서
산을 돌 때 내뺐는기라요!"

그리 놀라운 일은 아니었다. 여순이나 천진으로 가서 배를 탈

것이다. 의용군 행적을 묻어 버리고 학도병으로 돌아갔을 것이다. 제물포로 가서 학도병 생환자 신분으로 귀국할 것이다. 사량은 그들의 무사 생환을 빌었다.

다음 날 아침 북경발 부산행 열차가 플랫폼에 들어섰다. 오랜만에 삐오넬, 현준식, 조선웅이 함께 모였다. 숙영과 사량도 같은 칸에 좌석을 잡았다. 삐오넬이 흥분을 감추지 못해 소리쳤다.

"집에 간데이! 행님들, 이자 집에 간데이!"

현준식과 조선웅도 함박웃음을 지으며 벌어진 입을 다물지 못했다. 열차는 꽥꽥 소리를 내며 역을 빠져나왔다. 열차는 빠르게 남하했다. 단동丹東을 지나 압록강 철교를 건넜다. 11월 초, 겨울에 들어선 압록강 물은 결빙을 준비하듯 넘실거렸다.

사량과 숙영은 아무 말이 없었다. 열차가 드디어 조선 땅에 들어섰다. 슬픔과 환희가 교차했다. 기쁨과 두려움이 엇갈렸다. 열차는 신의주를 거쳐 정주역에 닿았다. 산천의 모습이 달라졌다. 어릴 적에 보던 그 산천이었다. 마을이 옹기종기 산기슭에 모였다 흩어졌다. 박천군을 지나 청천강을 건넜다. 열차는 증기를 뿜으며 쉼 없이 남하했다. 평양 시내가 보였다. 사량과 숙영의 심장박동이 빨라졌다. 작별의 시간이 다가온 것이다.

열차가 평양역에 들어섰다. 환영인파가 보였다. 사량은 삐오넬, 현준식, 조선웅과 포옹했다. 언제 다시 만날지 모를 이별이었다. 삐오넬이 눈물을 연신 훔치며 품에 매달렸다.

"선상님요, 영천에 꼭 한 번 놀러 오이소!"

조선웅이 원산행 기차를 타러 먼저 내렸고, 그 뒤를 따라 내리는 숙영의 뒷모습이 보였다. 가방 하나가 그녀의 손에 들려 있었다.

사량도 천천히 열차에서 내렸다. 낭림이, 정림이가 소리치며 뛰어왔다. 그 뒤편에 창옥이 눈물을 훔치며 서 있었다. 사량은 가족들을 한꺼번에 품에 안았다. 그리곤 정림이를 번쩍 들어 올렸다. 북경에서 탈출할 때 노천명 시인에게 사서 보낸 그 가죽신을 신고 있었다. 정신을 수습한 사량은 플랫폼을 둘러봤다. 먼발치에서 이쪽을 보고 있는 숙영의 모습이 눈에 들어왔다. 그녀는 곧 등을 돌려 역을 빠져나갔다. 열차가 서서히 움직이기 시작했다. 홀로 걸어가는 숙영의 뒷모습이 아렸다.

아버지를 찾아서

김봉현 기자

〈동아일보〉 문화부 기자 봉현은 아침 일찍 집을 나섰다. 여름 햇살이 따가웠다. 집은 종로 5가 낙산 중턱에 위치해 있다. 일제 때 지은 한옥으로 상당히 너른 정원에 전망이 좋은 집이다. 정원에 서면 종로 시가지와 건너편 비원과 종묘가 한눈에 들어오고, 뒤편에 북악 연봉이 병풍처럼 펼쳐진다.

늘 그러하듯 안청에 들러 백모(伯母)에게 출근을 알렸다. 벌써 육십 줄에 들어선 백모는 항상 한복을 차려입고 안방을 지키는 전형적인 조선 여인이었다. 백부가 6·25전쟁 당시 납북당한 후 홀로 외아들 봉섭과 조카인 봉현을 키웠다. 사촌형제 둘은 친형제처럼 자랐다. 워낙 어렸을 적부터 백모 밑에서 컸으니 친형제나 다름없었다.

둘은 성격이 달랐다. 봉섭은 차분하고 냉정한 성격인 데 비해 봉현은 낭만적이고 욱하는 기질이 있었다. 각각 아버지 유전자를 어찌 그리 정확히 물려받았는지 신기한 일이라고 백모는 웃었다.

광화문행 버스를 탄 봉현은 골똘히 생각에 잠겼다. 종로 거리 교차로와 골목 입구마다 전경과 사복경찰이 깔린 모습도 눈에 들어오지 않았다. 유신이 선포되고 난 후부터 항상 보던 일상적 풍경이었다. 어제 〈요미우리신문〉에서 본 문학 기사를 내야 할지 갈피가 서질 않았다. 기사는 이랬다.

1939년 아쿠타가와상 후보작 수상작가인 김사량金史良의 평생 작품을 모은 전집 4권이 하출서방신사河出書房新社에서 발행되었다. 씨는 일찍이 전전戰前에 도쿄제국대학 독문학부를 졸업한 조선의 천재 작가로서 젊은 시절 조선의 민족적 비애를 담은 서정적 작품을 많이 썼으나 귀국한 이후 북조선에 체류하면서 작품세계가 많이 달라졌다. 천재작가 씨의 작품세계의 변화상을 한눈에 알 수 있는 좋은 자료이다.

봉현은 4권짜리 전집이 몹시 궁금했으나 북한 종군기자의 작품집이 남한에 반입될 리 없었다. 김포공항에서는 세관원과 정보원이 승객들의 여행가방과 짐을 샅샅이 검사했다. 헤로인 등의 마약이 목표물이 아니었다. 외국에서 반입되는 책과 신문, 잡지, 역사 문서들이 우선 검색 대상이었다.

맑시즘 관련 서적들은 도서관 대출이 금지되었을 뿐 아니라 공항 검색대도 통과하지 못했다. 책 표지를 뜯어내도 전문 훈련을 받은 정보요원들은 용케도 그 내용을 알아냈다. 적발되면 곤욕을 치르기 일쑤였다. 경찰서나 정보부에 불려가 심문을 받아야 했고, 수상한 혐의가 발견된 사람들은 사상교육을 이수해야 했다.

'10월 유신維新'이 선포된 후 8개월이 지났지만 시내 분위기는 여전히 살벌했다. 민족중흥과 경제성장이 정권이 내세운 목표였다. 정권의 정당성에 시비를 거는 모든 저항과 도전은 민족주의 명분으로 처단됐다. 북한은 한반도 민족주의를 두 동강 낸 주적主敵이었다. 북한은 남한을 원쑤로 불렀다.

정권 도전세력과 모든 유형의 저항운동에는 용공 혐의가 씌워졌다. 반공은 자유를 항아리 안에 가두는 위력을 발휘했다. 6·25전쟁은 20년 전에 끝났지만, 그것이 남긴 상흔은 두 개의 조선을 정상궤도에서 이탈한 변형국가로 만들었다. 북한이 게릴라식 유격대 국가를 건설했다면, 남한은 정보부, 경찰, 군대가 외곽을 지키는 가두리 양식장이었다.

골목 전봇대마다, 게시판에, 그리고 학교와 공공기관에 표어가 나부꼈다.

"반공방첩."

"낮말은 새가 듣고, 밤말은 쥐가 듣는다."

"수상한 자는 즉시 신고하세요."

부랑자는 수상한 사람이었고, 정신병자와 무연고인은 즉각 복지원으로 끌려갔다.

시위대가 시내 거리에 돌발적으로 출현해 유인물을 뿌렸다.

"독재정권 타도하자!"

전경들이 유인물을 수거해 불태웠다. 용공분자의 소행으로 규정됐다. 검열당국은 신문과 방송에 신경을 곤두세웠다.

신문사 편집국에 검열관이 아예 상주했다. 검열관의 주업은 불온한 기사에 시뻘건 색연필로 X자를 긋는 일이었다. 정권 수뇌부를 자극하는 내용이 혹시라도 나오면 검열관은 즉시 교체됐다. 그래도 저항은 계속됐다.

"독재타도!"

"언론 검열 중단하라!"

이런 현수막이 길게 걸린 동아일보사 사옥에 봉현은 천천히 걸어 들어갔다. 문화부장 이서현이 먼저 나와 봉현을 반겼다. 이서현 부장은 서울대 영문과를 나온 봉현의 대학 선배로 문화예술계가 거의 빈사 상태에 이른 저간의 암울한 상황에 분개하고 있었다.

"봉현! 오늘은 웬일이야? 어제는 술 안 마신 모양이지? 일찍 나왔네."

"예, 선배님. 시국이 이 지경이니 술맛도 없어요."

"이런 때가 바로 기자들이 활약할 때지. 저널리즘은 암울한 사회에서 근성을 발휘하지 않나? 어때, 근질근질하지 않아?"

봉현은 커피를 두 잔 타서 부장에게 한 잔을 내밀었다.

"선배님, 혹시 김사량 작가라고 들어 보셨어요? 일제 때 아쿠타가와상을 수상한 인물. 《빛 속으로》를 쓴 소설가 … ."

"그럼, 알고말고. 불세출의 천재 작가지. 내가 누구냐? 영문학과에서 국문학을 전공한 삐딱한 천재 아니냐? 천재는 천재를 알아본다고! 《삼국유사》를 물어봐라, 내가 혹시 모르는 게 있는지. 셰익스피어는 사절이다."

이서현은 유쾌하게 받았다. 그는 커피를 한 모금 마시곤 눈을 번쩍 뜨며 봉현에게 물었다.

"그런데, 왜?"

"제가 기사 하나를 쓸 테니 실어 주세요. 선배님의 호기심을 자극할 겁니다."

동료 기자들이 하나둘씩 편집국으로 들어왔다. 하나같이 시큰둥한 표정이었다.

"이거, 분위기 영 말이 아니구만. 한판 붙어야지, 이래갖고 어디 기자 해 먹겠어?"

반골 기질로 이름난 정치부 장 기자가 아침부터 투덜댔다. 권이정 편집국장이 편집국에 들어서다 장 기자에게 핀잔을 줬다.

"안 그래도 니 보기 싫은데 한판 붙고 큰집에나 가 있어라. 그래야 내 속이 편하겠다."

"그럴까요? 어제 술 한잔 하고 취한 김에 경찰서에나 가서 술주정할까 했지요. 여관비가 없었거든요."

장 기자가 능치며 자리에 앉았다. 편집국이 부산해졌다. 전화벨 소리가 진동하고, 취재현장과 통화소리가 시끌벅적했다.

봉현은 자리에 앉아 기사를 쓰기 시작했다. 석간신문 기사였다.

일본 하출서방신사河出書房新社에서 김사량金史良 작가 전집이 출판되었다. 총 4권으로 김사량이 아쿠타가와 후보상을 수상한 작품 《빛 속으로》를 포함해 1950년 10월 전쟁 중 행방불명될 때까지 작가가 쓴 모든 작품이 망라되었다.

이번 전집 출간을 위해 출판사 측은 재일작가 김달수의 회고와 김사량 작가가 도쿄제국대학 유학 당시 교유했던 일본 문인들의 증언을 꼼꼼히 수집해 원작을 훼손하지 않으려 모든 노력을 기울였다고 한다.

일제강점기 일본에서 활동한 조선인 작가 중 가장 뛰어난 문재文才를 보였던 김사량은 일본어로 쓰면서도 조선의 민족적 비애를 서정적, 감성적으로 담아내는 데에 탁월한 작가로 알려져 있다. 그런데 한국 문단과 평단에서는 김사량이 일본어로 썼다는 이유로, 그리고 해방 이후에는 평양을 근거지로 활동했다는 이유에서 한국문학사에 편입시키는 것을 주저하고 있다.

한국문학사를 더욱 풍요롭게 하려면 김사량 작품의 의미와 위상을 폭넓게 인정해야 한다는 평가가 나온다. 그의 고향은 평양이지만, 해방 전에는 서울과 도쿄에서 주로 활동하였고, 해방 이후에는 평양으로 돌아가 여러 유형의 글을 집필한 것으로 알려져 있다. 1914년 생, 본명은 김시창金時昌.

(편집자 주. 혹시 김사량의 해방 이후 행적을 알고 있는 분은 편집국 문화부로 연락 주시기 바랍니다.)

이서현 부장은 원고를 읽고 이렇게 말했다.

"조금 싱거운데, 요즘 전집류가 잘 팔리잖아. 이거 수입해다가 한번 팔아 볼까? 일단 알았어, 이거 놔두고 자유실천문인협의회 준비 모임이 오늘 있다잖아. 거기 가봐, 난리 날 거다."

"그런데 부장, 제가 어제 곰곰 생각해 봤는데요. 도쿄 출장을 한번 갈까 합니다. 아쿠타가와상이라면 일본 문단의 최고봉인데, 그걸 받은 작가가 이렇게 한국에서는 장막에 가려졌으니 필시 우여곡절이 있을 거예요. 한번 가서 옛 문우文友들을 인터뷰하고 올까 하는데, 접선할 사람을 찾았어요. 요코하마에 사는 재일동포 작가 김달수 선생이라고요."

"야, 이 시국에 무슨 출장? 광고도 막혔는데 돈도 없어. 편집국장이 펄펄 뛸 거다."

옆에서 얘기를 듣던 신참 여기자인 강채원이 거들었다. 강 기자도 우연히 영문과 후배여서 타 부서 기자들이 아예 문화부를 영문학과 동창회라고 불렀다.

"김 선배, 저도 데려가 주세요, 가방 모찌로. 이참에 비행기 한번 타보게."

봉현은 채원을 흘낏 보면서 말했다.

"넌 왜 끼냐? 선배님들 고상한 대화에. 아무튼, 한번 잘 좀 말해 주세요. 저도 5년 차예요. 입사 이후 한 번도 외국출장을 못 갔잖아요. 이런 출장에 대비해 여권을 만드느라 남산 반공센터에 가서 하루 종일 소양교육도 받았는걸요."

봉현의 목소리 톤이 조금 높아졌다.

"돈은 내가 사비로 절반 댄다고 하세요. 아무튼 허락만 받아 주세요. 제가 근사하게 한잔 살게요."

이 부장은 봉현의 고집을 알고 있었다.

"알았어. 거기나 가봐. 가거든 고은高銀이 인터뷰 따와!"

자유실천문인협의회

봉현은 광화문 네거리 신문사에서 나와 명동으로 걸어갔다. 아직 예정된 모임 시간이 되지 않았으므로 한여름 거리 구경도 할 겸 청계천 쪽으로 방향을 잡았다. 복개된 도로변에 철물점과 공구상이 번성했다. 뙤약볕을 막으려 펼쳐 든 형형색색의 양산이 물결처럼 오갔다. 길거리 포장마차는 점심 손님을 맞을 준비에 한창이었다. 순대와 떡볶이, 오뎅 냄비에서 김이 무럭무럭 났다. 증산, 수출, 건설에 나선 서울시민들의 하루는 분주했다.

강남 개발이 한창 진행 중이라 물자와 인력이 동났다. 뭉치로 날아다니는 돈을 잠자리채로 쓸어 모으면 금시 부자가 되는 때였다. 예나 지금이나 문인들은 부자 되는 길을 용케도 피해 다녔다. 부자와 문인은 상극이었다. 배가 고파야 제대로 된 글이 나온다는 신념을 갖고 살았다. 쥐꼬리만 한 원고료는 즉각 술집 마담에게 차압당했다. 마담들은 문인들의 표정만 봐도 원고료를 받았는지 귀신같이 눈치챘다.

몇 달 전 소설가 박경리朴景利의 딸과 결혼한 시인 김지하金芝河
가 오늘 모습을 드러낼지 궁금했다. 〈오적五賊〉 필화사건으로 유
명해진 저항시인은 대학생의 우상으로 떠올랐는데, 형집행정지
로 풀려난 시대의 영웅이 결혼이라는 세속적 의례를 실행했다는
것만으로도 화제가 되었다.

"오적 시인 결혼하다."

봉현이 뽑은 기사의 제목이 그러했다. 결혼은 시대의 영웅답지
못한 행동이라는 인식 때문이었을 것이다. 그러면 평생 외로운
투사로 남으란 말인가? 너는 외로운 투사라서 결혼을 생각도 않
고 있나? 자신이 결행하지 못하는 일을 타인에게 묻는 일은 용렬
하다는 자괴감이 들긴 했지만, 아무튼 그리 썼다.

그런 의미에서 자유실천문인협의회 발기 준비인들은 용감했
다. 이중삼중 정보망이 가동하는 상황에서 '자유실천'을 들고 나
왔으니까. 자유를 먹고 사는 가난한 문인들의 목을 조르면 비명
밖에 나올 게 없고, 토해낼 게 자유밖에 없으므로 창작의 정신줄
을 끊지 말라는 절규였다. 정권에게 창작은 불온이었다. 시간을
새롭게 한다는 유신維新은 오직 정권만의 전유물이었다. 문학에
는 유신이 허용되지 않았다.

명동복국에 들어서니 낯익은 얼굴이 보였다. 환속한 고은, 박
태순朴泰洵, 윤흥길尹興吉, 이문구李文求, 송기원宋基元이 둘러앉아
애기꽃을 피웠다. 항상 그렇듯 심각한 표정은 아니었다. 이문구

가 구수한 충청도 사투리로 좌중을 웃겼다. 그러자 20대 청년 시인 송기원이 억센 전라도 말투로 받았다. 뒤쪽 상에 자리 잡은 봉현이 고은에게 귓속말로 인터뷰 요청을 하자 그는 곧 뒤로 돌아앉았다.

"언제 정식으로 발족하실 예정인가요? 창립회에서 선언할 가장 큰 미다시를 무엇으로 뽑을 생각인지요?"

고은 시인이 어눌한 말투로 답했다.

"그거야 '자유'지 ⋯. 뭐니 뭐니 해도 문학예술인들을 제발 가만 놔둬라, 유신은 당신들만 하느냐, 우리도 정신적 개비가 필요하다 ⋯ 뭐 그런 것? 내가 왜 속세로 돌아왔는지 아슈? 나 홀로 돈오돈수頓悟頓修가 안 돼, 다 같이 돈오점수頓悟漸修하려고."

그때였다. 식당 문이 와장창 소리를 내며 열리고 사복경찰이 쏟아져 들어왔다. 젊은 청년들이 구둣발로 마루에 오르더니 참석자들의 멱살을 획 잡아챘다. 술로 허기를 채우던 문인들이 끌려 나간 건 순식간이었다.

사각턱의 건장한 놈이 봉현에게도 달려들었으나 기자증을 허겁지겁 내밀어 겨우 멱살잡이를 모면했다. 그 사각턱 사복이 욕설을 해댔다.

"뭐야, 이 새끼, 재수 없게."

봉현은 밖으로 뛰쳐나갔다. 문인들을 실은 승합차가 벌써 사라졌다. 봉현은 허탈했다. 자유라 ⋯. 자유는 이렇게 가시밭길로 오는 것인가? 가난한 작가들이 음풍농월吟風弄月하는 것은 자유고, 대오각성 끝에 골방을 박차고 나와 시대를 논하는 것은 용공容共이라.

학풍이 다르면 낙향하거나 유배를 갔던 나라였다 해도, 학파마다 쟁론을 거친 공론公論정치가 아니었던가. 조선에도 공론은 시대적 환경에 따라 자주 바뀌었거늘, 오늘날 공론은 오직 정권만이 독점적 제조권을 행사할 수 있는가? 누가 그런 독점권을 부여했는가?

공화국이란 국민적 합의에 바탕을 둔 체제인데 그 합의를 정권이 독점한다면 분명 전제정치임에 틀림없었다. 공화제와 전제정치는 종이 한 장 차이다. 빈곤을 면하려면 어쩔 수 없다고 정권은 강조했다. 빈곤을 막 벗어난 이때에 정권은 조국선진화라는 더 멀고 근사한 목표를 내세웠다. 조국선진화라는 민족중흥의 궁극적 종착역도 멀고 아득하긴 마찬가지였다. 그때까지 자유를 유보하라는 말이었다. 코흘리개 어린이조차 뜻도 모르면서 좔좔 외워야 하는 '국민교육헌장'대로라면 "민족중흥의 역사적 사명을 띠고 이 땅에 태어난" 한국인은 정부시책을 '찍소리' 말고 따라야 했다.

봉현은 다방 한구석에 앉아 기사를 작성했다. 조용필의 〈돌아와요 부산항에〉가 한창 분위기를 달궜지만 봉현의 기분은 가라앉았다. 신문사로 돌아갈 기분이 영 아니었다. 그날 문화부 내근

당번인 강채원에게 공중전화를 걸어 원고 내용을 불러 주었다. 강채원은 빨리 받아 적지 못했다.

"젊은이가 왜 그리 손놀림이 느리냐?"

"세로 원고지에 쓰니 익숙잖아서 그렇지요. 구닥다리 세로 원고지는 신문사에 들어와 처음 써봐요."

"부장 좀 바꿔 봐."

이서현 부장이 전화를 받았다.

"야, 너 어디야? 몽땅 달려갔다며? 그럼 빨랑 들어와야지 어디서 헤매고 다니냐?"

"예, 선배, 원고는 송고했고요, 복귀할 기분이 아니라서 다방에 죽치고 앉아 있어요. 명동에 반반한 여자들이 많아 분위기는 쥑이네요."

"너 세월 한번 좋다, 이 시국에. 그런데 국장이 웬일이냐? 갔다 오래. 출장기안서에 결재 사인해 줬어. 내일이 금요일이니 일요일까지만이래."

"출장비는요?"

"아무리 회사가 어렵다지만 대大〈동아일보〉가 기자에게 출장비를 부담시킬 수 있겠나? 부部 운영비 한몫을 떼 줄 테니 올 때 알지? 사케 한 병! 아, 그리고 참, 오늘 기사가 넘쳐서 그 기사는 토요일 자로 미뤘다, 알겠지?"

이 부장은 전화를 찰칵 끊어 버렸다. 웬 성질이 저리 급하누?

하기야 나도 그렇지만, 하는 생각에 픽 웃음이 나왔다. 아무튼, 출장이라⋯. 서랍 안에서 긴 세월 잠자고 있는 여권부터 챙겨야 겠는걸.

아버지의 기억

처음 타보는 비행기는 신비로운 발명품이었다. 육체를 공중으로 부양시키는 추진력은 대단했다. 온갖 욕설과 기쁨과 누추함이 뒤섞인 현실로부터 재빨리 격리시키는 비행기의 위력은 경이로웠다. 몸을 상공에 띄워 오염되지 않은 대기로 말끔히 목욕시켜 주는 듯했다. 상쾌했다. 나약하기 짝이 없는 인간이 이런 위대한 물건을 만들다니. 감기 바이러스에도 쉽게 몸져눕는 인간이 보이지 않는 중력의 미세한 역학을 파헤쳐 공중 부양하는 거대한 비행체를 발명했다는 그 대조적 양 극단 사이 어딘가에 아버지의 비밀스런 얘기가 숨어 있을 것이다.

아버지가 걸려든 역사적 파노라마의 연장선에서 가쁜 숨을 쉬고 있는 내 유전자의 정체성이 드러날 것이다. 역사가 그를 망쳤다면, 역사의 덫에 다시는 빠지지 말라는 유전자적 교훈이 나를 어디론가 인도할 것이다. 그게 또 다른 덫이라 할지라도, 비행기처럼 간단히 공중 부양할 수는 없을지라도 봉현은 오랫동안 미뤄 왔던 일에 착수해야 할 때가 왔음을 깨달았다. 공중 부양의 달콤한 이탈離脫이 주는 옅은 잠 속에서 봉현은 23년 전 가을로 돌아가고 있었다.

파죽지세破竹之勢로 진격했던 인민군이 다시 북상해 유엔군이 평양에 진주한 10월 중순이었을 거다. 낭림은 정림이 손을 잡고 양코배기 유엔군 아저씨들이 씩씩하게 행군하는 길가에 나와 있었다. 아버지를 기다리는 중이었다. 바다가 보이는 남쪽 도시에 도착했다는 전갈을 받은 지 두어 달이 지났고, 용맹하던 인민군 부대가 열차를 타고 허겁지겁 북쪽으로 향한 게 엊그제 일이었다.

엄마는 한사코 말렸지만, 낭림은 정림의 손을 잡아끌었다. 둘 다 가죽신을 신었다. 평양역에서 그렇게 아버지를 맞았듯이, 가죽신을 신으면 아버지가 돌아온다는 믿음이 생겼다. 코쟁이 군인들의 행진이 끝나도 아버지는 돌아오지 않았다. 대신 여자 군인이 왔다.

그 전날 늦은 밤이었다. 잠을 쫓느라 눈을 비비던 낭림은 문밖 인기척에 놀라 일어났다. 아버진가? 어둠 속에 나타난 사람은 여자 인민군 장교였다. 엄마가 그 여자를 대청에 들였다. 낭림은 방문을 조금 열고 그 모습을 봤다. 여장교의 얼굴이 어둠 속에서 드러났다.

그 여인은 평양철도병원에 입원한 아버지를 문병 갔을 때 자주 보던 여의사였다. 예쁜 얼굴이 어린 낭림의 기억에도 남았다. 돌아오는 길에 엄마가 우스갯소리로 "의사선생님 예쁘니?"라고 물었는데 낭림은 대답을 하지 못했다.

얘기 소리가 두런두런 들렸다. 엄마가 '흑' 하고 울음을 터뜨렸다.

"두고 와서 정말 죄송해요 ⋯ . 쾌차하실 거예요. 곧 다시 진격한다고 하니 우리 군이 구출할 수 있을 겁니다. 지금 ⋯ 아마 ⋯ 원주 부근 치악산에 계실 겁니다."

그 말에 낭림은 아버지가 어딘가 먼 곳에 있다고 짐작했다. 원주, 치악산이란 생소한 이름이 뇌리에 각인됐다. 그 여자 장교는 천으로 겹겹이 싼 물건을 엄마에게 건네주고 총총히 사라졌다.

천을 펼치자 작은 편지가 나왔다. 그걸 읽는 엄마는 감정이 격해졌는지 울다가 읽다가를 반복했다. 안방에서 할머니 목소리가 들렸다.

"에미야, 들어오너라."

창옥은 이 일을 어떻게 수습해야 할지 당황스러웠다. 결단을 내리지 못한 창옥은 복잡해진 심정을 안고 안방으로 들어갔다. 낭림은 다른 날과는 달리 약간 비틀거리는 엄마의 뒷모습을 걱정스레 바라봤다.

며칠이 흘렀다. 유엔군이 압록강에 도달했다는 소문과 중공군이 압록강을 건너온다는 풍문이 무성했다. 낭림은 중공군을 본

적은 없지만 무작정 중공군을 기다렸다. 중공군이 아버지를 데리고 올 것이라 믿었다.

밤이었다. 엄마가 낭림을 불러 할머니께 데리고 갔다. 거기에는 곱단네 아저씨가 무릎을 꿇고 한편에 앉아 있었다. 할머니가 엄한 목소리로 말했다.

"낭림아, 지금부터 이 할미 말을 잘 들어라. 전쟁 중이니 사내가 단단해야 하니라. 내일 짐을 싸서 곱단네 아저씨 따라 서울로 가거라. 가서 낙산 큰집에 짐을 풀고 아버지를 기다려라. 우리도 곧 내려가마. 알 … 것, 끄윽!"

할머니는 말끝을 맺지 못하고 울음을 삼켰다. 오시면 되지 왜 울까? 낭림은 조금 의아했지만 의젓함을 보여야 했다.

"예, 할머니, 아버지를 기다릴래요. 할머니도, 엄마도 오시는 거죠? 기다릴래요."

위엄을 수습한 할머니가 곱단네 아저씨에게 가방을 내밀면서 말했다.

"여기 금과 패물을 넣었네. 절반은 자네가 살림 밑천으로 쓰고, 절반은 큰며느리에게 전해 주게. 편지도 넣었으니 잘 전해 주고, 낭림이가 도착하면 전갈을 해주게."

곱단네가 머리를 숙인 채로 하명을 받았다. 엄마는 밤새 짐을 꾸렸다. 낭림은 눈물을 꾹 참으면서 가죽신을 짐에 우겨 넣었다. 가죽신은 행운을 가져다 줄 거야. 정림이가 옆에서 이것저것 들어다 놓았다. 밤은 빨리 갔다.

날이 밝았다. 곱단네 부부가 행장을 차려 입고 대청에 대기했다. 정림이와 동갑내기인 곱단이도 따라붙었다. 할머니가 대문까지 나왔다. 창옥은 내내 울고 있었다. 정림이도 울음을 터뜨렸다. 낭림은 곱단이 손을 잡고 창옥에게 하직인사를 했다.

"엄마, 빨리 와."

그게 마지막이었다. 전쟁이 끝나도 할머니, 엄마, 정림이는 오지 않았다. 아버지도 오지 않았다. 국민학교에 들어가 친구들과 놀면서 원주, 치악산을 잊었다. 엄마의 얼굴을 가끔 떠올렸다. 슬프기만 했으므로 중학생이 되고부터는 아예 잊으려 안간힘을 썼다. 어지간히 잊혔다.

낙산 큰집엔 봉섭이 형뿐이었다. 봉섭 형도 처음에는 아버지를 기다린다고 했다. 국군이 올라가야 아버지가 온다고 했다. 낭림은 중공군이 내려와야 아버지가 오는데 그렇게 엇갈린 까닭을 중학생이 돼서야 이해했다. 국군은 내려왔고 중공군은 올라갔다. 봉섭이 형 아버지도, 나의 아버지도 오지 않은 이유를 알았다.

백부가 북쪽으로 향할 때, 아버지는 남쪽으로 향해 거기에 각각 머물렀다. 봉섭 형은 경기중·고등학교를 졸업하고 서울대 법대에 들어갔다. 사법고시를 보려다가 백모가 설득해 단념했다. 작은아버지 때문이라고 했다. 필기시험에 합격해도 면접에서 떨어진단다. 봉섭 형은 눈물을 삼키고 진로를 바꿨다. 대한중석에 입사했다가 박태준朴泰俊의 눈에 들어 포항제철 창업요원이 됐다.

봉섭 형은 요즘 포항에서 날을 지새운다. 며칠 전 한국 최초의 고로高爐가 불을 켰다고 기뻐했다. 그게 기뻐할 일인지 낭림은 시큰둥했다.

낭림은 봉현으로 개명했다. 전쟁고아 출신 입양아로 호적에 등록됐다. 국민학교에 입학하면서 아예 호적을 그리 꾸몄다.

봉현은 이북 출신 자제들이 모인다는 서울중·고등학교를 졸업하고 서울대 영문학과에 진학했다. 백모의 조언에 따라 신원조회가 그리 세지 않은 신문사에 입사했다. 5년 전 일이다.

봉섭과 봉현은 친형제처럼 지냈다. 백부가 모아 둔 유산이 많았으므로 생활은 유복했다. 봉현은 가족 기억을 묻었다. 아니, 일부러 봉합했다. 그렇지 않으면 우울증에 걸려 아무 일도 못할 지경이었다.

대학생활을 끝내고 군대를 갔고, 이후 신문사에 입사한 때부터 봉합한 상자의 뚜껑이 슬슬 열리기 시작했다. 백모가 계셨지만 이거 천애고아 아닌가? 하는 생각이 슬그머니 자리를 잡았다. 따지고 보면 천애고아가 맞았다. 결혼은 엄두가 나지 않았다. 천애고아에게 누가 시집올까.

게다가 문화부 기자가 된 이후에 한국 문단에 관심이 가기 시작했고, 문단에서 벌어지는 저항과 투항이 묻었던 기억을 슬슬 건드렸다.

투항인가, 저항인가? 아버지는 대체 어느 전선에서 싸웠는가? 한 번도 접하지 못한 아버지의 작품이 4권씩이나 된단 말인가? 일본에서는 문학적 업적을 기려 전집을 내는데, 한국에선 왜 금서목록 제1위에 올라가 있는가? 아버지는 남조선을 원쑤로 간주했나, 아니면 평양 정권을 혐오했나? 그것도 아니면, 맑시스트, 무정부주의자, 김일성주의자, 마오주의자? 어느 쪽이었나?

왜 나를 남쪽에 보냈는가? 자신은 몸을 추슬러 북쪽으로 올라와야 하는데 말이다. 그런 물음이 꼬리를 물면서 봉현이 애써 묻어 둔 무의식을 두드렸다.

비행기가 하네다공항에 착륙했다.

김달수

하네다공항은 여행객들로 붐볐다. 봉현은 미지의 세계를 탐험하듯 호기심에 찬 눈초리로 주변을 둘러봤다. 그러나 마음은 그리 편치 않았다. 곱단네 아저씨 손에 끌려 서울로 내려온 후 애써 잊었던 아버지의 세계, 마치 자물쇠로 채웠던 가방에서 깜짝 놀랄 만한 유물이 튀어나와 자신을 공격할 것만 같은 두려움이 수증기처럼 피어났다. 괜히 왔나? 아니다, 내친 발걸음이다.

봉현은 자신을 달래면서 안내데스크로 갔다.

"요코스카橫須賀로 가는 버스가 어디 있나요?"

봉현은 유창한 일본어로 물었다. 영문학을 전공하면서 우연히 매력을 느껴 배운 일본어였다. 왜 일본어에 끌렸는지 자신도 몰랐다. 가늘면서도 정교한 표현, 거친 종성이 없이 굴러가는 매끄러운 음성音聲에 매료되었는지 몰랐다.

안내데스크에 앉은 앳된 소녀가 더없이 친절한 자세로 말했다. 물어본 봉현이 오히려 미안할 지경이었다. 아버지의 동료이자 옛 친구인 김달수金達壽 선생이 살고 있는 곳이었다.

요코스카시橫須賀市 기누가사쿠立笠區 사카에초榮町 산초메三丁目.

차창 밖에는 단정한 시가지가 펼쳐졌다. 잡동사니가 섞인 듯 지저분한 서울 풍경과는 사뭇 달랐다. 봉현은 묻어 뒀던 질문을 본격적으로 떠올렸다.

해방 후 자진해서 월북한 작가들이 많았다. 한설야韓雪野, 이태준李泰俊, 김남천金南天, 임화林和, 안막安漠, 조기천趙基天 … . 그들은 자신들의 이념에 따라 월북을 감행했을 것이다. 옥구슬 같은 조선어를 구사했던 정지용鄭芝溶 시인이 북한을 스스로 선택했는지는 분명치 않다.

해방 후 경성제국대학에서 김일성대학으로 자리를 옮긴 교수들이 백여 명이나 된다. 봉급을 갑절로 받고 주말에는 서울 집으로 돌아갈 수 있다는 북한의 홍보에 선뜻 응한 사람들이었다. 서울과 평양 간 열차가 운행됐다. 그런데 1948년 38도선이 봉쇄되자 가족과 생이별을 해야 했다. 그들 중 사회주의자나 김일성주의자가 얼마나 될까. 그들은 김일성대학에 끝까지 남았을까?

아버지는 뭘까? 태항산 유격대에 자진 가담해서 평양으로 돌아간 후 어떤 일을 겪었을까? 스스로 공산주의자가 되었을까? 김일성주의자? 스탈리니스트? 일제 말기 중국대륙의 조선광복군들도 여러 곳에 진지를 구축했을 터인데, 왜 하필 연안延安행이었을까?

김두봉 휘하 연안파들은 전쟁이 끝난 후 1956년 모두 처형되거나 실각했는데. 변절한 사회주의자인 임화林和는 1953년 전쟁 중에 처형되지 않았는가. 일본 유학생에게 사회주의와 공산주의가 민족해방을 위한 매혹적인 사상이었다 해도, 자유주의 역시 선택지의 하나였을 터, 마오毛사상에 동화됐을까? 팔로군의 행로에 감격했을까?

백모의 기억에 의하면, 아버지는 어렸을 적에 미국을 동경했다 하지 않는가? 아무래도 상관없다. 봉현은 진상을 알고 싶었다. 아버지의 정체를 알고 싶었다. 아무튼, 김달수 선생에게서 어떤 단서를 찾을 수 있을 것이다. 젊은 시절 썼던 작품들에 그런 고민과 흔적이 드러날 것이다.

김달수 선생 댁은 작고 아담한 2층집이었다. 현관 벨을 누르자 그의 아내로 보이는 중년의 일본 여인이 봉현을 맞았다.

"아, 처음 뵙겠습니다. 김 상의 아내 야에코八重子라고 합니다. 선생님이 기다리고 계십니다!"

야에코 여사가 2층으로 안내했다. 삐걱거리는 층계를 올라 미닫이문을 열자 작은 체구에 안경을 낀 조선인 남자가 벌떡 일어났다.

"아! 김사량! 아 … 어찌 이리 닮았는가 … . 어서 오시게. 이리 앉으시오!"

김 선생은 봉현의 손을 잡은 채 넋을 잃고 바라봤다. 눈물이 글썽였다. "이리 앉게나!"를 연발하면서도 손을 놓지 않았다.

"아, 어찌 … 내가 옛날로 돌아간 것 같아."

그의 손에서 해방된 봉현은 허리를 굽혀 절을 했다.

"제가 아들입니다. 김낭림, 남한에서는 김봉현으로 개명했지요."

김달수 선생은 안경을 벗고 눈물을 훔쳤다.

"세월이 이리 되었나. 이건 기적일세. 나는 김 상 가족들이 모두 평양에 있는 줄 알았는데, 어떻게 남한으로 왔는가?"

봉현은 남한으로 내려온 당시 정황을 얘기했고 이후 서울 큰댁에서 사촌형과 자랐다고 말해 줬다.

야에코 여사가 차를 날라 왔다. 만남의 흥분은 조금 가라앉았다.

"아버지 얘기를 듣고 싶어 찾아뵀습니다. 남한에서는 도통 자료가 남아 있지 않고, 있다 해도 열람금지 처분이 내려져서요. 일본에서 어떻게 사셨는지, 해방 전에는 어땠는지 알 수가 없습니다. 가깝게 친교하셨다고 들었는데, 천천히 말씀해 주십시오."

김 선생은 차를 한 모금 마신 뒤 후우, 하고 긴 한숨을 내쉬었다. 얼른 대답하지 않고 고개를 들어 천장을 멍하니 쳐다보는가 하면 찻잔을 만지작거리더니 입을 열었다.

"요즘 내가 소설을 쓰는 중이오. 몸이 허약해져서 긴 얘기는 못하겠고, 생각나는 대로 따라가 봅시다. 그게 1943년 8월경이오. 김 상이 홀연히 귀국하고 나서 한동안 못 봤는데, 내가 〈경성일보〉기자로 취직돼 취재차 어느 모임에 갔다가 우연히 부딪혔지요."

　김 선생은 긴 얘기의 서두를 끄집어내고 있었다. 벅찬 감정이 그의 손을 떨게 했다. 봉현의 가슴도 뛰었다.

　"1943년이라면 조선 상황이 아주 악화되고 있었지요. 고이소 구니아키小磯國昭 총독이 징병제를 실시해 아주 어수선했어요. 그해 10월에는 학도병 출병이 예정되어 있었고. 총독부 경무국에서 그런 상황을 타개하려고 저명한 문인들을 '해군위문단'에 동원했지. 황군을 찬양해 징병을 독려하려 했던 거요. 당시 발행된 《신태양》 잡지에 친일 문인들이 아주 현란한 글들을 써댔어. 가야마 미쓰로香山光郞(이광수)가 "병사의 기쁨"을 썼고, 김용제가 〈번석番石〉이란 시를 써서 황군 됨이 곧 애국이라고 독려했지. 김 상이 참석했던 모임은 해군위문단 결성식이었어. 총독부에서 김 상을 위문단에 임명했던 거지요. 나는 취재차 갔던 거고. 몇 마디 못 나눴어. 김 상은 표정이 아주 어두웠거든. 우리가 2년 전 나눴던 우정에 비하면 너무 이상한 만남이었지. 말을 못 했으니까. 나는 어리석게도 그렇게 생각했지. 친일을 그렇게 비판하던 김 상도 이젠 별 수 없구나. 해군위문단에 끼어 내지어로 황군을 찬양하는 글을 쓰게 되다니 ···."

　김 선생은 차를 한 모금 더 마시고 나서 담배를 피워 물었다.

　"참관기가 그해 10월 총독부 기관지인 〈매일신보〉에 게재되었어. 〈해군행〉이라고. 조선어로 썼지. 조선 청년들이 읽기 쉽게 말이야.● 내 기억으로는, 국민총력 조선연맹에서 저명한 문인과 화가를 해군기지에 파견해 무적 해군을 선전하려고 한 거지. 나는 그 글을 읽고 서글펐던 생각이 나네. 요코스카시, 여기에서 나와 밤을 새면서 민족의 비애를 눈물로 삼키던 사람이었는데."

김 선생은 담배 한 대를 다시 피워 물고 담배연기를 후우, 내뿜은 뒤 말을 이었다.

"그런데 그게 내 오해였어. 내가 일본에만 있었기 때문에 조선 사정을 잘 몰랐던 거지. 아마 누구라도 총독부의 강압을 이겨 내지 못했을 거야. 붓을 꺾고 산중으로 들어가지 않는 다음에야. 이태 전에 '조선문인보국회'가 생겨나 황도사상에 열을 올리고 있던 때였거든. 이광수가 문장보국文章保國이라고 했지. 김 상은 그 후 거의 붓을 꺾었어. 1943년에 연재를 마친 《태백산맥》이 경성에서 공연된 것을 제외하고는 말이야. 1944년에는 침묵으로 일관했지. 아마 괴로웠을 거야. 그게 다 태항산으로 탈출을 염두에 둔 계획이었는데 …, 그걸 몰랐지. 태항산으로 탈출했다는 소식을 듣고는 아차! 싶었어."

봉현이 말을 끊었다. 봉현이 궁금해했던 바로 그 지점을 말하고 있었다.

● 김사량, 〈해군행〉, 〈매일신보〉, 1943. 10월 10~23일 연재.

"예, 저도 궁금한데요, 왜 태항산이었을까요? 광복군도 활동 중이었고, 중경에 임시정부도 활약하고 있었는데, 왜 연안이었을까요? 혹시 선생님께 미리 귀뜸을 하기라도 했나요?"

그러자 김 선생이 한숨을 쉬었다.

"아닐세, 나도 깜짝 놀랐거든. 왜 태항산이었을까? 나도 의문이 들었어. 내가 아는 한 김 상은 공산주의에 심취하지 않았거든. 기회가 있었는데도 말이야. 민족주의자였지. 하기야 당시에는 공산주의와 민족주의가 사촌지간이었으니까. 나도 사실은 궁금한 게 많네. 의문이 풀리지 않아."

그러면서 김 선생은 두툼한 전집을 책장에서 꺼내 왔다. 지난 3월에 출간된 《김사량 전집》이었다.

"오늘은 내가 대답 대신 숙제를 내주겠네. 내 숙제이기도 한데, 이 전집에 '전쟁종군기'가 실려 있네. 그걸 보고 또 얘기함세."

김 선생은 말을 마치고 한숨을 길게 내쉬었다. 봉현은 뭔가 확실한 근거가 눈에 보일 듯한 느낌이었다. 저 두툼한 전집에 봉현이 그렇게 궁금해하던 질문의 답이 들어 있을 것이다. 창밖이 어두워졌다. 김 선생이 밭은기침을 했다. 봉현은 일어서야 할 시간임을 알았다.

"그걸 읽고 내일 오전에 다시 봄세. 자네의 생각을 듣고 싶네."

퍼즐

봉현은 동네 어귀 여관에 들었다. 몸피가 퉁퉁한 50대 여주인이 2층 다다미방으로 안내했다. 문을 열어젖히자 동네의 다정한 여름밤이 펼쳐졌다. 여관 앞 화단엔 하얀 문주란 꽃이 만발했다. 불빛을 찾아든 매미들이 울었다.

주인이 수건과 유카타를 들고 와서 목욕물을 준비해 놨다고 말했다. 멀리 바닷가 쪽에서 간간이 쿵쿵, 기계소리가 들리기에 봉현은 주인에게 물었다.

"무슨 소리인가요? 가까이에 공장이 있나요?"

"요코스카 조선소에서 선박을 건조하는 야간작업 소리랍니다."

"조선소라면 옛날 군함 만들던 해군 공창工廠? 지금은 스미토모 住友중공업 요코스카 조선소?"

"그, 그렇지요."

"야밤에도 조업할 만큼 경기가 좋은 모양이군요. 저는 한국에서 와 잘 모릅니다만….."

"한국인이세요? 이 도시에 오래전부터 한국인이 더러 살고 있답니다."

"아, 그래요?"

"손님은 일본말을 무척 잘하시네요."

주인이 층계를 내려가자 봉현은 유카타로 갈아입고 탁자를 끌어당겨 《김사량 전집》을 올려놓았다. 아버지의 무게가 느껴졌다. 그 짧은 사이에 이렇게 많은 글을 쓰다니! 1936년부터 전쟁까지 불과 15년인데 4권 분량의 전집이 될 만큼 글을 썼다는 게 믿기지 않았다. 식민지와 해방, 그리고 평양 정권과 전쟁, 15년간 일어난 역사적 사건치고는 누구도 감당하기 벅찬 격류이긴 했다.

20세에서 30대 중반에 이르는 청년 시절, 격류를 헤쳐 나간 아버지의 정신적 고뇌가 고스란히 전해 왔다. 헤쳐 나갔다기보다 휩쓸렸다는 표현이 맞을 것이다. 주체가 아니라 객체였던 시대, 주체가 되고자 몸부림쳤던 청년작가의 사투死鬪가 전집에 응축되어 있었다. 봉현은 마치 아버지의 시신을 해부하듯 책을 펼쳤다. 사인死因을 밝히려는 의사처럼. 혹시 아버지를 생환할 생명 바이러스가 발견될지 모른다는 헛된 기대를 안고.

봉현은 우선 아쿠타가와상 수상작품 《빛 속으로》를 먼저 읽어 나갔다. 25세 도쿄대학 대학생이 쓴 글답지 않게 유려하고 성숙했다. 주인공 미나미 선생이 바로 아버지였다. 조선인 어머니를 둔 하루오 소년과의 억눌린 연민이 그려져 있었다. 비틀리고 억눌린 민족애에 대한 사생寫生과 응시凝視였는데, 그렇게 만든 식민 주체에 대한 강한 고발이 배경에 깔려 있었다.

대학 시절 썼다는 〈토성랑〉과 〈윤주사〉는 부패한 권력에 짓눌린 평양 하층민과 기생 얘기였고, 대학원 시절 작품들, 〈천마〉, 〈풀숲 깊숙이〉, 〈낙조〉, 〈광명〉 모두 식민지인의 민족적 애환과 비애를 다뤘다.

비교적 분량이 두툼한 《태백산맥》과 《바다의 노래》 역시 마찬가지였다. 전자는 갑신정변에서 시작된 조선의 역사적 불운을 새로운 신천지를 찾는 것으로 역전시키고 싶은 식민지 청년의 갈망이었고, 후자는 내지인과 일체화가 불가능한 조선인의 운명을 황군 비행사가 되는 것으로 타개해 보려는 헛된 꿈을 비장하게 그려냈다. 너무 길어 대충 눈대중으로 읽어 나갔다.

태항산 탈출기인 《노마만리》. 아, 이것은 일단 갈무리해 뒀다. 수필들도 대체로 주제는 조선민족이었고, 궁핍한 하층민이나 화전민의 생활상이 가감 없이 사생되어 있었다. 고향에 대한 아버지의 애착은 유별났다.

학창시절, 방학 때마다 빠짐없이 관부연락선을 타고 돌아와 조선 산천을 헤맸던 아버지의 심정이 글귀마다 묻어났다. 어머니와 가족과 유년시절의 기억이 있는 곳, 조선인의 유구한 삶의 애환과 절절한 문화가 향토애로 응축된 고향, 아버지가 평양을 결코 떠날 수 없었던 이유를 어렴풋이 헤아렸다.

봉현은 담배를 피워 물었다. 일단 여기서 접어 두고, 일본 유학 시절 썼던 작품들은 귀국한 후에 시간을 갖고 천천히 검토해 보기로 했다. 밤이 이슥해졌다. 자, 이제 숙제를 할 차례다.

전쟁종군기.

봉현은 심호흡을 했다. 아버지의 심장박동이 느껴졌다. 전쟁이 개시된 7월부터 수원성 함락, 대전 시가전, 마산 전투, 그리고 지리산 속 빨치산 얘기를 르포 형식으로 쓴 종군기從軍記였다. ●
문장이 거칠고 표현이 투박했다. 전쟁 와중이니 그럴 듯도 한데, 감성과 정서, 심리적 갈등과 식민지 지식인의 고뇌로 가득 찬 소설작품과는 영 딴판이었다. 다른 사람이 썼나 의심할 정도였다.

아버지가 쓴 것 같지 않았다. 아버지의 어휘와 논리는 자취를 감췄고, 따져 물어야 할 거친 슬로건들이 난무했다. 〈풀숲 깊숙이〉에서와 같이 민족적 차별이 빚어낸 조선인들의 양가적 심성을 마치 신경세포 다루듯 정교하게 그려낸 문장이 아니었다. 인민군이 밀고 내려간 전선의 참상이 파노라마처럼 펼쳐졌다. 모터사이클을 타고, 때로는 탱크를 얻어 타면서 최전선을 분주하게 누비는 종군기자의 모습은 낯설기 짝이 없었다.

그는 남한 정부를 이승만 괴뢰도당이라 불렀고, 미국을 미제국

● 전쟁종군기는 다섯 개다. 〈서울서 수원으로〉, 〈우리는 이렇게 이겼다〉, 〈락동강반의 전호 속에서〉, 〈바다가 보인다〉, 〈지리산 유격대를 가다〉.

주의, UN연합군을 노예군대라 규정했다. 이승만 군대, 즉 괴뢰군은 퇴각하면서 무고한 인민을 학살하였고 잔악한 경찰은 부락에 침입해 부녀자를 겁탈하고 강탈과 약취를 서슴지 않았다고 썼다. 인민군대가 들어오자 군경은 수원 읍내에서 4백여 명을 산길로 끌고 갔는데 어떤 일이 일어났는지 갈가마귀 떼밖에 아는 이가 없었다고도 했다.

미군항공대의 무차별 폭격과 금강 대안對岸에 대한 맹폭격 때문에 금강錦江은 불바다를 이뤘지만, 적군은 노도와 같이 진격하는 용맹한 인민군대의 위세 앞에 최후 발악적인 발광을 해댔다고도 했다. 금강을 도하하고 만난 어떤 노인이 인민군을 붙잡고 원쑤를 갚아 달라고 울부짖었다. 퇴각하는 군경이 그의 자식을 총살하고 논두렁에 버렸다. 미제국주의자들과 그의 노복인 괴뢰도당은 인간이 아니라 악귀들이다. 대전을 돌파하는 전진부대의 탱크에 올라타 그는 이렇게 외쳤다.

오만무법한 야수 떼들을 무찌르며 달려온 산전수전 천여 리, 적 24군단 주력의 잔등에 정의의 도끼를 내려찍을 때가 온 것이다. 부대장이 명령을 내린다. 대전시 돌입의 선봉 땅크의 영예를 지니고저 대원들이 앞다퉈 자원한다. 위대한 수령 김일성 장군의 뜨거운 애국정신을 본받아 혈혈단심 조국과 인민을 위하여.

봉현은 숨이 턱 막혔다. 책을 내려놨다. 담배를 피워 물었다. 벽시계가 새벽 3시를 가리켰다. 그런 표현은 도처에 있었다. 낙동강 전선 참호에서 맞은 8·15 광복절에 병사들과 건배하면서 이렇게 썼다.

오늘의 조국과 이날의 승리를 가져다주신 위대한 령도자이시며 최고사령관이신 내각 수상 김일성 장군님의 건강을 위해 전사들과 같이 축배를 든다!

9월 중순, 진주 부근 사북산 고지 전투는 소강상태였다. 그는 사북산 기슭 지휘본부에 있었다. 멀리 남해바다가 보이는데, 한시 바삐 사북산을 점령하고 마산으로 내려가야 하는데 미군의 함포사격과 항공폭격으로 인해 지체된 진중의 어려운 상황이 그의 마음을 애태웠다. 그는 외쳤다.

울려라 우리의 군단포! 땅크들이여! 원쑤의 가슴을 타라! 모터찌클들이여 구름처럼 달리라! 동무들 돌격 앞으로! 오각별 삼색기 펄럭이며 위대한 령수 노래 부르며 바다를 향하여 전진하라! 바다가 보인다, 거제도가 보인다, 바로 여기가 남해바다다. ●

● 〈바다가 보인다〉, 1950년 9월 17일 자 종군기.

대체 무슨 일이 일어난 걸까? 대체 어떤 사정이 아버지를 김일성주의자로 변신하게 만들었을까? 태항산으로 탈출할 때만 해도 계급이니 착취니 하는 공산주의자의 용어는 발견되지 않았다. 물론 탈출기인 《노마만리》를 자세히 훑어봐야 알 일이었다. 평양으로 돌아와 김일성 정권하에서 쓴 작품들을 찬찬히 훑어봐야 알 일이었다. 그래도 그렇지, 종군기의 작자는 아버지가 아니었다. 《빛 속으로》의 작가 김사량이라고 하기에는 너무 거칠고 드센 표현들이었다.

작가가 어느 날 갑자기 변신하기는 힘들다. 그렇다면 평양으로 돌아간 후 5년 동안 정권의 강렬한 압박이 있었을까? 변신하지 않으면 안 될 불가피한 사정이 있었을까? 이태준, 한설야, 임화, 안함광安含光의 변신은 변신도 아니었다. 원래 작품 속에 그런 징후가 농후했다. 아버지는 뭘까? 저렇게 최전방 종군기자로 내몰리지 않으면 안 될 절박한 사정이 있었을까?

〈지리산 유격대를 가다〉에 아버지는 자신의 신분을 밝혔다. '군단 최문화 부사령관'이라고. 수원, 대전, 낙동강 전선을 돌파한 군단이라면 무정이 이끄는 제 2군단이겠고, 최전선 문화담당부 책임자인데, 남한 식으로 표현하면 군단의 정훈부감에 해당한다. 중령 계급이다. 그런데 후방을 담당한 작가들도 많았을 터인데, 왜 아버지는 최전방에 배치되었을까? 그 속사정을 알 길이 없었다.

이상한 점도 발견되었다. 〈지리산 유격대를 가다〉는 발행연도가 1951년 12월이었다. 북한에서 뒤늦게 발행했다고 치더라도 서술 내용에서도 연도와 날짜가 일치하지 않는 곳이 더러 눈에 띄었다.

"유격대가 집결한 소백산맥의 산악지대는 어스레한 12월 달빛 아래서 새까맣게 고요했다."

절기는 12월로 돼 있다. 1950년 12월이라면 인민군이 압록강으로 내몰린 때다. 그렇다면, 아버지가 12월까지는 살아 있었다? 서술 내용으로 미뤄 인민군이 남쪽으로 진격하는 도중이었고, 진주읍과 남해바다가 목전에 있다고 했다. 그 종군기는 이렇게 끝을 맺었다.

달은 꽤 서쪽으로 기울었다. 우리 쓰리쿼터 트럭은 어둠 속에 희미한 산청읍을 지나, 일로 남쪽으로 내려가고 있었다. 진주읍도 더 이상 별로 멀지 않다. 오늘 밤중에는, 우리도 남해바다를 볼 수 있겠지.

그게 1950년 12월이건, 1951년 12월이건, 인민군은 더 이상 남쪽 해안까지 내려오질 못했다. 글 내용으로는 1951년이다.

지리산 유격대라 하면 먼저 처음으로 생각하는 것이, 그 사령관 동지 김지회, 참모장 홍순석, 정치위원 류일석 ⋯ 48년 10월 말, 지금부터 3년 전의 일이었다.

그렇다면, 이 종군기가 쓰인 해는 1951년이다. 그 당시는 인민군이 북쪽으로 퇴각해 38도선을 두고 공방전을 벌일 때다. 북한 정부에서 손을 댄 것이 분명했다. 1951년은 거짓이었다. 그렇다면 1950년 12월이 맞을 터인데, 그때 역시 유엔연합군이 평양에 이미 진주했다. 12월에도 아버지가 살아 있었다?

23년 전 10월 중순, 한밤중에 여장교가 찾아와 치악산에 두고 왔다고 흐느꼈을 때 아버지는 환자였다. 심장병이 도져 도저히 이동이 불가능한 상태였다고 했다. 이런 용감무쌍한 행동을 할 수가 없었다. 종군기를 쓸 상태가 아니었던 것이다. 이 종군기는 조작이다. 다른 종군기도 조작일 가능성이 있다!

여름 새벽은 일찍 밝았다. 새들이 무성한 나무 잎에 떼로 몰려와 울었다. 봉현은 종잡을 수가 없었다. 그래도 모두 조작일 수는 없을 것이다. 제 2군단 문화선전담당 고관이었으므로 종군기를 쓰긴 썼을 것이지만, 조작이 확실한 종군기를 보고 나니 앞에 읽은 글들의 진위眞僞에 의구심이 들었다.

대체 무엇이 진실인가? 아버지가 김일성주의자건 맑시스트건 아무래도 상관없다. 진실은 무엇인가? 설령 김일성주의자로 변신했다고 해도 그 절박했던 이유를 알고 싶었다.

봉현은 그 편지가 문득 생각났다. 월남할 때 곱단네 아저씨 가방에 들어 있었던 편지, 여장교가 전해 준 그 편지를 백모가 여태 갈무리하고 있었다. 때가 되면 보여 줄 것이라고 백모가 말하곤 했다. 봉현은 일어섰다. 여름 아침의 청명한 햇살에 눈이 부셔 어찔했다.

도쿄 시절

아침 먹고 가라는 주인을 뒤로 하고 봉현은 여관을 나섰다. 단정한 교복을 차려입은 한 무리 중고등학생이 골목을 빠져나갔다. 작은 트럭에 과일을 실은 행상이 마이크를 통해 "맛 좋은 아오모리 사과!"를 외치며 골목을 천천히 누볐다. 골목 풍경은 서울과 같았다. 봉현은 다시 김달수 선생 댁 앞에 섰다. 탁자에서 원고를 쓰다가 김 선생이 봉현을 맞았다.

"밤새 잘 잤는가?"

"사실, 한숨도 눈을 붙이지 못했습니다. 이 책 보느라고요."

눈이 조금 충혈되어 있었나 보다. 김 선생은 차를 내오라고 아내에게 일렀다.

"그것도 무리가 아니지, 아버지와 대면했을 테니까."

봉현은 자세를 고쳐 앉으며 밤새 느낀 바를 찬찬히 말했다. 묵묵히 듣고 있던 김 선생이 입을 열었다.

"그게 아마 1952년 봄이었을 걸세. 친구들과 요코하마의 조선인 학교를 들른 적이 있어. 얘기 중에 김사량이 전사했다는 소식을 누가 전했지. 내가 다그쳐 물으니 어떤 중국 문인이 〈해방신문〉에 쓴 글에 그 내용이 실려 있다고 했어. 나중에 그 신문을 구했는데, 북한에서 발행한 1952년 3월 22일 자 〈광명일보〉의 기사를 번역해 인용한 것이더군. 조기천, 함세덕咸世德은 미군 폭격으로 전사했고, 김사량, 고일高逸, 이동규李東珪도 1차 후퇴 때 죽었다고 썼더군. 〈지리산 유격대를 가다〉, 〈바다를 보았다〉를 썼다는 것도 그 기사로 알았어."

그는 괴로운 표정을 지었다가 말을 이었다.

"김사량을 연구하는 안우식安宇植이라는 재일동포 학자에게서 얼마 전 들은 말이 있네. 아시아·아프리카 작가회의가 수년 전 평양에서 열렸는데 시모다 마사쓰구霜多正次라는 일본 문인이 초청을 받아 갔었대. 개성의 어느 중학교 교사를 만났는데 치악산 환자트에서 김사량과 같이 있었대요. 후퇴하지 못한 중환자, 병자, 부상자가 한가득 있었는데, 군관인 김사량이 북상하는 어느 동지에게 만년필과 창작노트를 전했다고 하더군."●

"그게 사실이라면, 〈지리산 유격대를 가다〉는 연도와 날짜가 맞지를 않아요. 이 종군기는 1950년 혹은 1951년 12월에 쓴 것으

● 이 서술은 안우식(심원섭 옮김)의 《김사량 평전》(문학과 지성사, 2000) 7장을 참조했다.

로 되어 있거든요. 누가 개작을 한 것이죠."

"확인할 수 없으니 진상을 알 수 없지. 사실 나도 종군기를 읽으면서 소름이 돋았네. 불과 5년 만에 이렇게 사람이 변할 수 있을까 하고 말이야. 그렇게 집요했던 일제의 감시와 압력에도 대놓고 친일문학을 한 것은 아니었거든. 할 수 없이 그렇게 쓴다는 인상을 받았지. 위대한 영도자 김일성 장군이라⋯. 5년 만에 그렇게 변할 수 있을까?"

"그게 괴로웠어요. 밤새 뒤척였는데 못 풀었습니다. 그렇다면, 어린 저를 왜 월남시켰을까요? 그 와중에 서울 형님 댁으로 왜 보내라 했을까요?"

"그러게 말일세. 전혀 감이 오질 않아. 그게 숙제였지."

김달수 선생은 차를 한 모금 마시더니 담배를 빼어 물었다.

"예전 처음 만났을 때의 그가 아니었네. 내가 김 상을 만나 의기투합한 것은 불과 두 달 정도였어. 1941년 11월이었네. 전쟁 때문에 '용지규격 통제령'이 내려졌거든. 내가 동인으로 참여했던 잡지 《창원》, 《산맥》이 《문예수도》와 통합되었어. 《문예수도》는 야스타카 도쿠조 선생이 하던 잡지였는데 김 상이 여기에 《빛 속으로》를 게재했어. 그 덕에 아쿠타가와상을 수상했지만. 통합집회에서 김 상과 조우한 거지. 이후에 요코스카와 가마쿠라鎌倉를 오가면서 많은 얘기를 주고받았어. 김 상 집이 가마쿠라에 있었거든. 주로 김 상이 얘기하고 내가 들었지만. 아직도 그 얘

기가 귀에 쟁쟁해. 그 한 해 전에 발표한 〈풀숲 깊숙이〉와 막 연
재를 끝낸 〈낙조〉, 그리고 앞으로 쓸 작품에 대한 얘기였어. 나
중에 보니 《태백산맥》으로 출간되었더군. 〈낙조〉는 평양 기생
의 기구한 운명에 관한 얘기고, 나머지 둘은 주로 강원도 화전민
과 관련된 얘기야."

"예, 수필 중에 강원도 여행에 관한 내용이 더러 있더군요. 흥
미로웠어요."

"강원도 산천과 거기 사는 가난한 사람들, 농부들을 무척 좋아
했어. 마당에 핀 꽃들, 홍수에 무너진 산, 넘치는 냇물, 누추한
초가집, 농기구들, 메밀 죽, 개복숭아 끓인 물, 사교邪敎집단과
주술신앙, 그런 것들에서 조국의 삶을, 민족이 겪어 온 풍상을
발견하는 거지. 그게 조국이자 고향인 거지."

"예, 그렇지 않아도 그런 구절이 눈에 들어오더군요. 여기 있
네요. 가마쿠라 하숙집에서 개구리 울음소리를 듣고 쓴 글이요."

내 자신도 역시 반도를 생각하며 우는 한 마리 작은 개구리에 지나
지 않는다고 생각하므로, 어떤 개구리가 되어야만, 즉 어떠한 소리
를 내야지만, 진정으로 그것이 아름다운 목소리로 게다가 정말로
자신의 반도를 사랑하는 길이 될까 하고 여러 모로 괴로워하고 고
민하고 있다. 하늘의 뜻에도 따르고, 땅의 요구에도 부합하며, 그
리고 반도사람들을 위하는 것도 되며 시대의 호흡에도 통할 수 있

는 울음소리를 깨쳐서, 나는 이제부터 한평생 고향을 생각하며 울음을 그치지 않으리라. ●

"맞아, 고향을 운다? 고향을 개구리처럼 우는 것이 작가라고 생각한 거지. 화전민에게서 고향을 발견한 것은 우연이 아니었지. 화전민이 전형적이야. 홍천에 자주 갔다고 했어. 아마 서너 번 정도? 화전민 현황을 조사한다고 했지. 거기에는 친형이 군수로 있었거든. 자네 백부 말일세. 하루는 화전민 촌락 이장이 산민山民을 모아 놓고 군수와 경찰서장을 기다렸지. 산림감시원을 파견하니 나무를 무단 벌목하거나 산을 망가뜨리지 말라는 주의를 주려고 했던 거 같아. 그런데 이장이 일본인 경찰서장 말을 서툰 일본어로 흉내 내다가 잘 안 되니 웃었다나. 화가 난 경찰서장이 이장을 마구 때리기 시작했대. 도쿄제국대학 제복을 입은 김상이 그걸 뜯어말렸대요. 경찰서장도 제국대학 학생이 제지하니 할 수 없이 폭력을 거뒀다고 하더군. 화전민 현황 조사차 이장 집에서 며칠 기거했던 모양이야. 친형인 군수가 군청 직원을 시켜 그 마을에 물자 지원을 많이 해줬다고 하대. 후에 그 마을에 군수 김시명金時明의 송덕비가 세워졌다고 들었어. 그의 문학 세계도

● 김사량, 〈고향을 운다〉, 갑조서림(甲鳥書林) 간행 《갑조》(甲鳥)에 실린 수필 (일본어), 1942년 1월 31일.

하층민에 대한 그런 연민과 민족 정서 위에 세워졌지. 그런 사람이었네, 김 상이. 그런데 느닷없이 김일성 장군이라니."

"홍천이라 하셨나요? 홍천이라, 홍천 … ."

김 선생은 봉현이 중얼거리는 것을 듣는 둥 마는 둥 말을 이어갔다.

"그해 12월에 아마 내가 가마쿠라 집에서 자고 왔을 거야. 그런 얘기와 작품 구상을 듣느라고. 다음 날 집에 왔는데 김 상이 가마쿠라 경찰서에 연행되었다는 소식을 들었어. 깜짝 놀랐지. 알아본즉, 사상범 예비구금에 걸렸던 거야. 예전 대학 시절, '세틀먼트' 관련 사건으로 모토후지本富士 경찰서에 구금된 적이 있었거든."

김달수는 까마득한 옛날로 돌아가고 있었다.

"김 상은 사상범 블랙리스트에 올라 있었던 거지. 세틀먼트는 공산주의 성향에 경도된 도쿄대학 학생 써클인데 인근 빈민들을 돌봐 주는 게 주된 사업이었지. 야학도 하고 말이야. 자네 읽었는가? 《빛 속으로》가 그때의 경험을 되살린 작품이지. 임화라면 본래부터 계급운동을 했고 카프의 맹원이었으니까 김일성주의자를 자처할 수 있겠는데, 김 상은 그런 행적이 거의 없거든. 우리를 당혹하게 만든 이 종군기의 실마리를 찾는다면 아마 그때뿐일걸세."

"예, 그렇군요. 저도 동감입니다. 혹시 대학 시절 아버지와 가까이 지내셨던 분을 만날 수 있을까요? 그러면 의문이 조금 풀릴 것 같은데요."

"안 그래도 내가 연락해 뒀네. 신다니 도시오라고, 대학 시절 문예지《제방》동인이었지. 그 양반은 맑시스트 성향이 다분했고 공산주의를 좋게 생각했어. 일종의 유행이었지. 지금은 다 잊고《문예춘추》문학담당 고문으로 있어. 다리가 불편해서 집에서 업무를 보네. 그럴 것 같아서 내가 미리 전화를 넣어 뒀네. 토요일이라 마침 쉬고 있다니 만나 보게나. 도쿄 시부야쿠澁谷區 주소가 여기 있네."

"아, 그러셨군요. 배려에 감사드립니다. 제가 내일 돌아갑니다. 이 전집은 반입이 금지돼서 제가 시내에서 복사를 하고 돌려드리겠습니다."

"그럴 필요 없어. 신다니 상에게 맡겨 두게. 나중에 내가 찾으면 될 테니."

봉현은 예의를 갖추고 큰절을 했다. 마치 한 조각 정도 찾아진 아버지에게 하는 것처럼.

"또 찾아뵙겠습니다. 건강하십시오."

김달수 선생은 떠나는 봉현의 손을 잡고 한동안 놓지 않았다.

《제방》 동인

봉현은 골목 어귀를 허적허적 빠져나왔다. 뭔가 잡힐 듯 말 듯했다. 아버지의 한 조각을 찾아낸 기분이었으나 여전히 오리무중이었다. 시누가사역ㅛ笠驛에서 시부야로 가는 국철을 탔다. 토요일 오후 국철은 비어 있었다. 요코스카를 지나 요코하마의 중심부로 들어섰다. 멀리 도쿄만灣이 보였다.

아버지는 이 길로 가마쿠라 집을 왕래했을 거였다. 고향 산천을 그리워하면서, 개구리처럼 계속 울음소리를 내야 한다는 식민지 작가의 운명을 곱씹으면서. 눈물이 핑 돌았다.

시부야역에서 내려 간단하게 요기를 하고 우선 서점에 들렀다. 가와바타 야스나리의 《설국》을 한 권 샀다. 노벨상을 받은 작가, 아버지의 작품을 높게 평가해 준 일본의 대작가였다. 5년 전, 노벨상 수상을 계기로 한국에도 어지간히 알려졌다. 봉현은 복사점에 들러 전집을 맡기고 미리 체크해 둔 작품들과 작가 연보, 평론들의 복사를 부탁했다. 가와바타 야스나리 책도 복사를 맡겼다.

다행히 일요일 문을 연다고 했다.

주소를 들고 주택가로 들어섰다. 중산층이 거주하는 조용한 동네였다. 작은 정원이 있는 아담한 2층집이었다. 현관 벨을 눌렀다. 아내인 듯 보이는 중년의 여인이 봉현을 맞았다. 기다리고 있던 것 같았다. 층계를 올라 2층 방으로 안내되었다. 미닫이문이 열리자 신다니 도시오로 보이는 중년의 신사가 벌떡 일어서다 주저앉았다.

"아, 김 상! 내 친구 김사량!"

그는 주저앉은 채로 외쳤다.

"이리 오게, 이리 오게, 와서 내 손을 잡아 주게나!"

그의 외침은 거의 필사적이었다. 봉현이 앞으로 다가가 손을 잡았다. 그가 목멘 소리로 외쳤다. 아내는 긴장한 탓인지 꼼짝 않고 서 있었다.

"어쩌면, 이리 닮았는가! 그날 마지막 봤던 그 얼굴이야!"

신다니 선생은 급기야 울음을 터뜨렸다.

"흑흑…… 그때 손이라도 잡아 봤어야 했는데, 그게 마지막이 될 줄이야!"

아내가 급히 다가와 남편을 진정시켰다.

"이이가 술만 마시면 얘기해요, 김 상, 김사량 선생을요. 가을만 되면 10월 20일을 임의로 정해 놓고 추도식을 한답니다. 물론, 이 방에서요."

신다니 선생도 그 소식을 접해 알고 있는 터였다. 정신을 수습한 신다니 선생이 천천히 입을 열었다.

　"그날, 아마 1945년 10월 중순경이었지. 중국 승덕역 광장에서 내가 포로로 잡혀 있었어. 무장해제를 당하고 신원을 확인한 다음, 요코하마로 오는 포로송환선에 태워질 예정이었지. 비참하더군. 하늘을 찌르던 황군의 자존심이 산산조각 나고 생명을 구걸해야 하는 모습이. 게다가 포탄 파편에 맞은 다리가 썩어 가고 있었거든. 자살할까를 생각하고 있었는데, 문득 나를 부르는 소리가 들리더군. 김사량이었어. 내 친구 김사량. 거기서 돌연히 나타날 줄이야 꿈에도 생각 못했지. 학창시절 꿈꾸던 생명의 환희가 샘솟는 거야. 사량도 나에게 오려 했는데 소련 홍군이 저지했어. 그도 거의 울부짖었어. 그때 젊은 여인이 넋이 나간 사량의 옷소매를 끌었지. 연인처럼 보이더군. 그가 외쳤어, '꼭 살아 돌아가라, 다시 만날 거야'라고. 그게 마지막이 될 줄이야. 그는 죽고 나는 살았으니."

　"그런 일이 있었군요. 그런데 아버지가 태항산 유격대에 가담했다면 공산주의에 동화됐다는 말인데, 그런 징후가 있었나요, 젊은 시절에요? 아버지가 쓴 종군기를 읽어 보았는데, 김일성주의자가 되어 있었어요. 그게 이해가 되지 않아서요."

　"그건 아주 중요한 질문이군. 나도 오래전에 그걸 구입해서 읽어 봤는데 내가 알고 있던 김사량은 아니었지. 1945년 승덕역 광장에서 본 김사량도 아니었어. 그렇다고 1937년 도쿄제국대학 시절의 김사량은 더욱더 아니었고. 어떻게 된 걸까, 한참을 생각하다 접었지."

"그럼 선생님이 주도했다는 세틀먼트운동은 어떤 것이었나요?"

신다니 선생이 조금 뜸을 들이더니 말했다.

"그건 공산주의 영향을 받아서 빈민을 구제하려던 일종의 계급운동이었어. 나는 젊은 시절 계급혁명론자였지. 일본 제국주의가 타 민족을 짓밟는 것은 도저히 용납할 수 없었거든. 그러니 일반 인민들, 하층민, 노동계급이 단결 투쟁하면 지배계급을 엎을 수 있다는 혁명이론에 심취했어. 다른 탈출구가 없었으니 말이야. 공산주의단체와 가끔 공조하기는 했어도 공산주의는 아니었고, 반제反帝운동이었다고 할까. 내가 김사량을 끌어들였는데, 단지 독문학부에다 하숙동기생이라서 그런 거지, 김사량은 공산주의운동에 별반 관심이 없었어. 민족차별에 대해서는 불같이 분노했지만. 그를 문단에 등용시킨 수상작 《빛 속으로》가 바로 그 운동이 잉태한 것이지. 나 때문에 한 번 모토후지 경찰서에 연행되어 구류를 산 적이 있어. 곧 석방되었지만."

신다니 선생은 잠시 말을 끊었다. 옛 일이 가슴을 벅차게 만든 탓이었다.

"사량은 공산주의운동보다는 연극에 더 관심이 많았어. 당시 도쿄의 연극운동을 끌고 있던 무라야마 도모요시村山知義를 찾아

가서 시나리오 대본을 준 일도 있고. 그 때문에 조선예술좌 사건에 연루되어 또 구류를 살았지만 곧 풀려났어. 조선예술좌는 좌파 공산주의 계열 문인들이 조직한 문화예술 단체였지. 그 일이 있고 난 후 조선예술좌는 해체돼 버리고 말았어."

신다니 선생은 아내가 날라 온 말차抹茶를 마셨다. 젊은 시절의 행적을 입증할 사람, 아니 아버지의 젊은 시절을 그대로 간직한 사람의 입에서 결국 그런 말이 나왔다.

"태항산 유격대에 가담하긴 했어도 그런 종군기를 쓸 사람이 아니라고."

그럼 도대체 누가 썼는가? 아버지가 아니고 누가 썼단 말인가? 우여곡절이 있을 터이다. 해방 후 평양에서 보낸 5년에 그 비밀이 숨어 있을 것이었다. 신다니 선생이 말을 이었다.

"사량은 고국산천을 무척 사랑했지. 방학 때만 되면 관부연락선을 탔으니까. 강원도 어딘가를 돌아다녔다고 해. 홍천이라던가…, 홍천을 자주 갔다고 했지. 화전민을 사랑한다고, 그들만 보면 삶의 의지가 살아난다고 말이야. 그래 놓고 내게 내민 원고가 〈빼앗긴 시〉였어. 그걸 우리 동인지 《제방》 4호에 실었지. 비장하더군. 가만 있자, 내가 그 잡지를 갖고 있거든."

신다니 선생이 서가 쪽으로 몸을 돌리더니 낡은 책 하나를 빼냈다.

"봐, 관부연락선을 타고 귀국할 때의 비감한 느낌을 표현한 것이지."

신다니 선생은 그 시詩를 느릿느릿한 어조로 읽기 시작했다.

소리도 내지 않고, 서리가 겨울바다를 통과한다.

차가운 심장 덩어리를 껴안고, 기관선에 쌓여 돌아온다.

하갑판 위에, 나는 앙상한 어깨를, 짐짓 화나게 서 있었다.

빨갛게 짓물러 잠들지 못하는 눈을, 짐짓 핏빛으로 빛내면서,

　연색鉛色 하늘을 노려봤다.

오두 컴컴한 열촉 등불은 동계動悸하여, 처월凄越한 파도는

　시커먼 토사를 한다.

실혼失魂한 기관선은, 오열을 계속한다. •

"어때 처절하지 않나? 그 당시 우리들의 현실의식도 그랬다네.
다 지나간 일이지만."

아버지가 현해탄을 건널 때의 비감한 심정이 전해 왔다. 관부
연락선은 밤바다를 가로질러 식민지 청년을 조국에 데려다 놨고,
다시 거친 물살을 헤쳐 식민 본국으로 날랐을 것이었다. 희망과
좌절 사이를 관부연락선은 오열을 계속하면서 항해를 했을 것이
었다. 신다니 선생이 문득 생각난 듯 물었다.

• 김사량, 〈빼앗긴 시〉, 《제방》 4호, 1937년 3월.

"내가 이 시를 읽은 이유는 이 시詩의 비감함과 종군기 감정이 잘 맞지 않아서 그래. 사상도 맞지 않아. 15년, 아니 10년 만에 사람이 그렇게 돌변할 수는 없지. 내가 이상하게 생각한 것은, 소설 작품에 수도 없이 등장하는 감성적 문체가 종군기에는 전혀 없다는 점이야. 물론 장르가 다르기는 하지만, 종군기에 등장하는 거창한 혁명 구호와 선동적 구절들에 자발적 감동이 안 느껴진다는 점이지. 그건 해방 후 작품에서도 똑같아. 김사량식의 감동이 없어."

봉현은 움찔했다. 일본에서 가장 권위 있는 문학전문지의 고문답게 아주 중요한 점을 찔렀다고 생각했다. 더욱이 청년 김사량, 작가 김사량의 내면세계를 누구보다 잘 이해하는 사람 아닌가? 해방 후 쓴 작품 속에 그런 감동이 없다면 뭔가 중대한 사태가 발생한 것임에 틀림없었다.

"예, 한번 찬찬히 살펴보려 합니다. 뭔가 궁금한 게 있으면 다시 연락 올리겠습니다."

"그런데, 자네는 어떻게 남한에 오게 되었나?"

"어느 날, 할머니가 짐을 싸라고 일러서 집안 아저씨 손에 끌려 서울 큰댁으로 내려왔습니다. 그 전후 사정은 잘 모르겠고요. 백부는 6·25전쟁 당시 납북당하셨어요. 할머니가 큰며느리에게 보낸 편지가 하나 있는데 그게 이제야 궁금해지네요."

"그리되었구먼. 아무튼 자네라도 이렇게 보았으니 내 작은 한은 풀었네. 젊은 김사량이 나타나다니 말이야, 허, 허, 허."

신다니 선생은 허무감이 잔뜩 깃든 웃음을 웃었다. 그러더니 돋보기 너머 치뜬 눈으로 봉현을 쳐다보며 말을 잇는다.

"내일 귀국한다고 했나? 내가 찾다가 못 찾았는데, 아버지 육필 원고를 간직하고 있다네. 《제방》 2호에 발표한 〈토성랑〉 원고를 말이야. 어디에 두었는지 통 못 찾겠는걸. 내일 아침 공항 가는 길에 들르면 내가 준비해 놓겠네."

"예, 뭔가 조금 풀리는 것도 같고요. 내일 아침에 들르겠습니다. 오늘은 이만 물러가고요, 또 연락드리겠습니다. 내내 건강하십시오."

봉현은 큰절을 올리고 집을 나섰다. 김달수 선생처럼 신다니 선생도 잡은 손을 쉽사리 놔주지 않았다.

어둠이 깔린 여름밤이었다. 시내는 번잡했다. 주말을 맞은 사람들이 쏟아져 나와 거리를 메웠다. 백화점 호객소리, 노랫소리, 행인들 말소리가 섞여 혼잡했다. 봉현은 골목으로 접어들어 여관을 찾았다. 짐을 부려 놓고 술을 한잔 할 요량이었다. 어제부터 긴장한 탓에 목이 뻐근했다. 도쿄에서 찾아낸 조각들을 맞춰 볼 작정이었다.

그날 밤 봉현은 홀로 통음을 했다. 찾아낸 조각들은 워낙 작아서 잘 맞춰지질 않았다. 맞췄다 해도 빈자리가 더 컸다. 해방 이

후 평양에서 직면한 고뇌가 문제였다. 어떤 강압이 있었을까? 무엇이 그를 그 종군기의 작가로 몰고 갔을까? 그 종군기가 빛이었을까? 아니면 또 다른 빛을 찾기 위한 수단이었을까?

아침에 봉현은 복사점으로 먼저 갔다. 복사한 것을 받아 가방 밑에 깔았다. 검색원이 알아볼 수 없게 제목을 찢었고, 그 위에 가와바타 야스나리 사진과 《설국》 복사본을 덮었다. 신다니 선생은 현관에 나와 있었다. 전집을 전해 주자 신다니 선생이 누런 봉투를 내밀면서 말했다.

"자네 아버지 육필원고네. 이제야 주인을 찾았구만."

봉현은 하직인사를 올렸다. 골목을 빠져나갈 때까지 신다니 선생은 목발을 짚은 채 봉현을 바라봤다. 무릎 밑 한쪽 다리가 없었다.

공항에 도착해 사케를 한 병 샀다. '천년의 눈千年の雪'.

비행기가 상공을 박차고 올랐다. 뭔가 퍼즐이 풀리는 것도 같았지만 아버지의 정체는 여전히 안개에 싸여 있었다. 겨우 두어 조각을 찾아낸 것에 불과했다.

비행기가 김포에 착륙했다. 검색대의 40대 남자 직원이 가방을 열라고 지시했다. 복사본이 깔린 것을 보고 뭐냐고 눈알을 부라리며 물었다. 〈동아일보〉 기자인데, 노벨상 수상작가인 가와바타 야스나리 문학세계를 취재하고 오는 길이라 둘러댔다. 검색원이 뒤지려는 복사본 위에 늙고 깡마른 야스나리 선생의 얼굴 사진이 근엄한 표정을 짓고 있었다. 운동선수처럼 머리를 짧게 깎은 검색원이 교양을 과시했다.

"아. 가와바타 야스나리요? 그 작품 정말 멋져요!"

"그걸 다 읽어 보셨어요? 정말 교양인이시군요! 여기 육필 원고도 있어요!"

그러자 검색원이 부럽다는 듯이 말했다.

"돈 좀 되겠는데요, 조심해서 가세요, 기자 양반!"

봉현은 가방을 서둘러 메고서 장맛비가 쏟아지는 서울로 진입했다.

장마

천둥소리에 봉현은 잠을 깼다. 장맛비가 창문을 세차게 두드렸다. 번개가 번쩍 하고 어둑한 방안을 비췄다 사라졌다. 늦은 장마였다. 흠, 꽤 쏟아지겠는걸. 처마에서 빗물이 폭포처럼 떨어졌다.

홍천 가는 길에 만난 장마도 이런 것이었겠지. 봉현은 〈화전지대를 간다〉에서 얼핏 읽었던 대목을 떠올렸다. 아버지와 친구는 춘천에서 홍천으로 가는 길에 홍수를 만났다. 홍수가 산 흙을 휩쓸고 내려와 산길을 덮쳤다. 승합차가 불어난 도랑물에 갇혀 꼼짝을 못했다고 했다. 비에 흠뻑 젖은 채 인근 초가집으로 피신했다.

화롯불이 따뜻했다. 집 안주인이 아이를 업은 채로 소맥을 맷돌에 넣고 갈았다. 가루는 읍내에 내다 팔고 껍질과 옥촉서玉蜀黍(강냉이) 열매를 섞어 죽을 쒀 먹는다고 적었다. "짐승같이 살고 있습죠, 인간이라는 생각이 들지 않습니다요"라고 말했던가? 폐환肺患이 있어 보이는 주인 양반이 기침을 쿡쿡 하며 했던 말이었다.

다시 번개가 번쩍 하더니 천둥이 우르릉 쳤다. 봉현은 자리에서 일어났다.

안채에 들러 출근을 알렸다. 봉섭 형이 집을 비운 이후로 봉현이 유일한 피붙이였다. 백모는 문을 열지 않은 채 말했다.

"비 맞지 말고 잘 댕겨오너라."

오늘도 한복을 곱게 차려 입었겠지. 백모는 단정한 여인이었다.

어젯밤, 인사차 들렀다가 기어이 그 편지 얘기를 꺼냈다. 백모는 한참을 생각에 잠겼다가 천천히 일어나 반닫이장 자물쇠를 열었다. 감청색 천으로 겹겹이 싼 작은 첩이었다.

"이제는 너에게 줘도 괜찮겠지."

봉현은 묵묵히 그것을 받았다. 아버지의 유일한 유품이었다.

유품은 두 개로 늘어났다. 봉현이 둘러맨 가방에는 신다니 선생이 건네준 육필원고와 복사본 종군기가 들어 있었다. 편지와 육필원고. 출근해서 찬찬히 읽어 볼 요량이었다.

빗속을 가로질러 〈동아일보〉 사옥으로 뛰어 들어갔다. 현수막은 비에 젖은 채 여전히 걸려 있었다. 비 맞고 어깨를 축 늘어뜨린 가엾은 아이처럼 보였다.

이서현 부장이 벌써 나와 있었다. 강채원도 출근해 봉현을 그윽한 눈빛으로 맞았다. 봉현은 사케를 이 부장 책상 위에 꺼내 놓으며 출장 복귀 신고를 했다.

"덕분에 잘 댕겨왔습니다, 선배님! 자, 여기 뇌물, 사케 한 병!

그 이름도 서늘한 '천년의 눈'!"

"웬일이야? 그걸 잊지 않고! 뇌물은 무슨 뇌물? 부 운영비로 사 놓고선 … ."

인사를 맞받는 이 부장의 어조가 평소와는 달리 맥이 풀린 듯한 옥타브 낮았다. 강채원이 장난스레 물었다.

"김 선배, 내 건 없어? 정말 섭섭하다. 오매불망 선배만 생각하는 후배를 저렇게 안 챙겨요! 저러니 장가를 못 가지."

"야, 눈물겨운 후배님아, 미리 사인을 줬어야지, 사쿠라 구리무라도 사오지."

편집국이 부산해졌다. 봉현은 자리에 앉아 커피를 한 잔 마시고 심호흡을 했다. 가방에서 천으로 싼 첩을 꺼냈다. 아버지의 유품, 23년 전, 강원도 치악산에서 숨져 가면서 쓴 편지. 색이 바랜 누런 종이에 잉크가 번져 얼룩덜룩했지만 글씨는 알아볼 수 있었다.

처 창옥 전前

사력을 다해 글을 쓰오. 인민군은 승전을 코앞에 두고 후퇴해야 하는 상황에 직면했소. 유엔군이 참전했고, 인천에 미제국 군대가 상륙했소. 허리가 잘렸으니 일단 퇴각하는 수밖에 다른 도리가 없다는 군사령부의 판단이오. 나는 원주 산악지역에서 요양하고 있소. 심장병이 도져 도보로 이동하기 힘이 드는구려. 차량은 모두 버린

상태요. 살아 돌아가리다.

　만에 하나, 전세가 계속 불리해진다면, 부탁이 있소. 어머니를 모시고 가족 모두 월남하기 바라오. 낙산 형님 댁에 당분간 더부살이하다가 독립할 수 있을 거요. 그게 힘들다면, 곱단네에게 부탁해서 낭림이라도 월남하게 하시오. 그게 우리의 살길이오. 편지는 불태워 버리시오. 여불비餘不備.

　아버지의 육필 편지가 혈육의 냄새를 불러왔다. 실로 오랜만에 맡는 냄새였다. 목울대가 울컥했다.

　'그랬었구나, 뭔가 있었구나, 평양에서 살 수 없는 어떤 곡절이 있었구나.'

　종군기가 떠올랐다. 그런 찬양일색의 선전을 앞세워 뭔가 지워보려고 안간힘을 썼구나. 종군기는 아버지가 원했던 빛이 아니었구나.

　그때였다. 편집국 문이 열리고 근육질 사내 둘이 뚜벅뚜벅 걸어 들어오더니 봉현의 책상 앞에 섰다. 둘 가운데 조장인 듯한 주먹코 사내가 봉현을 노려보며 입을 열었다.

　"당신이 김봉현이오? 잠시 같이 가주셔야겠습니다!"

　사내의 말은 위압적이었다. 옆에 동행한 사내의 얼굴이 눈에 익었다. 〈동아일보〉 출입 중앙정보부 요원 박환식.

　강채원이 놀라 자리에서 벌떡 일어서며 물었다.

"무슨 일인데요?"

"아가씨는 알 것 없고, 김봉현 기자, 조용히 따라오는 게 신상에 좋을 거요!"

강채원이 소리를 높였다.

"아니, 아가씨라니! 이 부장, 그렇게 서 있지 말고 어떻게 좀 해보세요!"

이 부장은 오늘따라 말이 없었다. 편집국장이 국장실 문 앞에서 멍하니 바라보고 있었다. 뭔가 돌아가는 상황을 아는 기색이었다. 봉현은 편지와 가방을 책상 밑에 우겨 넣고 천천히 일어섰다. 이 부장이 낮은 톤으로 말했다.

"괜찮을 거야, 그 기사 때문에 그런대. 별것 아니야."

강채원이 따져 물었다.

"아니, 기사가 어때서요? 문학 기사가 뭐가 그렇게 문제가 되나요? 용공이라도 돼요?"

주먹코가 받았다.

"용공보다 더할 수도 있죠!"

봉현은 주먹코를 따라 사옥을 나섰다. 강채원이 근심스런 표정으로 바라봤다. 봉현은 턱으로 책상을 가리키며 채원에게 눈짓을 했다. 채원이 고개를 끄덕였다. 엘리베이터 앞에 서자 편집국 안에서 요란한 구호가 터져 나왔다.

"독재 타도! 언론탄압 중단하라!"

중앙정보부

신문사 앞에 검은색 지프가 대기 중이었다. 비는 여전히 쏟아졌다. 문약文弱한 봉현은 양팔이 각각 주먹코와 박환식의 악력에 잡히자 힘을 쓸 수 없었다. 봉현은 지프 뒷좌석 가운데에 앉혀졌다. 사태가 급변했다. 주먹코가 봉현의 머리를 짓눌러 엎었다. 눈이 검은 천으로 가려졌다. 순식간에 일어난 일이었다.

"이 빨갱이 새끼, 넌 이젠 뒈진 줄 알아라!"

20여 분을 달렸다. 중간중간 정지하기도 했지만 한 20여 분 거리를 달려 자동차가 멈췄다. 봉현은 끌려 내렸고, 건물로 진입해 복도를 돌아 층계를 내려갔다. 퀴퀴한 냄새가 나는 방이었다.

누군가가 검은 천을 벗겼다. 한참을 가려진 눈에 빛이 몰려들었다. 가운데 책상과 의자가 놓이고 백열등이 천정에 매달린 빈 방이었다. 철문이 철컥 하고 닫혔다. 봉현은 시멘트벽이 둘러친 빈방에 홀로 남았다. 공포가 몰려왔다.

무슨 일인가? 이 부장의 말이 떠올랐다. 그 기사 때문에 그런

대, 별것 아니야. 별것 아니라면 왜 나는 빈방에 가둬졌나? 별것
아닌데 왜 건장한 사내들이 빨갱이 새끼 운운하는가? 별것이겠
다. 진정 무슨 일이 일어난 것이다.

봉현은 독재정치의 공포스런 손길이 자신에게 닥쳐왔음을 직
감했다. 몇 시간이 지났을까, 철문이 덜컥 열렸다. 2명의 험상궂
은 사내들이 처음 보는 '고문 기계'들을 갖고 들이닥쳤다. 쇠스랑
같은 것도 보였고, 전기선도 있었다. 소름이 돋았다. 진땀이 흘
렀다. 공포가 절정에 달해 이빨이 와들와들 떨렸다.

"이 빨갱이 새끼, 겁이 많구만. 자, 시작해!"

아래턱이 유난히 길쭉한 주걱턱 사내가 작업 지시 명령을 내렸
다. 목이 짧은 땅딸보인 다른 사내가 봉현을 의자에 앉히더니 양
손을 책상 위에 가지런히 놓고 책상과 통째로 묶었다. 눈은 다시
검은 천으로 가려졌다. 양손 손가락에 뭔가를 끼우는 듯싶더니
온몸에 바늘로 찌르는 듯한 극한 통증이 엄습했다. 몸이 들썩들
썩했다.

전류였다. 봉현의 육체를 관통한 것은. 머리끝이 서고 발끝이
아려 왔다. 내장에 곧 파열할 것만 같은 이상한 고통이 엄습했다
가 다리께로 쏜살같이 내려갔다.

"으, 으, 으…."

괴이한 신음이 자기도 모르게 이빨 사이로 새어 나왔다. 몸이
허공에 떴다가 철퍼덕 주저앉았다. 처음 겪는 통증이었다. 주걱

턱의 귀기鬼氣 어린 목소리가 들렸다.

"사실대로 불어, 이 빨갱이 새끼야, 누구하고 접선하고 왔어? 다 알아, 불면 살려 주고, 안 불면 너는 여기서 죽는다! 너 하나쯤 죽이는 건 식은 죽 먹기야! 여기서 북망산천 간 놈이 어디 한두 놈인 줄 아니? 너 오늘 나 만난 건 행운인 줄 알어!"

"뭐 … 무 … 뭐이 … ."

입술이 열리지 않아 봉현은 대답을 할 수 없었다. 무엇보다 저 살을 찢고 온몸을 헤집는 통증에서 해방되고 싶었다. 전류가 봉현의 손가락에서 머리끝으로, 다리께로 단속적으로 흘렀다. 아픈 잠 속에서 의식이 멀리 갔다 다시 오기를 반복했다.

얼마나 지났을까, 감미로운 평화가 찾아왔다. 고요한 밤처럼 아늑했다.

"이 새끼가 정신 줄을 놓네, 지 마음대로!"

정신이 확 들었다. 추웠다. 물이 머리 위에서 폭포처럼 쏟아졌다. 찬물은 윗옷을 적시고 가슴팍께로 흘러들어갔다. 물이 건드리는 살갗마다 아프고 쓰라렸다. 사타구니로 몰린 찬물이 줄줄 흘러내리는 듯했다.

"야, 이 새끼야, 정신이 드셨나? 누구 마음대로 주무시나? 자, 이제 불어 봐. 누굴 접선하고 왔어? 불면 여기서 끝내고, 고집부리면 넌 황천행이야!"

"뭐 … 무이를 … 뭐야 … 나 … 나 … 아니 … ."

"이 새끼 뭐라 하니? 아주 지연작전이구만. 빨갱이 새끼들의 전형적인 수법이지! 야, 더 혼내, 불 때까지!"

검은 천이 확 벗겨졌다. 봉현을 정 자세로 의자에 앉히고 양팔을 뒤로 돌려 묶었다. 이번에는 얼굴이 뒤로 젖혀짐과 동시에 젖은 수건이 씌워졌다. 찬물이 얼굴 위로 쏟아졌다. 숨을 쉴 수가 없었다. 코와 입, 귀로 물이 마구 흘러들어갔다. 컥컥 소리를 내며 봉현은 몸을 비틀었다.

쏟아지는 물은 그칠 줄 몰랐다. 크윽 하는 소리와 함께 물이 목구멍 가득 넘어갔다. 숨, 숨을 쉴 수만 있다면! 코로 들어간 물이 뇌를 때렸다. 찌를 듯한 통증이 머릿속 신경을 타고 들어가 뇌를 강타했다. 봉현은 자신이 낸 커억, 커억 하는 소리조차 들을 수가 없었다. 아, 물, 물만 그친다면 숨, 숨을 쉴 수 있을 텐데. 폐에 물이 가득 고여 숨이 턱까지 밀려 올랐다. 봉현은 다시 의식을 잃었다.

몇 시간이 지났을까, 아니 며칠이 지났을까? 가느다랗게 떠진 눈에 백열등 불빛이 비쳤다. 봉현은 자신이 시멘트 바닥에 너부러져 있음을 알아차렸다. 추웠다. 질펀한 바닥에 음습한 추위가 올라왔다. 몸을 움직일 수 없었다. 아랫도리 쪽에서 구린내가 물씬 풍겼다. 똥오줌을 지린 모양이었다.

주걱턱과 땅딸보가 들어왔다. 봉현은 두려움에 떨었다. 극한 공포가 몰려와 이성을 수습할 수 없었다. 그런 상황에서 어떤 판단을 내리는 것조차 사치였다.

봉현은 겨우 힘을 내 벽 쪽으로 기어갔다. 그 순간 아버지가 떠올랐다. 판단할 수 없는 극한적 상태까지 내몰렸는가? 이런 통증을 피할 수만 있다면 어떤 일이든 할 수 있을 것 같았다. 쥐새끼처럼 내동댕이쳐진 자존감을 한 조각만이라도 회복할 수만 있다면 무엇이든 할 것 같았다. 김일성 장군 아니라 누구에게라도 절대충성을 맹세할 수 있었다. 위대한 령도자를 위하여, 야수 떼 같은 미제국 군대, 노예 군대인 유엔군을 몰살시켜 위대한 인민공화국을 수립할 수 있을 것 같았다. 그랬을까? 아버지는 어떻게 견뎌 냈을까?

벽에 붙어 와들와들 떨고 있는 봉현은 결국 사내의 우악스런 손길을 피할 수 없었다. 땅딸보가 봉현의 멱살을 잡더니 일으켜 세웠다. 봉현은 몸을 곧추세우지 못해 스스로 무너졌다. 땅딸보가 다시 일으켜 무릎을 꿇린 채 봉현을 책상다리에 묶었다. 이번엔 땅딸보가 다그쳤다.

"빨리 불어, 이 새끼야. 하, 이 새끼 보통내기가 아니네! 독종이야, 아주!"

땅딸보가 봉현의 허벅지 바지를 뜯으니 맨살이 드러났다. 그러곤 땅딸보는 고무신짝으로 허벅지를 내리쳤다. '악!' 소리가 난 것은 그와 동시였다.

"불어, 이 새끼야!"

"악!"

단말마斷末魔 같은 이 소리가 10여 차례 빈 방벽을 울렸다. 봉현은 고개를 푹 숙였다.

통증은 허벅지에서 복부로, 복부에서 양팔로, 양팔에서 머리 위로 빠르게 번졌다. 땀과 피가 범벅이 된 눈에 땅딸보의 굵은 팔뚝과 주걱턱의 느물거리며 웃는 표정이 얼핏 보였다가 사라졌다.

'그래, 차라리 죽여라!'

공포와 고통의 극한적 경계를 넘어서자 봉현의 의식은 육체를 이탈했다.

통증이 멀리 가버리는 것 같았다. 맞고 있는 것은 봉현이었지만, 통증은 먼 곳에서 번개처럼 번득였다.

'그래, 차라리 죽여라!'

몇 번 되뇌자 봉현의 마음은 뜻밖에 편안해졌다. 아버지도 이런 고통의 극한 경계에 섰을까? 땅딸보는 지쳤는지 고무신짝을 던졌다.

"하, 이 씨발 새끼, 오늘 땀 좀 흘리게 만드네!"

봉현은 의식을 잃고 고꾸라졌다. 세 번째였다.

정욱제

중앙정보부 수사2과장 정욱제는 창밖을 내다보고 있었다. 요즘 들어 시국사범이 급증해서 골치를 앓았다. 수사2과는 대학과 언론기관 담당이었다. 대학교수들이 시국선언문을 작성한다는 첩보가 들어왔고, 대학생들이 전국적 조직망을 구축한다는 정보도 입수한 터였다. 전국민주청년학생총연맹(민청학련)이라 했다. 조직총책인 서울대 사회학과 학생 이철李哲은 변장술에 능해 검거망에 도무지 걸리지 않았다. 신출귀몰이었다. 역시 서울대 사회학과 학생인 행동대장 유인태柳寅泰는 별도의 조직을 꾸렸다. 학생조직만으로는 유신정권을 엎을 수 없다고 판단해 인민혁명당 재건위원회를 새로 결성한다고 했다.

정욱제는 이른바 엘리트라는 놈들이 하라는 공부는 안 하고 국가전복을 기도한다는 사실에 분노를 감추지 못했다.

'잘난 놈들이 왜 이리 못난 짓거리야! 기자 놈들은 왜 또 그렇게 부화뇌동이야? 좋은 일은 다 놔두고 꼭 데모대 얘기, 술쟁이 작가들 모의하는 거나 쓰고. 니들 한번 빨갱이에게 당해 봐라, 그런 생각조차 할 수 있는지! 뭐, 인민혁명당? 그거 해서 남한을 몽땅 북한에 갖다 바치려고? 이놈들이 세상 무서운 줄 모르고!'

정욱제는 주먹을 불끈 쥐었다. 6·25 때 포격으로 신혼살림이 통째로 날아가고 아, 사랑하는 순이, 순이가 불에 타 죽었다. 아기도 함께. 삐오넬, 정욱제는 눈물이 핑 돌았다. 지난 일이 주마등처럼 스쳤다.

고향 영천에 내렸을 때 삐오넬은 갈 곳이 없었다. 친척들이 반겼지만 며칠만 지나면 찬밥신세였다. 삐오넬은 금시 분위기를 파악했다. 연안 유격대에서 광복군 출신으로 신분을 바꿨다. 워낙 촌구석이라서 그걸 입증하려고 따져 물을 사람은 없었다.

무작정 순이 집으로 가서 순이 아버지에게 간청했다. 농사일을 도맡아 하겠다고. 3년을 열심히 일했다. 삐오넬의 성실함을 눈여겨본 순이 아버지는 아예 데릴사위로 들였다. 대한민국이 정식 출범하던 달에 혼인식도 올렸다. 꿈같은 날들이었다. 아기가 태어났다. 순이 아버지는 뛸 듯이 기뻐했다. 삐오넬은 더 열심히 논과 밭을 갈았다.

전쟁이 터졌다. 영천은 국군과 인민군이 맞붙은 치열한 전선이었다. 밀고 밀리는 공방전이 영천읍내를 쑥대밭으로 만들었다. 거의 폐허가 됐다. 국군이 방어선을 돌파하던 날, 인민군 포탄이 날아들었다. 집은 반파됐고, 순이와 아기가 잿더미에서 피투성이 사체로 발견되었다. 장인은 한쪽 다리가 절단됐다. 삐오넬은 장인을 들쳐 업고 읍내로 뛰었다. 피란 가는 의원 영감을 붙잡고 통사정을 해서 겨우 목숨을 살렸다.

삐오넬은 주먹을 불끈 쥐었다. 원수를 갚겠노라고. 소년 시절엔 아버지 원수를 갚느라 중국대륙을 누볐는데, 이제부터는 순이와 아기 원수를 갚을 차례였다. 장인어른과 친교가 있던 면장의 주선으로 말단 경찰로 들어갔다. 소년 시절의 이름 삐오넬을 버리고 본명 정욱제를 되찾았다.

정욱제는 용맹했다. 퇴각하는 인민군을 끝까지 추격해 닥치는 대로 사살했다. 정욱제의 용맹한 행동이 세간에 알려졌다. 전선이 북쪽으로 올라간 어느 날 토벌대 대장이 경찰서장을 찾았다. 영천 일대와 소백산맥에 빨치산이 준동했다. 토벌작전에서 군인이 다수 죽자 병력 보강이 필요했다.

정욱제가 선발됐다. 광복군과 경찰 경력이 높은 평가를 받아 준위 계급장이 수여됐다. 토벌대 부중대장, 정욱제가 혁혁한 전과를 올린 것은 물론이었다. 봉화 부근 소백산 아래에서 산청 부근 지리산까지 빨치산의 준동은 눈에 띄게 줄었다.

전쟁이 끝났다. 정욱제 준위는 토벌대 김준성 대령을 따라 서울로 전근해 육군방첩대에 둥지를 틀었다. 이후 정보통이 됐다. 계급도 중위로 진급했다. 육군방첩대 정욱제 중위는 5·16 직후 신설된 중앙정보부에 특차로 선발됐다. 간간이 틈을 내어 야간대학도 다녔다. 정욱제의 감각은 중정 내에서도 명성이 자자했다. 간첩을 잡는 데에는 특등사수였다. 아무리 잡아내고 아무리 족쳐도 순이의 원한을 풀지는 못했다.

40대 중반의 나이에 여전히 홀몸이었다. 매년 9월 21일이면 어김없이 영천에 내려간다. 반파된 집 뒷동산에 순이와 아기의 무덤이 있고, 그 옆에는 전쟁이 끝난 5년 뒤에 숨진 장인 무덤이 있다. 파손된 집을 헐고 작고 아담한 기와집을 지었는데 그곳이 정욱제의 마음의 고향이다.

문이 열리고 수사요원이 봉현을 끌고 들어왔다. 봉현은 거의 몸을 가누지 못하는 상태였다. 수사요원들이 가까스로 의자에 앉혔다. 정욱제 과장은 눈을 의심했다.

'선상님이다! 틀림없이 선상님인데! 아니 어쩌면 저리 닮을 수가 있는가?'

28년 전, 평양에서 헤어질 때의 그 모습과 너무나 닮았다.

내가 말했었지, 선상님요, 영천에 한번 놀러 오이소! 그 말이 귀에 쟁쟁했다. 28년, 많은 세월이 흘렀다. 그리고 많은 사람이 죽었고 변했다.

여기 내 앞에 김사량, 존경하던 작가 동지의 아들이 앉아 있지 않은가. 저 친구는 내가 평양역에서 차창 너머 봤던 그 어린 소년임에 틀림없다. 어린 동생이 있었고, 선상님의 부인이 뒤에서 눈물을 훔치고 있었는데. 내 앞에 이렇게 나타나다니.

"김 기자, 정신이 드시오?"

"……."

"우리 애들이 손이 거칠어서 미안하게 됐소, 내가 대신 사과하리다."

목소리는 거칠었으나 말씨는 공손했다. 어딘가 위압감을 숨기고 있는 어조였다. 수틀리면 본색을 드러낼 것이다. 정욱제 과장이 말을 이었다.

"우리 정보는 틀림없어. 김 기자가 일본에서 북파 간첩들과 접선한 증거를 다 갖고 있어요. 사진을 찍어 뒀거든. 요코스카, 도쿄 시부야. 아버지가 북한에서 고위급 간부였잖아, 유명한 작가이기도 했고, 6·25 때는 종군기자로 활약했지. 내가 그 부대와 대적해서 영천전투를 치른 사람이야, 내가!"

정 과장의 목소리가 조금 높아졌다. 본색이 드러날 전조였다.

"아버지는 빨갱이야! 종군기를 내가 읽어 봤는데, 순전히 악질 빨갱이더군. 나도 믿기지 않을 만큼 말이야! 그때는 안 그랬거든, 우리 작가 선상님, 아니!"

정 과장은 말을 급히 끊었다가 어조를 바꿨다.

"원래부터 순수했던 작가가 그렇게 악질 빨갱이가 되는 것은 순식간이야! 도쿄제대를 졸업하면 뭐해? 그냥 유혹에 넘어가는 걸! 우리 동네에도 그런 놈들 많이 봤어. 일본 유학한다고 떵떵

거리다가 6·25 전후해서 빨갱이로 둔갑하는 놈들을. 내가 다 쏴
죽여 버렸지! 그런데, 선상님, 아니, 아!"

또 말이 끊어졌다.

"캬, 오늘 말이 많네, 내가, 이 정욱제가. 아버지 김사량 맞지?
내가 누구냐, 대한민국 정보통이거든. 네 본명은 낭림이야, 김낭
림. 월남해서 큰아버지 댁에 입양됐어. 개명했지, 김봉현으로.
네 피에는 빨갱이 본성이 흘러! 아버지를 닮아서, 에이 씨팔!"

아버지 이름만 나오면 신경이 뒤틀리는 이유는 뭘까? 봉현은
욱신거리는 통증 속에서도 정 과장이 어떤 지점에 이르면 허둥대
는 것을 눈치챘다. 아버지 김사량에 닿으면 정 과장은 스스로 곤
혹스러움을 감추지 못했다.

"왜 그 빨갱이 기사를 썼어? 아무리 지 아부지라도 말이야. 여
기가 어디냐? 대한민국이야!"

약간이 침묵이 흘렀다. 어색한 침묵이었다. 정 과장은 급기야
얼굴 표정이 일그러졌다.

"이번에는 확실한 증거가 안 나와서 봐준다. 다음부터는 아부
지 이름을 절대 거론하지 말아요, 그럼 김 기자는 끝장이야. 가
서 몸조리 잘하시고."

정 과장은 수사요원을 불렀다.

"잘 보내 드려!"

이서현 부장이 전화를 받았다. 제3한강교 고수부지에 풀어놓을 터니 김 기자를 데려가라는 전갈이었다. 외부에 절대 발설하지 말라는 단서를 달았다. 이 부장과 강채원이 취재차를 급히 불러 고수부지로 달렸다.

장마는 소강상태로 접어들었다. 하늘에 먹구름이 가득 흘러갔다. 강채원의 얼굴이 거의 사색이 되었다. 한남동 로터리를 지나 차가 오른쪽 하구로 내려갔다. 너른 풀밭에 꿈틀거리는 물체가 보였다. 이 부장과 강채원이 급히 달려갔다. 봉현은 비틀거리며 어디론가 걸어가다 넘어지기를 반복했다. 실성한 사람이 달리 없었다. 두 사람은 비틀거리는 봉현을 부축해 차로 데려왔다. 인근 순천향병원으로 달렸다. 응급실에 도착하자 봉현은 의식을 잃었다.

봉현은 아득한 꿈속을 헤맸다. 평양 집 뜰이었다. 얼룩이가 꼬리를 치며 달려들었다. 맨드라미와 코스모스가 화단에 가득 피었다. 가죽신을 신었다. 정림이가 웅얼거리며 노래를 불렀다. 잠자리가 날고 매미가 울었다. 엄마가 부엌에서 밥을 짓고 있었다. 앞치마를 두른 엄마는 예뻤다. 외출했다 돌아온 할머니가 선물을 한 보따리 풀어놨다. 장난감이며 옷가지, 찰떡에 옥수수, 엿, 없는 게 없었다. 할머니가 웃으며 너울너울 하늘로 날아올랐다. 할머니, 같이 가요! 그러자 엄마가 앞치마를 두른 채 할머니를 따라 하늘로 올라갔다. 엄마, 할머니, 같이 가요! 엄마, 할머니 ….

산중이었다. 낙엽이 우수수 떨어졌다. 환자들이 수두룩했다.
피를 흘리고, 머리에 붕대를 감은 무서운 사람들이 북적였다. 동
굴 속은 어두웠는데, 조금 들어가니 너른 광장 같은 것이 나왔다.
죽은 사람도 보였다. 총성이 울렸다. 포격소리도 났다. 아버지가
시체들 틈에 누워 있었다. 아직 죽지는 않았다. 아버지는 웃고
있었다. 그러다가 울었다. 만년필로 뭔가 쓰다가 찢다가를 반복
했다.

아버지가 벌떡 일어났다. 뚜벅뚜벅 걸어 동굴 밖으로 나갔다.
봉현이 불렀다.

'아버지, 어디 가요, 어디 가요, 나가면 죽는대요!'

아버지가 나지막이 말했다.

'나는 안 죽어! 홍천에 간다, 홍천에 가면 살 수 있어! 같이 갈
래?'

'아버지, 아버지, 나가면 안 돼요, 아버지 ….'

"선배, 김 선배!"

헛소리가 높아져 근심이 된 강채원이 봉현을 흔들어 깨웠다.
봉현이 눈을 떴다. 침대 시트가 희끗하게 보였고, 결이 매끄러웠
다. 환자복을 입고 있었다. 채원이 이마에 흐른 땀을 닦아 줬다.
식은땀을 무척이나 많이 흘렸다. 환자복이 흥건히 젖었다.

"선배, 정신이 좀 들어요?"

"······."

"몸은 어때요? 아프지는 않고?"

봉현이 입을 겨우 뗐다.

"내가 며칠이나 잤어? 오늘이 몇 일이야?"

"7월 31일, 토요일. 한 일주일 푹 주무셨어요, 김 선배!"

강채원이 약간의 여유를 회복했다.

"오래도 잤구만. 일 년치 휴가를 다 쓴 거 아니야? 이거 참, 여름휴가는 틀렸네."

"휴가 좋아하시네, 몸이나 추슬러요. 온몸에 피멍투성이야. 에이! 나쁜 놈들! 에고! 나쁜 놈들인 줄 뻔히 알면서 용감무쌍하게 그런 기사를 쓰다니, 무지한 건 선배예요! 하기야 나라도 그렇게 썼겠다. 아버지라면."

채원이 책상 밑 원고와 가방을 치우면서 내용을 읽은 게 틀림없었다.

"그걸 치우랬지 누가 보랬니? 사생활 침해야, 그건."

"안 볼 수 없었어요. 미안해요. 그 첩 속에 든 편지는 역사적 문건이던데요? 원고하고. 제가 북한문학 연구하는 교수에게 부탁해서 《빛 속으로》를 읽어 봤어요. 세상에, 그 나이에 도쿄에서 그런 깊은 정서와 연민을 갖고 살다니, 문장마다 비애가 묻어났지요. 선배가 요즘 눈길이 부쩍 허공중에 매달렸었거든요. 그

때마다 비애가 뚝뚝 떨어졌는데 그게 그거였구나, 이해했어요.”

채원은 숨을 고르면서 말을 이었다.

“말로만 듣던 작가 김사량의 후손이 여기 내 옆에 있다니, 믿겨지질 않았어요. 내가 김 선배 손을 잡는 이 순간이 바로 역사적 순간이지요.”

채원의 손은 따뜻했다. 창밖에는 장맛비가 다시 쏟아지기 시작했다. 아버지를 이해할 것 같았다. 봉현은 잠 속으로 스르르 빠져들었다.

이서현 부장

날씨가 제법 서늘해진 8월 하순 어느 날, 봉현은 오랜만에 집을
나섰다. 순천향병원에서 퇴원한 후 첫 출근이었다. 몸은 완쾌되
지는 않았지만 그런대로 견딜 만했다. 다리에 아직 피멍이 가시
지 않았고, 속이 자주 쓰렸다. 육체의 상흔보다 심리적 충격은
둔중하게 지속됐다. 식은땀을 흘리며 헛소리하는 밤이 잦았다.
걱정스러웠는지 백모가 가끔 봉현의 잠자리를 들여다봤다.

그래도 높아진 하늘과 서늘해진 바람이 상쾌했다. 젊음은 치유
가 빠르다. 또 다른 충격이 가해진다 해도 젊음의 생명력은 그것
조차 삼켜 버릴 것이다.

편집국 문을 열고 들어서니 기자들이 일제히 일어나 박수를 쳤
다. 머쓱했다. 애국지사도 아니고 독립운동을 한 것도 아닌데 동
료들의 열렬한 박수가 거북했고 쑥스러웠다. 봉현은 손을 흔들며
건재를 과시한 것으로 박수에 답례했다.

문화부장 이서현이 악수를 청했다. 괜히 미안한 기색이었다.

채원이 환하게 미소를 지었다. 편집국장이 자리에서 벌떡 일어나 봉현 쪽으로 다가와 위로의 말을 건넸다.

"고생 많았어, 김봉현 씨!"

국장은 봉현과 오른손으로 악수하고 왼손으론 봉현의 어깨를 두드리며 격려했다.

국장은 이어 주변을 둘러보며 일갈했다.

"쇠는 맞을수록 강해진다! 동아의 강철대오, 문화부!"

문화부 기자들이 박수를 치며 환호했다. 살쾡이처럼 〈동아일보〉 안을 돌아다니는 중정 요원 박환식이 들었다면 편집국장도 중정에 달려갔을까, 봉현은 그런 생각을 하면서 자리에 앉았다.

편집국은 다시 일상으로 돌아갔지만, 도처에서 웅성거리는 소리가 들렸다. 김대중 납치사건이 정국을 강타한 것이다.

정치부 장 기자가 편집부장에게 다가가 큰 소리로 외쳤다.

"이거 1면 머리로 올려야지요? 미다시, 멋지게 뽑아 주세요. '김대중 납치범, 중정 요원 김동운?' 이게 어때요? 이제 정면돌파 해야죠."

편집부장이 싱긋 웃으며 농담조로 응수했다.

"야, 살살 하자, 내 목숨은 하나다, 엉?"

편집국장이 편집부장을 불러 제목을 조정했다.

"자칭 구국대원이라는 자가 납치했다지? 일본 정부는 김동운이라는 중정 요원의 지문을 납치현장에서 채취했다고 발표했는데

한국 정부는 이를 부인하고 있고 …, 암튼 오늘은 팩트만 전달합
시다."

채원이 칸막이 너머 봉현 쪽으로 얼굴을 쑥 들이밀며 말했다.
"선배, 정치부가 난리야, 불난 호떡집! 우린 구경이나 할까?"
기사에 의하면 전말은 이랬다.

김대중 납치사건이 정국을 강타했다. 도쿄에서 '한민통' 결성을 앞
둔 지난 8월 8일, 통일당 당수 양일동을 만나러 그랜드팰레스호텔
에 투숙한 김대중 씨는 괴한들에 의해 납치되었다. 이후 선박 용금
호에 감금된 채 동해를 거쳐 서울로 압송된 것으로 알려졌다. 김대
중 씨는 8월 13일 자택 부근에서 발견되었다. 이 사건을 조사한 일
본 경찰청은 납치현장에서 김동운 중앙정보부 요원의 지문을 채취
했다고 발표했다. 그러나 한국 정부는 관련 사실을 완강하게 부인
했다. 이 사건을 둘러싸고 한일 간 외교관계가 악화될 조짐이다.

— 〈동아일보〉 1973년 8월 14일 자

정국은 김대중 납치사건으로 출렁거렸다. 대학가 학생들이 들
불처럼 일어났고, 숨죽이고 있던 재야인사들이 저항전선을 결성
했다. 명동성당은 재야인사들의 집회장소로 변했다. 민청학련은
재빨리 움직였다. 전국 대학을 조직해 정권과 일대 격돌에 돌입
한 것이다.

위수령衛戍令을 발동한다는 정부의 엄포에도 불구하고 거리에는 데모대가 넘실거렸다. 완전무장을 한 전경이 서울 전역에 배치됐고, 명동성당은 전경버스로 울타리가 쳐졌다.

봉현은 다른 생각에 골몰했다. 정국 동향에는 아무 관심도 가지 않았다. 의식을 회복하면서 오직 한 가지에 신경이 집중됐다. 생각을 흩트리려 애를 써도 그것은 뭉게구름처럼 다시 피어올랐다. 봉현은 피할 수 없는 일임을 직감했다.

해방 후 평양에서 아버지의 행적을 추적하는 일, 심리적 변화가 어떻게 일어났는지를 따라가 보면, 저 돌발적 변신의 원인을 찾을 수 있으리라는 기대가 그를 꼼짝 못하게 붙들었다.

그것을 밝혀 줄 마땅한 역사 자료가 없으므로 우선 해방 후 작품들을 연도별로 꼼꼼히 읽어 나가면 뭔가 실마리를 얻을 수 있으리라 기대했다. 작품이 유일한 증거물이었다. 복사해 오길 잘했다.

이서현 부장이 곁에 와서 귀엣말을 했다.

"봉현 씨, 오늘 저녁에 자네 위로연 열기로 했어. 국장도 나오니까, 이따 보자구."

"웬 위로연? 그걸로 내 몸이 성해진대요?"

그랬더니 채원이 핀잔을 줬다.

"국장이 큰맘 먹고 한턱낸다는데 웬 성깔을 부리시나요? 선배님!"

 저녁 서울 시내는 무지근히 더웠지만 가을 냄새가 나는 것도 같았다. 채원이 옆에 따라붙어 팔짱을 끼었다. 귀여운 여인, 봉현은 처음 그런 느낌이 들었다. 저녁마다 병원에 찾아와 병상을 늦도록 지켰고, 근심에 빠진 백모와 봉현을 연결하는 메신저 역할도 했다. 매일 밤, 봉현의 회복상황을 백모에게 알려 줬다.

 퇴원한 날 밤에 백모는 빙그레 웃으며 말했다.

 "그 아가씨, 목소리 참 참하더라. 몸놀림도 재바르고! 자꾸 보고 싶은데 … ."

 "신문사 선후배 사이일 뿐인데요."

 백모는 눈을 찡긋하며 말을 이었다.

 "조카며느리 볼 때가 넘었잖아!"

 백모는 아예 못을 박듯 말하고 자기 방으로 돌아갔다. 봉현은 후후, 하고 웃었다. 천애고아한테 누가 시집올라나, 게다가 빨갱이 자식인데 … .

 귀여운 여인이 병상에서 저간의 정황을 속삭였다. 애인이라도 되는 듯한 말투였다.

 "선배, 그동안 편집국장이 털어놨어, 이 부장도. 그 기사가 토요일 판에 실렸는데, 중정 감시망에 걸렸대. 중정에서 선배 신원을 조사했고 아버지가 작가 김사량이라는 사실을 알아냈대. 요원들에게 의뢰해서 해방 후 행적을 조사했나봐. 종군기자였고, 몇

편의 종군기를 쓴 것도 알아냈다고 해. 붙잡혀 가기 전날, 일요일 저녁에 중정에서 편집국장에게 미리 귀띔을 했대, 연행한다고. 그 말을 못해 줘서 미안한 거지. 하기야 미리 어떻게 말하누."

"그게 문제였구만. 나도 쓰면서 걸리기는 했는데 그렇게까지 나올 줄은 짐작 못했지."

평창곱창집에 들어서니 편집국장, 이서현 부장에 장 기자까지 모여 술판을 벌이고 있었다. 봉현이 평상시처럼 한마디 했다.

"장 기자가 냄새를 맡았구만! 먹는 데에는 귀신이야. 디제이 집 앞에서 뻗치기 안 하구 청진동 먹자골목은 웬일이야?"

장 기자가 가만있을 사람이 아니었다.

"먹어야 뻗든지 엎어지든지 하지. 오랜만에 정치부가 활기를 띠는데, 일단 한잔해야 힘이 나지. 안 그래요, 국장님?"

국장이 받았다.

"자, 일단 거국적으로 한 잔, 김봉현 기자 건강을 위해서!"

오랜만에 마시는 술이 식도를 따라 찌르르 넘어갔다. 술이 흘러가는 길마다 꿈틀거렸다. 아직 정상회복이 되지 않았다. 술잔이 몇 순배 돌았다. 김대중 납치사건의 전말이 화제에 오르고, 급기야 정국의 앞날이 점쳐졌다. 오늘 1면 기사 미다시가 너무 세다느니, 약하다느니 이러쿵저러쿵 말이 오갔다. 국장이 화제를 돌렸다.

"김봉현 씨! 아버지가 작가 김사량 선생이라며? 놀랐어, 시대

적 작가의 후손이 내 옆에 있는 게, 우리 신문사에 있는 게 자랑
스럽네. 나도 문학청년 시절에 김사량 소설 애독자였어."

"다 잊은 일인데, 요즘 부쩍 생각나네요. 〈요미우리신문〉에
난 그 기사 때문인가 봅니다."

"아무튼 연좌제는 폐지해야 해. 부모와 자식의 인생이 다른데
부모 일로 자식에게 사회적 멍에를 씌우는 것은 후진국가의 일이
지. 안 그런가, 이 부장?"

이 부장은 오늘따라 말이 없었다. 국장이 다시 물었다.

"이 부장, 자네 오늘 얼굴이 왜 그리 울상이야?"

"사실, 오늘 기분이 묘하네요. 나도 김 기자 정도는 아니지만
그런 일로 내 진로를 바꿨거든요. 아마, 김 기자 사촌 형과 같을
겁니다. 예전에 얼핏 김 기자 백부가 조선총독부 고위관리였다는
말을 어디서 들었거든요. 아들이 있다면 그 아들이 저와 비슷한
처지죠."

그랬더니 채원이 거들었다.

"와, 뭐 역사적 인물이 여기 또 있었네! 그러면 이 기회에 참회
하시죠, 다 같이 한 잔 드시고!"

술이 한 순배 돌아갔다. 식당은 손님들로 북적였고, 곱창 굽는
연기가 실내를 가득 메웠다. 이 부장이 운을 뗐다. 사정을 들으
니 정말 봉섭 형과 비슷했다.

이서현은 봉현보다 네 살 연상, 6·25 때 중학교 2학년이었다.

고향 예천에서 중농으로 그런대로 잘살았다. 6·25가 터졌다. 7월 초였던 것 같다. 예천에 인민군이 밀려 왔다. 예천 읍내에 본부를 차리고 읍내 군경가족을 색출해 감옥에 넣었다. 어디서 결성됐는지 인민위원회 요원들이 완장을 차고 돌아다녔다. 거기에는 이 부장 집 땅을 대대로 부쳐 먹던 소작인 아들도 있었다.

인민위원회 청년들이 집에 들이닥쳤다. 아버지가 면장을 지냈고 몇몇 소작인들을 거느리고 있었기에 지주 겸 관리로 분류되었다. 위원장으로 보이는 청년의 소개疏開 명령이 떨어졌다. 3일 뒤엔 집과 재산을 몰수한다는 것이었다. 아버지가 호통을 쳐도 아무런 소용이 없었다. 오히려 포승에 묶여 갈 위험이 더 많았다. 그래도 이 집은 인심을 잃지 않아 봐준다는 말을 남기고 그들은 떠났다.

밤새 안방에서 부모가 궁리를 했다. 호롱불이 꺼지지 않았다. 다음 날, 어머니는 쌀을 빻고 쪄서 떡을 한 광주리 만들었다. 곱게 단장한 어머니가 광주리를 메고 읍내로 나갔다가 저녁에야 돌아왔다. 어딜 가셨는지 궁금했다.

다음 날 아침, 웬 인민군 장군이 백마를 타고 집 앞에 당도했다. 훤칠한 키에 어깨가 딱 벌어진 장성이었다. 그는 백마에서 내리더니 말을 외양간에 묶고 대청마루에 올라섰다. 아버지가 나왔다. 서로 포옹을 하는 것으로 미뤄 잘 아는 사이 같았다. 어머니의 울음소리가 들렸다. 아버지와 두런두런 말하는 소리도 들렸다.

한 시간이 지났을까. 백마 탄 장군이 여닫이문을 열고 마루로 나왔다. 그러더니 자기를 부르더란다. 이 부장, 아니 중학생 이서현은 놀랐고 무서웠다. 손짓을 계속하기에 가까이 다가갔다. 장군이 손을 잡고 물었다.

"네가 서현이냐?"

대답 대신 고개를 끄덕였다. 장군은 머리를 쓰다듬고 손을 잡았다. 그러더니 주머니에서 손톱깎이를 꺼내 아무렇게나 자란 손톱을 일일이 잘라 줬다.

"공부 잘해라!"

그가 남긴 말이었다. 그는 백마를 타고 오던 길을 천천히 되돌아갔다. 그 일이 있고 난 후 인민군도, 인민위원회 청년들도 얼씬거리지 않았다. 나중에 알았다. 그가 작은아버지였음을. 그러니 이서현도 연좌제 대상이었다.

이서현의 스토리가 끝났다.

일동은 침묵했다. 전율이었다. 우리의 역사가 바로 그 스토리에 배어 있었고, 그것이 후손들에게 연장돼 우리의 현실을 칭칭 감고 있는 중이다. 정국을 강타한 김대중 납치사건이나 그것을 유발한 독재정권도 역사적 발원지를 갖고 있다. 현실은 역사가 뿌린 씨앗이다. 그러나 역사가 현실을 망가뜨려도 전혀 휘둘리지 않는 후손들이 있다면 역사는 진보한다.

장 기자가 침묵을 깼다.

"이거, 술맛 나누만, 고져. 역사적 후손들이 널려 삐렸는데, 나는 왜 이리 싱겁고 뿌리 없는 가문에서 태어났는고! 부럽다, 부러워!"

그제서야 비로소 이 부장이 평상을 회복했다.

"야, 장 기자! 고대광실 명문가에는 업보가 많은 법, 네처럼 무관누옥 자손이라야 새로운 역사를 쓰지!"

"그럼 역사를 한번 써볼까? 김대중 집 앞에 뻗치기 할 때가 슬슬 다가오는군. 국장님, 내가 특종기사 하나 물어 올 테니 그땐 거하게 한잔!"

일동은 즐겁게 잔을 비우고 자리를 파했다.

곱창집을 나와 각자 흩어졌는데 채원이 다시 봉현을 따라붙었다.

"선배, 할 말이 있지? 아까부터 그런 징후를 포착했거든요. 갑시다. 집에까지 내가 에스코트해 줄게."

귀여운 여인이었다.

강채원

안국동 로터리를 지나자 전파사에서 김정호의 애잔한 노래가 흘러나왔다.

'아, 어디로 갈까요, 길 잃은 나그네는.'

길 잃은 나그네? 봉현은 피식 웃었다. 천애의 고아에게 길이 있었나?

'아, 어디로 갔을까, 꿈 찾는 하얀 나비.'

내가 하얀 나비인 듯했다. 아버지가 피운 꽃을 찾아 이리도 헤매는 것을 보면. 그게 꽃일까, 이미 시들고 짓밟힌 꽃, 아니면 새로 피어나려고 몸부림을 치는 꽃?

채원이 낀 팔짱에서 따스한 체온이 느껴졌다. 묵묵히 걷던 채원이 입을 뗐다.

"사실 나도 사연이 있기는 해. 말하기 좀 거북한 얘기지만."

"사연 없는 사람이 어디 있을까, 한반도에 살았다면. 들어 줄까 말까?"

"선배가 들어 줘야 공평하지. 내 고향이 진주잖아. 진주, 물 맑고 인심 좋은 곳. 거기가 6·25 때 격전지라는 사실은 다 알지? 우리 백부가 경찰이었어. 아버지는 진주사범을 나오고 국민학교 선생을 했어. 백부는 일제 때 경찰에 입문해서 해방 후에 진주경찰서 보안과장이었다나. 9월인가, 사북산 전투가 벌어졌는데, 하도 사태가 급박해서 경찰이 투입됐대요. 서쪽은 방호산 부대, 북쪽은 무정 부대를 상대로 싸웠대요. 마산 통영 앞바다에 미군 함정이 폭격을 해주지 않았다면 다 죽었을 거라고 하대. 사북산은 낮엔 국군이, 밤엔 인민군이 번갈아 점령하다가 결국 인천상륙작전 며칠 후 퇴각했대. 백부는 그걸 자랑스럽게 말하더군. 그런데 무정이나 방호산이나 다 연안파 아냐? 혹시 그때 김 선배 아버지가 거기 계셨던 것 아닐까?"

"그럼 웬수 후손끼리 서로 만났네! 우리 조상을 대신해서 결판을 한번 내볼까?"

돈화문을 지나 종묘로 접어들었다. 인적이 드문 길은 호젓했다. 봉현은 오랜만에 기분이 누그러짐을 느꼈다. 조선 오백 년, 집안을 따지고 올라가면 서로 원수지간이 아닌 집안이 얼마나 될까, 또는 서로 깊은 인연을 맺은 집안도 부지기수일 거다. 얽히고설킨 집안들의 드라마가 모여 역사를 이룬다. 그렇다고 피비린내 나는 내전을 피할 수는 없었을까?

하기야 근현대에 내전을 피한 나라가 또 얼마나 될까. 유럽은 수시로 전쟁을 했고, 중동지역엔 지금도 전쟁이 한창이다. 월남 역시 마찬가지고. 한반도의 지정학적 위치가 너무 위태로워 다른 곳에 옮겨 놓는다 해도 전쟁은 일어났을 거다. 옮겨 놓을 데가 마땅치 않다. 유럽 북쪽, 지중해, 동남아시아, 인도차이나, 아니면 남미?

봉현은 머릿속에 세계지도를 그려 보았다. 모두 전화戰禍에 휩싸인 곳이다. 갈 곳이 마땅찮다. 지금 이 자리, 중국, 러시아, 일본, 미국에 둘러싸인 이 자리가 한민족이 살아갈 숙명적 서식처다. 봉현은 쓴웃음을 지었다. 채원이 팔을 꼬집었다.

"심각한 얘기를 했는데, 웃다니, 예의가 없어요."

"그게 아니라, 한반도를 세계지도에서 이리저리 옮겨 봤는데, 갈 곳이 없어서 그래. 종묘에 잠들어 있는 이분들이 중국에 기대어 그래도 편안하게 살았다는 생각이 들어. 대국에 기댄 것을 사대주의라고 욕하지만, 따지고 보면 현명한 방법이 아니었을까? 전란을 피하고, 국방비도 절약하고 말이야. 삼전도三田渡에서 한번 혼이 났지만 아예 먹힌 것은 아니잖아."

"맞아요, 유럽 제국이 가장 늦게 도착한 곳이 한반도잖아요. 다른 대륙은 제국에 일찍이 짓밟혔는데 우리는 19세기 말까지 편안하게 살았지요. 일본이 일어날 줄이야 누가 짐작이라도 했겠어요? 가장 가까운 이웃나라 일본이 제국으로 변신하다니, 상상도 못 했겠지, 이분들이."

"조선 오백 년 동안 전쟁을 고작 두 번 겪었다는 것은 정말 행운이지. 나라를 빼앗긴 것도 아니고. 세계사에서 드문 일이야. 조선은 행운을 타고났어. 6 · 25전쟁, 그 대가를 우리 윗세대가, 그리고 그 후유증을 우리가 치르고 있는 중이지."

서울대병원을 지나자 서울대 문리대 정문이 보였다. 밤인데도 학생 수십 명이 모여 열심히 구호를 외치고 있었다. 앞에는 전경이 지켰다. 전투경찰도 대학생도 같은 세대의 일원이고, 같은 세대 청년인데 서로 역할이 엇갈렸다. 채원이 추억에 젖어 말했다.

"미라보 다리 아래 세느강이 흐르고, 다리 난간엔 초승달이 떴는데, 웬 소란인고!"

"우리도 6 · 3항쟁 때 한일 외교정상화 반대 데모를 열심히 했잖아. 그래 봤자였지만. 굴욕외교라고 했지만, 공산주의도 아닌데 이웃나라끼리 외교단절을 얼마나 지속할 수 있었을까?"

"잊을 건 잊어야지, 만날 수는 없어도⋯."

채원이 유행가를 살짝 불렀다. 그러더니, 학림다방으로 봉현을 끌었다.

"왜? 젊은 시절이 그리워졌나?"

옛날 정취를 그대로 간직하고 있는 학림다방이 고마웠다.

추억을 반추해 봐야 아무 소용없지만 가끔은 젊은 시절의 치기가 그리워질 때가 있다. 대학 시절은 세공하지 않은 보석을 가득 담고 있다. 세파에 시드는 자신이 누추해질 때 대학 시절의 추억은 캄캄한 바다 등댓불처럼 길을 열어 준다. 커피잔을 앞에 놓고 채원이 말했다.

"자, 말씀해 보세요, 내가 감지한 그 징후, 그게 뭔지를."

봉현이 천천히 입을 열었다. 그게 맞는 방법인지 의아해하면서.

"병원에서 생각해 봤는데, 아버지의 갑작스런 변신이 자발적인 것인지, 강제에 의한 것인지 밝힐 방법을 말이야. 해방 후 행적과 작품을 찬찬히 뜯어보면 짐작을 할 수 있지 않을까 해서. 어떤 충격이 있었을까, 아니면 자발적 계기? 그걸 아는 사람이 없는 상황에서 내가 할 수 있는 건 작품을 따라가 보는 것, 그거지."

봉현은 커피에 든 달걀 노른자위를 스푼으로 건져 입에 넣고 우물우물 삼킨 후 말을 이었다.

"왜, 우리 셰익스피어 강의에서 배웠잖아. 천하의 문호라 해도 자신이 처한 상황에서 벗어날 수 없다. 해방 후 5년, 북한의 정치적, 사회적 파노라마와 아버지 작품과 어떤 상동관계가 있는지를 찾아내면 대강 그림을 그릴 수 있을 것 같거든. 그런데, 나 혼자 해서는 주관에 빠질 것 같아. 아버지니까. 내가 어릴 적에 봤던 사람이니까, 그 추억이 냉정한 해석을 망칠 것 같거든. 그래서 제안인데, 채원이 같이 읽어 주면 어떨까 해서. 말하자면, 2인 독서 동아리. 강채원과 김봉현, 회장은 채원, 회원은 나. 회비는 술 상납. 어때, 구미가 당기지 않아?"

"좋아요. 아주 마음에 드는 제안에 건배! 독서 동아리가 아니라 연구 동아리, 이걸로 박사논문 쓰면 되겠는데! 내 일본어 실력 알지? 내일부터 당장 시작, 회장의 명령을 당장 실행하도록!"

추적

한 달이 훌쩍 지났다. 절기는 가을로 접어들었다. 정국은 소란했다. 9월 5일, 일본 경시청은 주일 한국대사관의 김동운 일등서기관을 김대중 납치사건 용의자로 최종 지목했다. 그러자 일본 야당은 심각한 주권침해라고 비난하고 한국 정부의 공식 사과를 요청했다. 한일관계가 급속히 악화됐다.

9월 17일, 한국 정부는 마침내 '김대중 납치사건 수사자료'를 발표하고, "용금호에 대해 면밀히 조사했으나 현재까지 김대중 납치 용의점을 발견할 수 없었다"라고 일본 정부에 회답했다.

일본 여론이 들끓었다. 김대중 당사자는 납치를 주장했고 구체적인 정황을 자세히 말했는데, 납치범이 없다는 변명은 사리에 맞지 않았다.

대학생이 총궐기했다. 문인들이 다시 일어섰다. 명동성당엔 전운이 감돌았다. 정권은 한일관계 악화가 마산수출자유지역의 일본 자본 진출에 막대한 장애를 초래할까 노심초사였다.

〈동아일보〉 정치부 장 기자는 밀려드는 제보와 그걸 확인하는 취재에 파묻힐 지경이었다. 문화부는 상대적으로 한산했다. 명동성당에 외근하거나, 석방된 자유실천문인협의회 발기모임을 찾아 가끔 취재를 나갈 정도였다.

채원은 봉현과의 프로젝트에 상당히 열을 올렸다. 가끔 손으로 동그라미 표시를 해오는 걸로 미뤄 잘돼 가는 듯했다. 심각한 표정을 지을 때도 있었고, 뭔가 발견했다는 시그널을 보내기도 했다.

연구발표회 1차 모임을 갖기로 했다. 10월 중순, 토요일 오후. 약속한 지하다방에 들어서자 크게 틀어 놓은 TV에서 베토벤 〈합창〉 교향곡이 울려 나왔다. 얼핏 화면을 보니 호주 시드니 오페라하우스의 개관 기념공연을 보도하는 뉴스였다. 호주 신문의 문화부 기자는 조가비 모양의 저 아름다운 건물을 알리는 기사를 쓰느라 분주할 텐데⋯. 컴컴한 다방 안을 살피니 저 구석진 자리에서 먼저 와 기다리던 채원이 손짓을 했다.

"회장님이 먼저 오셨네, 죄송해라."

"회원이 도통 예의가 없어요, 술 사줄 생각도 안 하고, 계절이 바뀌어도 문안도 안 하고!"

"연구 삼매에 빠진 것 같아 방해 안 하려 했지. 연구하는 모습이 제법 진지하던 걸, 강 교수님."

"이제야 회장을 알아보시는군. 나, 교수할 걸 그랬나 봐요. 아주 내 적성에 맞아. 이번 기회에 전직을 고려할까 봐. 북한문학 전공 교수로."

"그러다 잡혀갈라. 영문학이 낫지, 북한문학 해봐야 누가 자리 준대?"

"희소가치가 있잖아요. 영문학자는 아무래도 제국주의에 투항한 냄새가 나는데 그래도 북한문학 전공은 민족주의자라고 하지 않을까?"

"바로 그 민족주의가 문제야, 민족주의라는 블랙박스에 무엇을 집어넣을지가 운명을 가르잖아. 북한이 그런 것 같아. 민족주의에 계급을 집어넣고, 반제, 반봉건을 집어넣어 한꺼번에 끓였던 거지. 계급과 민족이라는 식민시대의 두 모순을 한데 섞어 일거에 해결하려고 했던 거야, 국가사회주의라는 명패를 걸고."

"맞아요, 유격대가 만든 국가라서 그런가. 인민대중 속에 들어가 대중을 이끌고 하나의 목표를 향해 돌진하는 거, 일본의 북한 전문가 와다 하루키和田春樹 교수가 '유격대 국가'라고 불렀지요."

"나도 동감이야, 한 방향으로 몰려가는 유격대 국가의 전진을 미약한 작가의 힘으로 대적하지 못한 거지. 막는다기보다 휩쓸렸다는 게 더 적합하지 않을까. 거기에 편승하지 않으면 생존이 위험해지니까, 더군다나 가족이 있었잖아. 조금 이해가 돼, 왜 나를 월남시켰는지."

"그런데, 아버지께서 북한이 그런 방향으로 흘러갈 거라고는 예상하지 못했던 것 아닐까요? 《노마만리》에는 공산국가나 사회주의국가에 대한 동경이 그리 강하지 않았거든. 일제의 압박에서 벗어나려는 의지가 더 강했고, 그게 태항산이든 어디든 멀리 가면 좋다고 생각한 듯 느껴졌어요. 탈출 이전에 평양 친구들과 무슨 얘기를 나눴다고 하던데, 그게 뭔지 궁금해지네. 아마 친구 중에 궁금해하던 사람이 있었을 거야. 왜 하필 태항산이냐고."

"그러게, 어머니에게 물어보면 아실 텐데…, 살아 계실라나?"

봉현의 표정이 어두워졌다. 채원이 정겹게 핀잔을 줬다.

"저러니 혈육은 객관적 연구를 못해요. 회장이 나서는 게 낫지."

"아, 미안합니다, 회장님! 회원의 탈선을 너그럽게 용서하소서."

채원이 말했다.

"작품을 보면서 별 생각이 다 들데요. 내가 그때 평양에 있었다면 어땠을까 하는 생각. 쓰고 싶은 게 있는데 못 쓴다면 어떻게 했을까, 아마 38도선을 넘어 남하했겠지. 그런데 고향에 가족이 있다면? 어정쩡하게 시국을 보고 있었을 거예요. 그렇게 급격하게 체제가 바뀔 줄이야 누가 상상이라도 했겠어? 전선에 나선 문인들 말고. 월북한 문인들은 소신이 있다고 쳐도 북한의 평범한 문인들은 세월을 보다 거기 그냥 눌러앉았던 거였지요. 결국 휘말렸고."

"아버지에게도 그런 혐의가 보였나?"

"자의 반, 타의 반 정도랄까? 자의를 남겨 두려 했는데, 결국 지킬 여력이 없었던 거 아닐까요? 더군다나, 위계질서를 완전히 뒤집은 정권에서 아버지는 아마 '동요계급'으로 분류되었을 듯한데. 북한 정권이 두고 보자는 것이었겠지요. 북한 문화선전부가 내세웠던 참회와 열성! 그런데 아무리 해도 성분 분류의 제도적 억압을 벗어날 수 없었을 거예요."

봉현이 맞받았다.

"나도 그런 생각이 많이 들었어. 태항산 연안파는 프롤레타리아 계급이념보다는 민족적 성향이 강했잖아, 작가들에게 그런대로 여유로운 공간을 허용할 의향이 있었고. 그런데 김일성 세력은 아예 작가를 전선에 내보내 혁명전사로 만들려고 했지. 그렇지 않으면 용도폐기하고. 아버지는 그런 급류에 휘말렸던 거지. 그렇게 판단한 근거가 뭐야, 궁금해지는데? 연구발표를 해보세요, 교수님. 학생이 진지하게 강청할 테니."

채원은 연구노트를 꺼내고 안경을 꼈다. 교수가 따로 없었다. 귀여운 교수였다. 채원은 천천히 얘기를 시작했다. 한 시간쯤 지속된 강의의 요지는 이랬다.

해방 전 작품과 해방 후 작품은 감성과 정서, 문장에서 확연히 다르다. 해가 갈수록 감성과 정서, 민족적 비애는 사라지고 현장 재건과 인민 계몽 쪽으로 흘러간다. 해방 후 작품들에는 《빛 속으로》의 작가가 쓴 것이 맞나 의심할 정도로 급격한 단절이 발견된다. 작가 고유의 시선과 감성이 개입할 소지가 사라지고, 주인공들도 개성과 일탈이 없는 사회주의 건설형 인물들이다. 문장이 투박하고 때로는 서툴러지는 것은 그 때문이다.

해방 전 작품들, 〈낙조〉, 《태백산맥》, 《바다의 노래》에는 역사적 비애와 애환이 스며 있었고 그것을 승화시키는 작가의 시선에 자율적 힘이 있었다. 그런데 작가의 자율성은 소멸되었다. 1945년 평양으로 돌아간 직후 출간된 3편의 희곡 작품에는 아직 그런 터치가 강하게 남아 있다. 그런데, 1946년 3월 함경도 순회와 6월 어떤 화학공장 파견 이후 나온 작품들은 사회주의적 리얼리즘의 초기적 면모에 그쳐 있다.

1947년 4월에 발표된 〈동원작가의 수첩〉은 그런 관점에서 눈여겨볼 만하다. 함경도 농촌과 흥남비료공장을 둘러본 심경을 쓴 것인데, 여기에 벌써 김일성 장군에 대한 찬양 구절이 나온다. 그런데 힘이 느껴지지 않는다. 자발적 감성이 아니라는 얘기다. 강제적 세뇌다. 예컨대, "우리에게 장여葬輿를 떠메웠던 친일파 반역자는 우리의 새 조국 건설에 터럭만치도 필요치 않은 것이다. 일제 강점기의 폭압 밑에 길러 온 옳지 못한 습성도 또한 이 위대한 시기에 모두 털어내 버려야겠다"는 구절, 이건 문학이 아니라 선전 팸플릿이다.

자신에게 타이르는 말도 된다. 아오지, 문천탄광, 단천탄광에서 보았던 광부들의 조국건설 모습을 눈물겹게 묘사하려 했지만 감동을 주지 않았다. 노동자들은 "김 장군님의 사진을 보며 돌격, 돌격!"이라 외쳤고 고난을 잊는다고 묘사했다. 문장에 힘이 없다.

그런데, 말미에 "앞으로는 우리들의 동원문제도 좀더 근본적인 시책에서 이루어져야겠다"고 썼는데 이 구절이 흥미롭다. 1947년 4월 이전에 벌써 작가 동원정책이 시행된 것이다. 이 구절은 아버지의 불만을 노출한 것인가, 아니면 각오를 다지는 것인가? "금년은 작가가 생산장에 살아야 한다"고 끝을 맺었다. 각오인가, 체념인가, 헷갈린다. 체념적 각오라고 하면 어떨까. 체념이 갈수록 깊어진다.

그건 해가 갈수록 발표작품이 줄어드는 것과도 연관된다. 아버지는 해방 전에 정말 왕성한 집필활동을 했다. 1년에 10여 편을 집필하기도 했으니까. 장편을 신문에 연재하면서 다른 소소한 작품들을 발표하기도 했으니까. 그런데 1946년에 희곡 3편, 1947년에 비교적 짧은 글들 3편, 1948년에 짧은 소설 2편, 1949년에 중편 소설 1편, 1950년 초에 르포 형식의 글 1편, 그 정도로 집필 활동이 확연히 줄어든다. 집필 의욕이 감퇴했거나 창작 소재가 고갈되었던 거다.

아니면 '자의' 속에 소재는 많은데, '타의'가 강요한 이념적 프리즘으로 형상화하지 못했던 거다. 이념적, 외적 강압 혹은 현실적 검열이 그렇게 강하게 심리적 압박을 가중시켰다는 증거다.

문제는 편수가 줄어들었을 뿐 아니라, 필력도 줄어들었다. 이념적 강요가 밖으로 돌출돼 작품의 문학적 완성도가 현격하게 떨어졌다. 이념적 강요가 상상력을 갉아먹은 탓이다.

북한 정권의 문학관이 확실하게 서지 않은 것도 중요한 이유다. 정권은 민주주의적 민족주의라고 했는데 그게 문학에서는 어떻게 표출돼야 하는지 문단에서 설왕설래가 많았다. 문인들이 헷갈릴 만하다.

거기에 아버지는 이데올로기적 외압을 소화할 만큼 준비가 되어 있지 않으셨다. 원래 일제 통치가 빚어낸 민족적 비애의 속살을 보여 주는 데에 능숙하였듯이, 일제 통치가 민족주의를 표방한 북한정권으로 교체되면서 정권과 인민 사이의 마찰과 새로운 고통을 들춰내야 했다. 그 틈새가 문학이 서식하는 곳인데, 북한정권은 그걸 용납하지 않았다. 아버지의 자리가 소멸된 것이다. 갈수록 팸플릿 문학 형식을 띤 것은 이런 배경에서이다.

1948년에 발표된 〈남에서 온 편지〉는 이런 관점에서 눈여겨볼 만하다. 1948년 4월에 아버지는 인민병원에 입원한 것으로 되어 있다. 거기서 들은 빨치산 투쟁 얘기를 서사 형식으로 기록하고 있다. 르포인지 소설인지가 헷갈린다.

1950년 초에 발표된 〈대오는 태양을 향하여〉 역시 같은 소재이고, 재입원해서 병원에서 들었던 투쟁 얘기에 약간의 스토리를 얹어 재구성한 것이다. 태양은 물론 김일성이다. 이 글들도 힘이 없다. 타의적인 느낌이 많이 든다. 김일성 찬양문학을 하지 않으면 생존이 위험해진 것이다.

흥미로운 것은 1949년 6월에 발표된 〈칠현금〉이다. 국영제철소 문학동맹 중앙위원회에서 파견된 작가 S는 김사량이다. 그때까지 문학동맹 중앙위원 직함을 갖고 있었다. 작가 S가 병원에 입원한 청년 노동자 윤남주의 글을 봐주면서 인민 작가가 되는 과정을 묘사한 내용인데, 어떤 간호원의 극진한 헌신이 육체가 만신창이가 된 노동자 작가의 생명과 희망을 살린다는 얘기다.

그 전해에 아버지가 인민병원에 입원했으니까, 사실은 병상에 누워 있던 자신에게 투사한 일종의 르포 형식의 허구다. 문학동맹 중앙위원이기는 했으나 뭔가 결핍된 자신을 달구는 자기 비판적 소설인데, 간호원의 헌신으로 결국 노동자 윤남주는 꿈을 실현한다는 설정이 재미있다. 병원에서 실제로 일어난 자기 체험 아닐까? 그런 생각이 불현듯 떠올랐다.

1948년 병원에 입원 중 아버지는 김일성 장군을 노골적으로 찬양한 글 〈뇌성雷聲〉을 썼다고 알려졌는데 입수할 방법이 없다. 왜 그랬을까? 자의의 공간은 소멸되고 체념이 마음을 장악한 것이다.

"아이고, 숨차라."
채원은 그 지점에서 강의를 중단했다.

"후배님 실력이 이 정도인 줄 예전에 미처 몰랐어요. 내가 대학
교수 자리 알아봐 줄까?"

"좋아요, 기자와 교수 커플이라! 그거 모양 좋은데."

"누가 커플이라 했나? 자리 주선한다고 했지. 하기야 누가 채
가면 허전하기는 하겠는걸, 이거 큰일인데."

그러자 채원이 눈을 흘겼다.

"이제서야 후배의 진가를 알아보시네요. 자기 일이니 그렇지,
다른 일 같으면 눈길도 안 줄 텐데, 야무지고 냉정한 선배님!"

봉현은 미안한 듯 웃으며 말을 이었다.

"1946년 말에 《응향凝香》 사건이 일어난 적이 있어. 원산문학
가동맹에서 시인들이 《응향》이란 시집을 발간한 거야. 향을 엉
기다, 농축하다, 그런 뜻이었지. 이 양반들이 시국 바뀐 줄 모르
고 서정시를 실었지. 일제 말에 쓴 시도 넣었고. 중앙에서 난리
가 났지. 그해 3월에 벌써 북조선문학예술총동맹이 발족해서 문
학예술활동의 지침을 내린 상태였거든. 문학은 혁명을 향한 인민
영혼의 엔지니어여야 한다는 것. 《응향》은 그런 것들을 도외시
하고 서정시, 감상시를 읊었던 거지. 완전히 당 노선과 배치된
거야, 퇴폐적이라고. 중앙에서 검열단이 파견됐는데, 거기에 아
버지가 끼었다는 기록이 있어. 작가들에게 자아비판을 하게 했
고, 사상검토가 이뤄졌지. 간부들은 경질됐고. 1·4후퇴 때 월
남한 구상具常 시인이 중심인물 중 하나였어. 구상의 시 〈여명

도〉는 이렇게 읊조리고 있어."

봉현은 자료를 뒤적거려 뭔가를 찾아냈다.

"들어봐. '밤과 새벽이 갈릴 무렵이면/ 카스바마냥 수상한 이 거리는/ 기인 그림자 배회하는 무서운 골목 … / … / 떠오르는 태양과 함께/ 피 토하고 죽어 가는/ 사나희의 미소가/ 고웁다.' 이런 시가 용납될 리 없었겠지. 그런데 아버지는 뭐라고 했을까? 감상을 버리라고 다그쳤을까? 혁명을 노래하라고 일렀을까? 궁금하네, 구상 시인에게 물어봐야겠어. 아무튼, 그 이후에는 북한 문학에서 서정성은 소멸했지. 1947년에 아버지의 작품 경향이 급선회한 것도 이와 관련이 있을 거야. 그러나 아버지도 내면세계를 급히 바꿀 수는 없었겠지, 그 여린 분이. 이데올로기에 대한 저항성 때문에 쩔쩔맸을 거야. 네가 정확히 짚었듯이."

"그리고 혁명문학만 남았다? 혁명에는 인간도 없나? 마야코프스키는 모스크바 거리의 허무함과 혁명의 물질성, 그러니까 상상력을 허용하지 않는 그 경직된 이념성을 비판했는데도?"

"그러니까 자살했겠지. 자살로 생을 마감하지 않으려면 이데올로기 공간에 들어가 광란의 춤을 춰야 한다는 말씀!"

"그게 문학인가? 사회주의적 리얼리즘에 좋은 작품도 많잖아. 발자크 소설이 대표적이죠. 그것만으로 충분히 혁명적인데, 왜 더 이념적으로 혁명이어야 하나? 조선에 그런 씨앗이 싹텄다는 것은 일종의 비극 아닌가 싶어요. 에고! 슬프다, 일단 술 한잔 얼어먹고서 계속합시다, 김 선배."

둘은 어스름이 내리는 거리로 나왔다. 뭔가 퍼즐의 빈 공간이
채워지는 듯한 느낌이었다. 그러자 허전함이 몰려왔다. 결국 생
존을 위한 몸부림이었을까? 중정 시멘트 방에서 고문당할 때 무
조건 투항하고 싶은 마음이 그득했듯이. 극한의 통증이 가해지면
백번이라도 투항했을 거다. 죽음을 선택하지 않는 한.

근처 소박한 민속주점을 찾아 앉았다. 토요일이라 한산했다.
멀건 동동주 대신 25도짜리 독한 소주를 주문했다. 앞치마를 두른
40대 여주인이 소주와 빈대떡, 감자탕 따위의 안주를 날라 왔다.
봉현과 채원은 서로 상대방 잔에 술을 붓고 한 잔씩 들이켰다.

"현실적 압박이 가해지면 문학의 신조를 버리는 것은 쉬운 일
이었을 거야. 북한 정권이 수립되는 과정을 살펴보니까 1946년
봄에서 가을에 이르는 기간이 바로 그런 때였어. 토지개혁과 노
동개혁에 나선 정권이 사회계급을 완전히 허물고 새로 구축했던
거지. 네가 말했듯 핵심계급, 동요계급, 적대계급 이렇게. 일제
시대 지배층은 모조리 적대계급, 노동자·농민·청년 무산계급
은 핵심계급, 나머지는 동요계급으로 분류됐어. 그렇다면 아버
지는? 이게 좀 복잡해."

봉현은 채원과 술잔을 부딪고 다시 한 잔을 들이켰다. 목줄기
를 따라 뜨끈한 액체가 흘러내려 갔다. 문학보다 생존이 먼저였
다면, 아버지는 어떻게 했을까.

"아버지는 부유했어. 할머니가 평양과 만주에서 백화점을 운영했거든. 아버지 소유 땅도 많았고. 지주 겸 자산가였어. 어머니 친정도 평양에서 고무공장을 운영했으니까 부유했지. 지주 겸 자산가는 영락없이 적대계급이지. 거기에 할머니는 기독교인이었으니 적대계급에서 빼도 박도 못 했을 거야. 아버지를 친일문학가로 분류해도 항의할 말이 없잖아. 그런 글을 아무튼 썼으니까. 아무리 태항산 유격대에 가담했다고 해도 친일문학 기록은 없어지지 않았겠지. 적대계급으로 분류될 세 가지 절대사유가 있었던 거지. 토지개혁에서 땅을 빼앗겼을 거야, 그리고 백화점도, 고무공장도. 먹고살 수는 있었겠지만, 집안은 엉망진창이 됐겠지. 가장으로서 어떻게 해야 할까? 아주 현실적 문제에 직면했을 거야. 이게 1946년 3월부터 일어났던 일이지."

소주 한 잔을 더 들이켠 채원이 캬, 하는 소리를 내뱉고는 말을 받았다.

"현실에 투항하는 것, 아니면 또 다른 태항산으로 탈출하는 것, 그러나 후자는 현실적으로 불가능했으니까요."

"나도 그리 생각해. 그러고 보니 종군기가 그리 낯설어 보이지 않네. 그나저나, 그 간호원 말이야, 너의 감각적 레이더에 걸린 간호원 얘기가 사실일 것도 같다는 생각이 들어."

"정말이야? 와우, 재미있겠는걸!"

채원의 눈이 오랜만에 빛났다.

"1948년경이었을 거야. 여덟 살 때니까 정확하진 않지만. 철도 병원에 아버지가 입원해서 병문안을 자주 갔었지. 엄마하고 동생 하고. 주치의가 있었는데 아주 예쁜 젊은 의사였어. 엄마가 시기 할 만큼. 아버지는 병실에서 오히려 행복해 보이더라구. 돌아오 는 길에 엄마가 물었어. '의사 선생님 예쁘지?' 나는 멋쩍어서 아 무 말도 못 했지."

"와, 그거 괜찮은 러브스토린데? 사랑과 혁명이라, 어디서 많 이 듣던 주제 아닌가? 천재 시인과 매혹적 간호원은 《닥터 지바 고》 얘기고…, 천재 작가와 미인 의사의 애절한 러브스토리라 면 특종감인데, 과연 그렇다면. 자, 아버지와 그 여인의 사랑을 위하여 한 잔!"

채원과 잔을 부딪치면서 한 잔을 들이켠 봉현은 잠시 엄마를 떠올렸다. 엄마는 살아 계실까? 남쪽에서 죽었다는 아버지를 그 리며 눈물로 밤을 지새웠을까? 그 여인은?

채원이 술기운이 도는 말투로 홀로 중얼거렸다.

"이루어질 수 없는 사랑은 아름답단 말이야, 근데 나는 못 해, 못 해요, 못 한다구. 선배 그거 알아 둬야 해요, 알지?"

눈에 취기가 그득했다.

가을밤이 깊었다.

다시, 빛 속으로

전화

편집국은 부산해졌다. 어느 때보다 활기를 띠는 것 같았다. 전운이 감돌았다. 서울대 문리대 학생들의 시국선언을 취재하러 갔던 장 기자는 학생들로부터 면박을 받았다.

"기사를 내지도 못하면서 왜 취재하쇼?"

시위대의 항의에 장 기자는 가슴을 쳤다. 후배들한테 모욕당한 것도 치욕인데 취재기사를 서랍에 처박고 자물쇠로 잠가 버리는 데스크의 용렬함에 치를 떨었다. 이해 못 할 바는 아니었다.

중앙정보부 출입요원 박환식은 오랜만에 화색을 띠었다. 유신이야말로 조국의 살길이거늘 잘난 척 날뛰는 명문대 출신 기자들에게 본때를 보여 줄 절호의 기회였다. 경북대생 2백여 명이 유신철폐 시위를 벌이다 연행됐다. 그 소식은 대학생들의 분개를 사 전국 대학이 동맹휴학에 돌입했다. 정욱제 과장도 매우 분주한 겨울을 보낼 것이다.

편집국이 활기를 띠고 정국에 회오리바람이 몰아칠수록 봉현의 마음은 되레 편안해졌다. 알 수 없는 일이었다. 아버지의 억눌린 심정에 조금 더 다가서는 느낌이었다.

채원은 상기된 표정으로 편집국에 들어섰다. 민주수호국민협의회가 주최한 시국선언을 취재하고 오는 길이었다. 오후 2시, 명동 YWCA에서 지식인 15인 이름으로 성명서가 발표되었다. 함석헌咸錫憲, 김재준金在俊, 천관우千寬宇, 홍남순洪南淳, 법정法頂 스님이 공동 작성한 유신철폐 선언이었다. 채원은 책상에 앉기도 전에 소리쳤다.

"김 선배, 이거 특종이야, 문화 면 톱으로 부탁!"

봉현은 이서현 부장과 함께 문화 면 기사를 선별해 머리기사를 결정하고 소소한 기사들을 배치하는 일을 맡았다. 문화 면의 전체 메시지를 결정하는 일은 중견기자의 몫이었지만, 이서현 부장이 봉현의 건강을 배려해 내린 조처였다. 봉현이 말이 없자 채원이 닦달했다.

"선배님! 함석헌, 김재준 모두 연행됐어요. 김지하도 달려갔고요. 오늘 행사를 미리 알고 있던 신혼 아내가 골목을 돌 때까지 문밖에서 바라보던 그 모습이 잊히지 않는다고 했어요. 다시 감옥에 갇힐 생각에 가슴이 멘다고 하더군요. 뭔가 페이소스가 있지 않아요?"

맞다. 기사에는 페이소스가 있어야 한다. 기사 작성 6하 원칙은 팩트의 육각 모서리를 정확히 사실적으로 짚는 것을 강조하지만, 6하 원칙에 충실하면 기사는 무미건조해지고 독자들의 마음을 사로잡지 못한다. 독자들은 오히려 사건의 배경에 놓인 인간적인 스토리를 선호한다. 그러나 독자들의 선호를 따라가다 보면 그 기사는 추측기사가 되거나 기사의 생명인 정확성을 상실할 위험이 있다.

신참기자는 넘치는 정의감과 기개로 기사를 망치고, 중견기자는 페이소스로 분별력을 잃어 기사를 망친다.

"강 기자, 지식인 시국선언과 김지하 아내가 무슨 관계? 그런 건 《선데이서울》에게나 줘버려. 김지하가 왜 참여했는지, 시국과 관련해 뭐라 했는지에 포커스를 맞춰야지. 감옥 갈 생각에 가슴이 멘다구? 왜? 아내 때문에? 자신의 신세타령, 아니면 독재에 신음하는 국민들 생각에? 가슴이 메든 말든 상관없어요, 잡혀간 게 중요하고, 왜 잡아갔는지가 중요하지."

"어이구, 미래의 편집국장 납셨네요! 로고스가 약해지면 페이소스를 발동해라, 그럴 때는 언제고요? 혁명은 페이소스가 8할이에요. 아담 스미스가 그랬어요. 인간 감정 중에 로고스는 1할도 안 된다고. 거기에 기대서 세상을 운영할 수 있다고 믿는 모든 사회이론은 휴지통에 버리라고. 문학과 예술이 나머지 9할에서 싹튼다는 것쯤은 아실 텐데. 아무튼, 이거 문화 면 톱!"

바로 그때 정치부 장 기자의 목소리가 들렸다. 일주일 뒤 〈동아일보〉 기자단 제2차 언론자유선언이 있을 거라고, 지금 작성

중이니 동참해 달라는 요청이었다. 10월 유신 1주기를 겨냥해 발표한 〈동아일보〉 기자단 '제 1차 언론자유선언'은 언론계로부터 별 호응을 얻지 못해 기가 조금 꺾인 판에 지식인 시국성명이 기자들의 분투를 격려하는 큰 힘이 된 것이 분명했다.

박환식과 정욱제가 길길이 날뛰는 모습이 눈에 선했다. 정권의 창끝이 날카로워질수록 봉현의 마음은 누그러졌다. 의분강개하는 장 기자와 늠름하게 닦달하는 채원보다 전경에 의해 연행되는 대학생 시위대와 아내를 그리며 끌려갔을 김지하의 풀죽은 모습이 더 친근하게 다가왔다. 아버지에게 한 발짝 다가서는 길이기도 했다.

"김 선배, 전화!"

채원이 전화통을 가리켰다. 봉현은 사내 번호를 누르고 전화를 받았다.

"예, 김봉현 기잡니다! 말씀하세요."

"⋯⋯."

찰칵! 발신인은 아무 말 없이 전화를 끊었다.

"아무 말 없는데? 끊었어!"

기사 마감시간이 되자 편집국이 소란스러워졌다. 톱기사와 사이드 톱기사를 정하느라고 옥신각신이었고, 톱기사의 미다시를 두고 또 실랑이가 벌어졌다. 봉현은 채원이 취재해 온 기사를 톱에 배치했다. 그날 가장 중요한 기사임에는 틀림없었다.

"네 소원 들어 줬다, 선배님이."

채원이 활짝 웃었다. 전화벨이 울렸다. 채원이 다시 전화통을 가리켰다. 봉현은 다시 수화기를 들었다.

"김봉현 기잡니다, 말씀하세요!"

"저…, 김봉현 기자시죠?"

중년 여인의 조심스런 어조였다.

"맞군요. 목소리가 비슷해요…."

"무슨 말씀이신지?"

봉현은 잠시 긴장했다.

"예, 아버지를 잘 아는 사람입니다. 김사량…."

봉현은 자리에서 벌떡 일어섰다. 채원이 놀라 쳐다봤다.

"예, 예, 그렇습니다만… 어떤 일로?"

"저는 홍숙영이라는 사람입니다. 부산에서 내과의원을 경영하고 있지요. 아버지를 마지막으로 봤어요. 23년 전에. 궁금하실까봐…, 내려오셔도 좋습니다. 전화와 주소는…."

봉현은 황망하게 전화와 주소를 받아 적었다. 그리곤 자리에 털썩 주저앉았다. 망치로 맞은 듯한 전율이 찾아왔다. 그 오랜 의문을 풀어 줄 결정적인 사람이 나타난 것이다. 홍숙영, 의사, 마지막이란 세 단어가 뇌리를 맴돌았다.

어쩌면 그 사람인지 모르겠다는 생각이 퍼뜩 스쳤다. 평양철도 병원에서 보았던 그 여의사! 기억의 심연 깊숙이 묻힌 여인의 모습과 전화 속 목소리가 서로 잘 조응했다. 봉현은 흥분을 이기지 못해 일어났다가 앉기를 반복했다.

마감 한 시간 전, 편집국의 소란은 절정에 달했지만 그 소음이 전혀 들리지 않았다. 교정쇄 종이를 들고 이리저리 분주한 기자들과, 배치 지면 확정을 두고 실랑이를 벌이는 데스크의 혼잡한 모습이 오히려 늦가을 화단처럼 그윽했다.

장막에 싸인 그 시절 아버지 가까이 있었음에 분명한 사람이 남한에 살고 있었다니 믿기지 않았다. 어둠상자 속에 든 잡동사니들에 깃든 비밀을 하나씩 꺼내 말해 줄 사람이 전화를 해오다니….

봉현은 숨을 몰아쉬면서 자리에 앉았다. 채원이 다가와 걱정스레 물었다.

"선배, 무슨 일인데?"

"…….'

"선배, 정신 좀 차려 봐요! 무슨 일인데?"

"그 여인, 네가 말한 그 소설 속 간호원이 나타났어. 부산에 살고 있대. 주말에 내려가 봐야겠어."

채원도 깜짝 놀라는 몸짓을 했다.

"아니 간호원이라구? 그럼 나도 가야지, 불원천리해서."

부산행

봉현과 채원은 토요일 꼭두새벽 부산행 첫차 고속버스에 몸을 실었다. 말 못 할 비밀을 안고 새벽 도주를 하는 연인처럼 보였다. 전날 오후 늦게 출장 신청을 하는 봉현에게 이 부장이 비아냥댔다.

"뭔 프로젝트를 비밀리에 수행하는 줄은 모르겠으나 몰래 혼인신고 하고 신혼여행 떠나는 건 아니겠지?"

봉현이 대답 대신에 눈을 치뜨고 노려보자 이 부장은 눈을 찡긋하며 말을 이었다.

"괜한 짓 해서 잡혀가진 말고!"

이 부장이 쐐기를 박았다. 중정 시멘트 바닥이 떠올라 괜한 짓일지 모르겠다는 낭패감이 살짝 스쳤다. 자유실천문인협의회 발기인 모임이 전국적으로 확산될 기미여서 박환식이 눈을 부릅뜨고 있을 텐데, 혹 따라붙는 건 아닌지 걱정이 됐다. 내친김이다. 한 번 맞아 봤으니 두 번 맞는 것은 그리 두렵지 않을 터, 동행하는 채원이 살짝 걱정은 됐다.

버스가 대전을 지나 추풍령 고개를 힘겹게 넘는 중이었다. 소백산맥 준령이 좌우로 펼쳐졌다. 버스는 산맥의 우악스런 근육을 피해 활시위처럼 구부러진 길을 따라 올라갔다. 채원은 잠에 떨어졌다. 쌔근쌔근 자는 모습이 정겨웠다. 우습기도 했다.

　남의 일, 그것도 위험천만한 일에 사생결단 따라붙어 기어이 결말을 보리라 다짐하는 채원은 중대사를 앞두고 힘을 비축하려는 듯 코를 가볍게 골았다. 봉현도 흔들리는 버스 안에서 얕은 잠에 빠졌다.

　아버지가 동굴 속에 누워 있었다. 동굴은 얽히고설킨 나무 등걸로 가려져 밖에서는 잘 보이지 않는 천연의 은둔지였다. 식은 땀을 흘리는 아버지 옆에 잘생긴 청년이 앉아 뭐라고 말을 걸었다. 한쪽 구석에서 웅성거리는 소리가 들렸다. 모습을 식별할 수 없는 물체들이 꿈틀댔다. 청년이 아버지를 들쳐 업고 동굴을 나섰다. 봉현은 안 된다고 소리쳤으나 목소리가 나오지 않았다. 아버지가 슬쩍 뒤를 돌아보았다. 웃는 표정이었다.

　"낭림아, 빛을 찾으러 가야 돼, 빛을 찾아야지."

　목소리는 슬펐다. 체념이 서린 목소리였다. 청년은 아버지를 업고 등성이로 사라졌다. 들판이었다. 초옥이 여기저기 보이고, 황금색 물결이 파도처럼 일렁였다. 추수를 하고 있는 농부들 사이로 청년은 아버지를 업은 채 유유히 걸어갔다. 농부들은 쳐다

보지도 않았는데 아버지는 자꾸 알은체 인사를 건넸다. 화전민이었다. 들판이 아니라 산기슭이었다.

맑은 하늘에서 갑자기 나타난 미국 전투기가 총을 쏴댔다. 아버지는 황금색 산기슭에 풀썩 주저앉았다.

'아버지 ….'

봉현은 옅은 잠에서 깼다. 벌써 깬 채원이 봉현을 바라보고 있었다.

"가위눌린 표정이어서 내가 살짝 꼬집었지."

"잘했어, 아니었으면 신음 소리를 낼 뻔했거든. 웬 꿈?"

"그런 것 같더라니. 음, 음, 음 그러면서 몸을 비틀대, 위기상황이라 재빨리 판단하고, 예방주사를 한 방 놨지. 훗훗."

"이거 이상한데, 간호원, 아니 여의사를 만나러 간다니까 자꾸 아버지가 보이네. 잘해 드리라는 뜻인가?"

"해몽이 좋네요. 꿈은 무의식이 발현된 거라고 프로이트가 말했잖아. 무의식에 아버지가 꿈틀대고 있으니 그럴 만도 하지요."

"그럼 왜 우리 후배님은 꿈을 안 꾸지? 무의식이 비었다는 뜻?"

"한恨이 없다는 뜻! 행복하게만 살라는 뜻! 그런데 박정희 때문에 애시당초 글렀네요."

"프로이트에 왜 뜬금없이 박정희 타령? 독재는 오래 못 가. 아프리카가 아닌 다음에야. 원래 권위주의 체제에는 스스로를 갉아

먹는 딜레마가 내재되어 있거든. 민족중흥, 경제성장이라 했잖
아? 경제성장이 이뤄질수록 권위주의 기반은 침식되지. 그게 딜
레마야. 남미에서 이미 입증됐어."

"영문학도가 별것 다 아시네. 학술부에 계시더니 교수 다 됐네
요."

"후배님은 더 늦기 전에 교수로 전직은 어떨까?"

"글쎄, 좀 지루할 것 같기도 하고, 근데 누가 시켜나 준대요?"

"내가 추천서 써줄게, 아주 근사하게, 명문으루다."

"눈물겹네요, 나는 몸이 근질근질해서 연구실에 못 있어. 선배
나 하시지. 내가 조교해 줄게. 훗훗."

그러는 사이 버스가 부산터미널에 도착했다. 오전 10시 30분,
둘은 늦은 아침을 먹었다. 택시를 잡고 주소를 말해 줬다. 부산
진역을 지나 택시가 언덕배기를 올라가더니 멈췄다.

'국제내과의원'이라는 간판이 걸린 아담한 2층 건물 병원이었
다. 국제시장 뒤편 대청동에 자리 잡고 있었다.

바다가 내려다보이고 영도다리쯤으로 짐작되는 교량이 눈에
들어왔다. 왼편으로는 부산의 상징인 용두산공원이 우뚝 솟아 있
었다. 병원 문을 열고 들어간 두 사람을 간호원이 맞았다. 봉현의
가슴이 두근거렸다. 죽기 전 아버지의 기억을 간직한 살아 있는
사람을 만나기는 처음이었다. 아버지가 생환할 듯한 환각이 몰려

왔다.

"올라오시래요."

앳된 간호원은 둘을 2층으로 안내했다. 원장실이라 명패를 단 문을 열었다. 맞은편 책상에 앉아 있던 중년 여인이 천천히 몸을 일으켰다. 우아한 몸짓이었다. 봉현은 숨을 들이켰다. 채원도 옆에서 다소곳했다. 곱고 예쁜 얼굴이었다. 세월의 흔적이 조금 보였으나 원숙한 자태에 가려졌다. 흰 가운을 입었는데도 마치 정장을 한 것처럼 늘씬한 몸매가 드러났다.

가까이 다가온 중년 여인이 봉현을 보면서 말했다. 조금 목이 멘 듯했다.

"그 사람이 나타났네요. 제 앞에 ··· 이십팔 년 전 그이가!"

채원은 '그이'라는 단어를 재빨리 접수했다. 전율이 왔다. 봉현도 그 단어가 가슴을 그었다. 봉현은 손을 모은 채 자기 소개를 했다.

"제가 김봉현 기잡니다. 아버지 김사량의 아들이고요. 원래 이름은 김낭림이었어요."

"그래요, 알고 있어요. 철도병원에서 보던 그 소년이 이렇게 컸군요. 자, 이리 앉으세요."

홍숙영은 두 사람을 자리에 앉히고 간호원에게 차를 내오라 일렀다. 홍숙영이 채원을 바라봤다.

"예, 이 사람은 강채원 기잡니다. 같이 근무하는 대학 후배이고요. 취재차 동행했는데 기사로 쓰진 않을 겁니다. 비밀로 할 테니 염려 마세요."

"뭐 이젠 비밀도 아닙니다. 기사로 낼 거리도 아니고, 난 그저 그분 아들에게 무슨 일이 일어났는지 말해 주고 싶었을 뿐이에요. 많이 망설였어요. 지난여름에 기사를 읽고 어쩔까 했지요. 단념했다가 다시 살아나고. 혹시 아들이 어디엔가 있다면 말해 주겠노라고 다짐은 했지만. 평양에 있을 텐데, 혹시 월남했을 수도. 그래서 우선 목소리로 확인하고 싶었답니다. 그이 목소리더군요. 용기를 냈죠."

'그이'가 다시 봉현의 마음을 그었다. 채원은 '그이'라는 단어에 감동이 밀려왔다.

"아버지를 '그이'라고 해서 당황했지요? 미안해요. 얘기를 솔직히 털어놓자면 그럴 수밖에 없다고 다짐했어요. 오래 걸렸지만. 봉현 씨도 그걸 이해할 나이에 이르렀으니 용납해 주리라 생각해요."

봉현은 가슴속에 꾹 찌르는 짧은 통증을 느꼈으나 태연한 표정으로 말했다.

"예, 여부가 있겠어요? 저는 아무렇지도 않습니다만, 그 사정이 더 궁금해지네요."

간호원이 인삼차를 날라 왔다. 차를 한 모금 마시더니 홍숙영이 물었다.

"봉현 씨는 어떻게 월남하게 됐어요? 혹시 그 편지에 … ?"

"맞아요. 그 편지에 그리하라고 적혀 있었어요. 어머니가 망설였는데 할머니가 결단을 내렸지요. 제가 아홉 살 때, 집일을 봐주는 아저씨 손에 끌려 내려왔습니다. 낙산 큰댁에 살고 있어요."

"음, 역시 그랬구나. 내 짐작이 맞았구나."

홍숙영은 한숨을 크게 내쉬었다. 얘기할 준비가 되었다는 표시였다. 그녀가 잔을 내려놓고 얘기를 시작했다. 23년 전 치악산 얘기를.

전쟁

홍숙영이 김사량을 다시 만난 것은 1948년 봄 평양철도병원에서였다. 평양철도병원은 주로 당원과 고위급 간부가 치료를 받는 지정병원이었다. 4월 어느 날, 심장병 환자가 입원했다 해서 기록지를 보니 김사량이라 적혀 있었다. 내과 의사 홍숙영이 주치의로 배치되었다. 홍숙영은 두근거리는 가슴을 억누르고 방문을 열었다. 그이였다.

평양역에서 헤어진 지 3년이 지났다. 얼마나 그리워했던가. 평양에 살고 있다는 건 알았지만 찾아볼 엄두가 나지 않았다. 그럴 정국도 아니었다.

정국은 급박하게 돌아갔다. 공무에 사생활이 개입하는 것을 일체 용납하지 않았다. 궁금했다. 잘 적응하고 있는지, 심장병은 재발하지 않는지, 혁명 와중에 휩쓸려 낙오하지 않았는지, 퇴근하는 저녁이면 걱정에 그리움이 더해 마음을 짓이겼다. 잊어버리자고 마음을 추스를 때가 한두 번이 아니었다.

오빠가 만주에서 돌아왔다. 소련파에 합류해 싸웠다고 했다. 오빠는 승승장구했다. 어머니는 병상에 누웠는데 돌봐 줄 사람이 없었다. 숙영의 몫이었다. 오빠의 업적과 아버지의 공로를 인정받아 숙영은 지정병원의 간부 의사로 발령을 받았다. 연안의과대학 졸업 경력도 한몫을 했다.

외로웠다. 다시 혁명에 휩쓸린 자신의 처지가 그랬고, 혁명과는 다소 동떨어진 기질을 가진 김사량의 근황이 걱정스러웠다.

"선생님 …, 저예요, 홍숙영."

사량이 누운 채 얼굴을 돌렸다. 눈물이 글썽였다. 숙영의 뺨에는 벌써 눈물이 흘러내렸다.

"어서 오시구려, 숙영 씨."

사량이 힘겹게 말했다. 숙영이 달려가 그를 안았다. 사량의 팔이 그를 감았는데 힘이 느껴지지 않았다. 한동안 그렇게 울었다. 시트가 눈물로 젖었다. 그가 입을 열었다.

"살아 있으면 이렇게 만나는구려."

"지난 3년 세월이 힘에 부쳤어요. 그냥 하루하루를 덧없이 보냈어요. 의욕을 내려 애써 보았는데 헛일이었어요. 그런데 선생님을 이렇게 제게 보내 주시다니, 하느님께 감사드려요!"

사량의 눈에 눈물이 번졌다.

"보고 싶었소! 회령에 갔을 때에도, 경흥의 캄캄한 밤에도, 아오지탄광에서도, 원산, 남포에서도, 제철소와 공장에서도, 숙영

씨가 잘 적응하고 있는지 궁금했고 그리웠소."

"적응은 잘하고 있었어요. 의욕이 없어서 탈이지만."

"그렇소이다. 의욕이 없어서. 그게 문제요."

사량의 말에는 이미 체념의 그림자가 어른거렸다. 숙영은 대번에 눈치챘다. 육신의 병도 그러려니와 마음의 병이 깊었음을.

"숙영 씨 말대로 승덕에서 탈출할 걸 그랬나 보오. 일제가 망하고 나서 더 극성스런 권력이 들어설 거라면 말이오. 숙영 씨 말이 맞았소. 이젠 틀렸지만. 태항산 시절이 그립소."

숙영은 대답 대신 울음을 삼켜야 했다. 이미 체념한 일을 사량은 애써 되돌리고 있었다. 체념은 사량의 창작 의욕을 갉아먹었다. 작가의 사회적 위상, 작가의 존재론적 의미에 일대 혼란이 일고 있었다. 정권이 규정한 문학의 정치적 임무에 자신을 맞추는 일은 작위적이라고 사량은 가끔 비판했는데 거의 절망적 상태에 다다른 것처럼 보였다. 당 간부의 내부 갈등과 시기도 사량의 운명에 그림자를 던졌다.

3년 동안 여러 지방을 돌아다녔고, 농촌과 공장의 복구현장에 파견돼 현지사정을 문학이란 그릇에 담는 임무를 수행했다. 심장병이 재발한 것도 무리가 아니었다. 함경도 경흥, 무진, 해산 탄광을 다녔고, 나진, 청진, 함흥에 있는 공장에 갔다. 일제가 패망하면서 거의 파괴한 공장은 폐허로 변했다. 조금 번듯한 공장의 기물은 소련군이 빼내 본국으로 가져갔다.

현지사정을 그대로 쓸 수는 없었다. 복구사업에 동원된 농민과 노동자들에게 닥친 새로운 고난을 부정적 시선이나 운명적 체념으로 묘사하는 것은 금지사항이었다. 작가가 도달할 결론은 당의 재건목표에 부합해야 했다.

소재도 제한되었다. 새로운 공화국에서 이탈, 나태, 저항, 사욕에 빠진 인민 군상은 결코 허용되지 않았다. 망치소리가 우렁차게 울려야 했고, 밭 가는 농부의 노랫소리가 흥겨워야 했다. 인민 군상의 사사로운 불평은 금물, 당 노선을 정당화하는 전의와 각오를 담아내야 했다.

문학이란 무엇인가, 작가란 누구인가? 사량을 정체성 혼란에 빠뜨린 이 질문은 내내 그를 괴롭혔다.

입원 두 달 동안 숙영은 혼신의 힘을 다해 그를 치료했다. 치료약이 있을 리 없었지만 심장병 관련 서적을 뒤져 치료 방법을 찾아내느라 밤을 새웠다. 소련에서 파견된 의사에게 자문을 구했다. 아스피린이 약간의 효과가 있었다. 소련 의사가 건네준 소련제 약은 혈액 용해기능이 탁월해 사량에게 생기를 돌려주었다. 어렵사리 소련에 약을 주문했으나 감감무소식이었다.

태항산에서 노인이 한 말도 생각났다. 콩팥이 안 좋다는 말, 그래서 심장병이 생긴다는 말을 기억해 냈다. 피를 걸러 주는 기능이 약화되면 혈액 농도가 짙어져 응고현상이 생긴다. 그게 원인일 것이었다. 숙영은 신장 기능을 보강하는 약제를 처방했다.

숙영의 극진한 치료에 사량은 활기를 서서히 회복했다.

사량은 틈틈이 글을 썼다. 북조선문학예술동맹의 기관지 《문화전선》에 실리기도 했으나 평은 그다지 좋지 않았다. 좌절이 반복됐다. 글을 쓰지 않는 저녁에 숙영은 귀국 후 겪은 일을 들었다. 울다가 웃으며 숙영은 밤늦도록 애기에 귀를 기울였다. 뭔가 놓칠세라 숙영은 그 애기를 뇌리에 각인했다.

그가 쓴 작품들을 입수해 읽었다. 생소했지만, 숙영은 또 다른 치료 방법을 찾아낼 수 있으리라는 기대를 품었다. 1946년에 쓴 희곡들은 그런대로 사량의 기질에 맞았다. 1947년부터 글에서 향기가 증발됐다. 북조선문학예술총동맹이 결성되고 난 이후의 일이었다. 문학의 노선이 분명해지고 문인의 시선이 혁명목표에 고정됐다. 한때 세간을 떠들썩하게 만들었던 《응향》 사건이 계기인 것은 틀림없는 듯했다.

홍숙영도 라디오에서 그 소식을 들은 기억이 있었다. 북조선문예총 원산지부가 중앙에서 파견된 검열관들의 심문을 받았다고 했다. 검열관으로 참여했던 사량은 그 일을 회고하면서 마음이 아팠다고 했다. 자신을 심문하는 듯한 극심한 자괴감이 들었다. 자신의 문학적 여정을 돌아보는 계기였는데, 가야 할 길은 안개에 싸여 있었다. 혁명 인텔리의 글쓰기에서 주관적 감상과 정서는 최대의 적이었다.

그러나 혁명은 애초에 그의 편이 아니었다. 그가 혁명 전선에 자발적으로 나선다고 해도 혁명의 물결은 그를 받아들이지 않았다. 받아들이기에는 결점이 너무 많았다. 사량은 점점 위축되었고 왜소해짐을 느꼈다. 심리적 압박과 절망감이 고조되었을 때 사량은 병원 신세를 지게 된 것이었다.

가족이 두어 번 병문안을 왔다. 낭림이, 정림이가 아버지 손에 매달렸다. 가족이 있는 게 부러웠다. 주치의 숙영은 사량의 처 창옥에게 병세에 관해 설명했다. 창옥은 차분하고 다정한 여인이었다. 아들과 딸을 건사하고 노모를 수발하는 일만으로도 벅차 보였는데, 남편의 병환이 깊어지자 창옥의 얼굴엔 그늘이 늘어났다. 북한 정권하에서 3년 동안 풍파에 시달린 흔적이 역력했다.

사량은 두 달 뒤 퇴원해 직책으로 복귀했다. 그가 그리웠다. 병원은 텅 빈 것 같았다. 저녁에는 허전한 마음을 달래려 평양 거리를 헤매 다녔다.

조선민주주의인민공화국이 정식으로 출범하고 김일성이 주석에 취임한 이틀 뒤, 사량은 다시 응급실로 실려 왔다. 그때까지 사량은 평안남도 문학동맹 위원장을 맡고 있었는데, 공화국 출범과 주석 취임을 준비하느라 무리한 탓이었다. 문학동맹은 북조선 문학예술총연맹의 지방조직으로 평안남도 문학인을 총괄하는 직책이었지만, 중앙위원과는 급이 현격히 다른 하위직이었다.

그로부터 1949년 1월까지 거의 넉 달을 입원 치료했다. 이번에는 상태가 더 악화되어 있었다. 그럼에도 사량은 뭔가를 썼다.

현장 체험과 참관 경험에서 얻은 소재들로 작품을 쓰려고 안간힘을 썼다. 어느 날 밤에 숙영은 원고를 봤다. 〈뇌성〉이라는 제목의 글이었는데, 사량이 놀라운 고백을 했다.

"김일성 장군 찬양 소설이오. 얼마나 할 수 있는지 나 자신을 시험하는 중이오."

사량은 소리 죽여 울었다. 숙영은 그의 얼굴을 가슴에 안았다. 그는 분명 혁명에 지쳐 있었다. 자신을 자꾸 변방으로 밀어내는 혁명에 기여할 바를 찾지 못했다.

그래도 그는 떨치고 일어섰다. 마지막 사력을 다하겠다는 의지가 엿보였다. 현실이 너무 무겁게 짓눌러도 주저앉아 있기에 그는 너무 젊었다. 입원한 동안 쓴 글 〈대오는 태양을 향하여〉는 거의 자신에게 마지막 다짐을 받는 결의문이었다. 숙영은 그런 사량을 걱정스레 바라봤다. 얼기설기 짜놓은 허구의 거푸집에 빨치산의 용맹한 투쟁과 김일성 장군의 위업을 얹어 놓은 선동적 내용이었다. 당은 그 글을 무척 좋아했다.

퇴원 후 사량은 짬을 내어 가끔 병원을 방문했다. 화색을 찾은 그의 모습을 보는 것은 그나마 행복이었다. 소련에 주문한 약이 도착했다. 숙영은 안도의 한숨을 쉬었다. 그 약을 받아 들면서 사량은 혁명 열정을 불태워 줄 생명의 신약神藥이라고 좋아했다.

정국은 더욱 급박하게 돌아갔다. 전운이 감돌았다. 김일성과 박헌영이 모스크바를 다녀온 후, 김일성 주석은 다시 중국을 방문했다. 모종의 언약이 오고 갔다. 북한 당국은 전쟁 준비에 돌입했다. 숙영은 비상사태가 선포된 평양 거리의 모습과 병원에 치료차 내원한 당 간부들의 얘기 속에서 전쟁의 전조를 포착했다.

1950년 6월 15일, 마지막으로 병원을 방문한 날 사량은 결단을 내리듯 말했다.

"전쟁에 몸을 던져 볼 요량이오. 전쟁터에서 과거의 나를 불살라 버리고 죽은 작가를 살려 볼 참이오."

무서운 말이었다. 그가 그렇게 낯설게 보인 적이 없었다. 숙영이 사랑하던 그가 아니었다. 숙영은 무엇이 그를 저렇게 몰고 갔는지 몸을 떨었지만, 전쟁의 물결은 숙영 자신도 삼켜 버릴 만큼 도도했다. 그가 다녀간 지 열흘 후에 전쟁이 개시됐다. 숙영도 소집명령서를 받은 터였다.

홍숙영은 무정이 이끄는 제2군단 의무대 소속 군의관으로 배속됐다. 김사량 역시 제2군단 최전선문화부 부단장직을 맡았다. 전진 배치됐다는 게 맞는 표현이었다. 북한 정권은 6·25전쟁을 개시하면서 최전선 공격임무를 주로 연안파에게 맡겼다. 소련파 병력은 연안파에 비하면 극히 소수여서 전쟁 중 돌발할 특수임무를 부여했다.

1군 군단장 김웅金雄은 개성을 출발해 김포, 시흥, 안산, 평택, 전주, 광주, 순천 라인을, 2군 군단장 김광협金光浹은 개성에서

양주, 의정부, 서울, 수원, 대전, 거창, 산청, 진주 라인을, 5군 사단장 박효삼은 철원, 춘천, 원주, 대구 라인을 따라 남하했다. 방호산은 1군 6사단장, 무정은 포병대를 맡았다가 전쟁 발발 직후 2군 군단장으로 임명됐다.

의무대는 공격 선두 뒤를 따라 부상병을 치료했고, 문화선전부원은 전투가 벌어지는 최전선에 나가 전과를 기록하고 병사들의 전의를 북돋는 게 주 임무였다. 김사량은 최전선에서 총 대신 펜을 들고 공격 선두를 지켰다.

의무대는 공격 선두 후미를 따라 남하했다. 2군은 파죽지세로 밀고 내려갔다. 전쟁이 너무 싱거워 보였다. 서울에 입성할 때 숙영은 처음 가본 수도의 모습에 가슴이 울렁였다. 거리는 한산했고 서울 시민들의 모습도 그리 어둡지 않았다. 지하에 숨었던 인민위원회가 시민을 동원해 환영대회를 주관했음을 숙영이 알 도리가 없었다.

한강을 도하해 거의 파괴된 수원성에 진입했다. 피란행렬이 길었다. 며칠 후 대전에서 중좌 계급을 단 사량과 조우했다. 반가워 목이 메었다. 그는 건장했고 생기가 돌았다. 남해안으로 진격할 태세였다. 이삼 일 후면 바다를 볼 수 있다고 의기양양하게 말했다. 혁명기계가 된 듯한 그의 표정이 슬펐고, 슬프게 느낀 숙영의 심정은 비참했다. 전선으로 떠나는 그의 뒷모습이 아렸다. 숙영도 따라 남하해 김천에 의무본부를 차렸다.

9월 중순, 전선은 교착상태에 빠졌다. 부상병이 속속 들어왔다. 팔다리를 잃은 병사, 파편이 몸통에 박힌 병사, 얼굴이 망가진 병사들이 치료를 받기 전에 죽어 갔다. 그들을 묻는 일은 공병대의 몫이었다. 9월 18일, 응급 처치를 하고 있던 의무대에 퇴각 명령이 떨어졌다. 미 해병대가 인천에 상륙했다는 급전이었다.

전황은 역전되고 있었다. 남해바다로 진격했던 사량이 어디에 있을지 몹시 걱정이 되었다. 중환자를 버리고 경상자들만 추려 트럭에 태웠다. 아비규환이었다. 의무대에 남은 중환자들이 고향에 데려가 달라고, 태워 달라고 애걸하는 눈길이 가슴을 쳤다.

의무대 행렬은 원주로 방향을 틀었다. 대전으로 가는 대로大路는 미군 공군기의 표적이었다. 말로만 듣던 B-29 전폭기들이 대거 북쪽으로 날아갔다. 원주로 가는 길에도 미 공군 전투기들이 공격을 해왔다. 대공권은 미군에 의해 완전히 장악된 듯 보였다. 공군기의 기총소사를 피해 행렬은 낮에는 산속에 엎드렸고 야간에만 이동했다. 퇴각이 지체될 수밖에 없었다.

원주에 전폭기들이 출현해 폭탄을 퍼부었다. 행렬은 산중으로 다급히 피신했다. 치악산 부근이었다. 깊은 계곡으로 이동했다. 9월 21일경으로 기억된다. 산 협곡에는 퇴각한 2군 주력과 빨치산 부대가 집결해 있었다. 그곳에 의무대를 편성했다.

들것에 실려 온 군관은 뜻밖에도 사량이었다. 요양이 필요한 그의 육신은 전쟁을 감당하지 못했다. 얼굴이 하얗게 질려 있었다. 심장이 불규칙하게 뛰었다. 혈액 공급이 원활하지 않았음을 숙영은 알아챘다. 사랑은 숨을 가쁘게 쉬면서 숙영을 바라봤다. 아무 말도 못 했다. 입술은 말라 있었고 기력은 쇠했다. 2백여 명이 훨씬 넘는 부상병이 천막에서 간절히 치료를 애원하고 있었다. 거의 빈사상태의 환자들이었다.

다음 날 자정에 퇴각 명령이 떨어졌다. 환자들을 두고 간다고 했다. 한밤에 병사들이 환자들을 부축해 인근 동굴로 피신시켰다. 동굴은 제법 넓었다. 숙영은 안절부절했다. 김사량 군관은 어쨌든 데리고 가겠다는 간청을 상부는 한마디로 거절했다. 전시 명령은 엄혹했다. 숙영은 울었다. 울어도 아무 소용은 없었다.

동굴로 이동하는 사랑을 어떤 청년이 부축하고 있었다. 뜻밖에도 현준식이었다. 태항산 동지, 현준식을 그곳에서 조우했다. 그는 빨치산 부대 소속이었다.

달이 휘영청 밝은 밤이었다. 소슬바람이 불었다. 부상병과 중환자 이동이 완료되자 부대는 다급히 북쪽을 향해 퇴각하기 시작했다. 현준식은 그곳에 남았다. 그는 선생님을 두고 갈 수 없다고 우겼다. 빨치산 사령부의 허락을 받아 냈다. 빨치산은 정규부대가 아니어서 약간의 예외가 허용되었다. 10월 초 평양에 집결한다는 서약서를 썼다. 숙영은 그런 현준식이 고마웠다. 현준식은 숙영에게 말했다. 태항산에서 숙영이 동지들에게 새 생명을 준 은혜를 잊지 않았다고. 어떻게든 사랑 동지를 구출하겠다고.

숙영은 현준식의 손을 잡고 고마움을 표시했다.

사량은 기진맥진했다. 가을밤 추위에 몸을 떨었다. 숙영은 그를 안았다. 불규칙한 숨결이 느껴졌다. 사량은 힘없는 두 손으로 숙영의 얼굴을 감쌌다. 눈물이 하염없이 흘렀다. 그가 낮은 목소리로 말했다.

"당신 말을 진즉에 들을 걸 그랬소. 혁명은 어둠이었소. 전장은 정신의 균열을 치유하는 곳이 아니었소. 빛이 아니었소. 견디지 못할 슬픔과 원한을 만드는 곳이었다오 …. 사랑하오."

그리곤 쓰다 만 종군기와 편지를 품에서 꺼냈다. 숙영은 고개를 끄덕였다. 눈물이 떨어졌다. 사량의 손은 차가웠다. 그걸 차마 놓을 수 없었다. 숙영은 동굴을 빠져나왔다.

철원을 거쳐 숙영의 의무대는 평양에 돌아왔다. 평양은 거의 파괴된 채 앙상한 몰골을 드러내고 있었다. 다행히 철도병원은 그대로였다. 친척집에 두고 온 어머니가 걱정됐지만 그럴 경황이 아니었다. 숙영은 병원에 복귀했다. 부상병이 한가득이었다. 전폭기들이 평양 북쪽에 폭탄을 퍼부었고, 개천, 덕천, 함흥을 잇는 전선에 미 해병대가 공중 투하됐다.

숙영은 응급치료에 나섰다. 유엔군이 곧 입성한다는 소문이 나돌았다. 인민군 주력은 압록강으로 퇴각한 때였다. 전쟁본부는 만주로 이동해 갔다는 소문이 무성했다. 며칠 후, 소개 명령이 다시 떨어졌다. 생존한 인민군은 모든 서류를 소각하고 즉시 북쪽으로 퇴각하라는 명령이었다.

숙영은 더 이상 물러날 뜻이 없었다. 사선을 넘은들 밝은 생이 다시 찾아오리라는 희망은 사라졌다. 사량이 머무는 그 동굴로 가고 싶었다. 숙영은 환자를 돌보기로 결단을 내렸다. 숙영이 없으면 곧 죽음을 맞이할 중상자들이 너부러져 있었다. 또 물러날 수는 없었다. 철도병원 원장이 최후통첩을 했다. 숙영은 거절했다. 원장이 권총을 빼들었다.

"상부의 명령이오. 위반하면 총살해도 된다고 했소."

숙영은 덤덤했다. 원장은 애원했으나 소용이 없었다. 그는 권총을 거두고 차렷 자세로 거수경례를 했다.

"수고하오, 동무."

10월 20일 유엔군이 진주했다. 환자를 돌보던 숙영은 현장에서 체포됐다. 의무군관 상위 홍숙영. 그는 전쟁포로로 분류돼 거제도로 보내졌다. 따뜻한 섬이었다. 바다가 보였다. 사량이 그렇게 보고 싶어 했던 바다였다. 푸른 바닷물이 넘실거렸다. 숙영의 삶은 삶이 아니었다. 그를 두고 온 자신을 용납할 수 없었다. 몇 번 자살을 시도했으나 동료 포로에게 들켜 목숨을 이어 가야 했다.

섬은 평화로웠으나 생명은 이미 빛깔이 바랜 상태였다. 이태를 거기서 보냈다. 그러던 어느 날 전격적인 포로석방이 행해졌다. 숙영은 남쪽에 남겠다고 했다. 부산으로 갔다. 일가친척 없는 혈혈단신이었다. 북한 피란민이 모인 국제시장 부근에 처소를 마련하고 생계를 이어 갔다. 북한 피란민의 애환을 들으면서 숙영은 조금씩 할 일을 찾아 갔다. 그들을 무료로 치료해 주고 육신의 고통을 덜어 줬다. 소문이 나면서 국제시장 상인들이 십시일반 돈을 모아 의료소를 차려 줬다. 그게 지금의 병원이다.

긴 얘기를 끝낸 홍숙영의 눈에 눈물이 맺혔다. 목이 멘 것도 같았다. 목소리가 떨렸다. 숙영은 차가워진 차를 한 모금 마셨다. 봉현과 채원은 할 말을 잃은 채 숙영을 쳐다볼 뿐이었다. 무슨 말이 필요한가. 채원은 홍숙영 옆자리로 다가앉아 손을 잡았다. 채원은 울고 있었다. 봉현의 가슴은 먹먹했다. 그렇게 궁금했던 일이 숙영의 얘기로 밝혀지자 허무함이 몰려왔다. 아버지가 감당해야 했던 그 허무의 깊이를 헤아릴 수는 없었다. 창밖에는 벌써 어둠이 내리기 시작했다. 홍숙영이 채원의 손을 잡은 채 말했다.
"시장하지요? 내가 얘기에 몰두하는 바람에. 요 앞 바닷가로 가서 요기나 하십시다. 젊은 사람들을 굶겨서야."
세 사람은 병원을 나섰다. 앳된 간호원이 궁금하다는 듯 눈망울을 굴리며 병원 문을 닫았다.

미처 못 한 말

국제시장은 네온 불빛에 북적였다. 주말을 맞아 장보러 나온 손님들, 행상들, 상인들이 흥정하는 소리로 시끄러웠다. 채원은 벌써 홍숙영의 팔짱을 끼고 앞서 걸었다. 그런 채원이 며느리 같다는 생각에 봉현은 피식 웃었다. 상인들이 홍숙영을 알아보고 인사를 건넸다.

"의사 선상님, 오늘은 웬 가족 나들이임매? 거, 며느리 본 모양인갑세, 예쁘다잉."

숙영은 웃었다. 일가친척 없는 몸이 웬 며느리. 봉현은 아들이라도 되어 주고 싶었다. 그런들 무슨 상관있으랴. 아버지가 사랑했고, 아버지를 돌봐 준 여인이라면 아들로 입적해도 될 듯싶었다. 어머니가 불쑥 떠올랐는데 애써 지웠다. 뭔가 부대끼는 껄끄러움이 목에 걸렸기에 일단은 접어 두기로 했다.

어물, 옷, 철물, 청과물, 양념과 야채를 파는 가게들을 빠져나와 건널목을 건너자 선착장이 나왔다. 어선들이 정박했고 횟집과 식당이 줄을 지어 영업을 하고 있었다. 그 유명한 자갈치시장이 었다. 골목마다 백열등이 좁은 길을 밝혔다. 손님들이 북적여 전 진하기 어려울 정도였는데, 채원과 숙영은 익숙한 듯 요리조리 헤쳐 나갔다. 숙영이 단골집 식당을 찾아들었다. 주인 부부가 반 갑게 맞았다.

"의사 선상님, 오늘은 웬일이야요? 일행이 다 있네, 어디서 왔 습매?"

숙영이 스쳐 지나가는 말로 받았다.

"그냥 먼 친척뻘 되는 젊은이들인데, 뭐 맛있는 거 사 멕이려고 요."

일행은 구석 자리에 놓인 원형 화덕 겸 식탁에 둘러앉았다.

봉현은 막걸리를 시켰다. 아까부터 타는 목마름 때문에 시원한 막걸리가 간절했다. 어항에는 온갖 활어들이 활개를 치며 돌아다 녔다. 아예 바닥에 배를 깐 채 아가미만 벌름거리는 광어, 도다리 도 많았다. 현인의 〈굳세어라 금순아〉가 구슬프게 흘러나왔다.

눈보라가 휘날리는 바람찬 흥남부두에
목을 놓아 불러 봤다 찾아를 봤다
금순아 어디로 가고 길을 잃고 헤매었더냐
피눈물을 흘리면서 일사 이후 나 홀로 왔다

홍숙영이 입을 뗐다.

"저 노래가 예전에는 그렇게 청승맞더니 지금은 가슴에 젖네. 나이가 들었나 봐요."

채원이 받았다.

"저 노래가 이렇게 애처로운 줄 몰랐어요. 새롭게 들려요. 엄청나게 많은 스토리를 담고 있어요."

노래가 계속됐다.

'일가친척 없는 몸이 지금은 무엇을 하나…….'

봉현이 말했다.

"제가 일가친척 없는 몸이었는데 오늘 친척보다 더한 인연을 뺐어요. 감사합니다, 선생님!"

"그리 생각해 주니 고맙기 그지없네요. 봉현 씨 어머니를 생각하면 죄를 지은 몸인데, 내가 무엇을 더 바라겠어요. 마음 한구석에 둔중하게 자리 잡은 그 죄의식을 안고 살아가야지요."

"아닙니다. 아버지 곁에 계셔 주시고, 아버지를 돌봐 주시고, 그리 걱정해 주셨으니 저로서는 큰절이라도 하고 싶은 심정입니다. 평양에 계신 어머니를 대신해서 어머니라고 부르고 싶지만 좀 시간이 지나야겠지요."

홍숙영은 그 말을 듣고 '흑' 울음을 삼켰다. 오랫동안 가슴에 멍처럼 맺힌 죄의식이 조금이라도 덜어지는 듯했다. 채원이 숙영을 위로하려 거들었다.

"그럼 저도 어머니라고 불러도 되지요?"

숙영은 채원을 사랑스런 눈으로 바라보더니 말했다.

"채원 씨는 행복해야 해요, 행복할 권리가 있어요!"

둘은 다시 손을 잡았다. 봉현은 찌그러진 알루미늄 주전자에 든 막걸리를 이 빠진 사기그릇에 콸콸 부어 꿀꺽꿀꺽 들이켰다. 채원이 궁금해서 물었다.

"실은 저희들이 미리 공부를 했어요. 해방 후 봉현 씨 아버님의 행적과 글에 대해서요. 오늘 들은 얘기로 미뤄 우리들의 짐작이 대강은 맞는 것 같아요. 비극의 행로, 우리 역사가 빚은 비극의 오솔길을 답사한 느낌이에요. 그런데, 두 분은 어떻게 만나셨어요?"

홍숙영은 아득한 태항산 얘기를 들려줬다. 자작나무 숲에서 우연히 부딪힌 얘기에서 귀국길 얘기까지. 일본 천황이 항복선언을 하던 날의 환희를 결코 잊을 수 없다고 했다. 모두 고향으로 돌아갈 희망에 부풀었다. 만 리 길이었다. 황하를 넘었고, 산맥을 넘었다. 그런데 고향이 가까워질수록 마음은 무거워졌다. 대원들은 조선에 다가온 혁명에 들떠 있었는데, 자신은 혁명에 지쳐 있었고, 선생님도 그랬다고 했다.

홍숙영은 장가구張家口시 가까운 곳에서 선생님에게 했던 비밀스런 제안을 말해 줬다. 탈출하자고, 중국에 머물렀다가 정국이 안정되면 돌아가자고 한 그 제안을. 불가능한 제안이었지만 하지 않을 수 없었다. 물론 그날 밤에 맺은 인연은 차마 발설할 수 없었다. 홍숙영은 거기에서 말을 멈췄다. 눈빛이 아득해졌다.

"보는 눈이 너무 많았고, 선생님은 사령부의 주목을 받고 있었지요. 모든 대원들이 혁명에 부풀어 있다 해도, 설마 일제 통치만 할까 하는 기대도 있었어요. 아무도 몰랐으니까요. 민족해방을 위해 싸웠던 사람들이 민족의 이름으로 인민들을 속박하고 지식인들을 교화할 것임을 상상조차 못했으니까요. 너무 관념적이었지요, 정치를 몰랐어요."

봉현이 물었다.

"현준식은 누구였지요?"

"현준식은 선생님이 북경을 탈출할 때 태항산으로 안내한 연락병이었답니다. 그런데 현준식이 어떻게 빨치산에 가담했는지는 저도 모릅니다. 그게 몹시 궁금하기도 하고요."

현준식의 고향은 하동이었다. 하동과 여수가 가까웠으니 어떤 연관이 있었음이 짚이기는 했다. 연락원이라… 연락원. 봉현은 오늘 새벽 고속버스에서 꿨던 꿈을 잠시 떠올렸다. 어디론가 아버지를 업고 갔는데, 그 청년이, 그 청년이 현준식? 봉현이 다시 물었다.

"혹시 신다니 도시오 씨를 아세요?"

"아, 그 일본군 장교? 다리 부상을 당한 그분, 승덕역에서 봤어요. 아버지가 그를 애타게 불렀고, 그는 넘어진 채로 다가오려 애를 썼어요. 소련군이 막아섰고. 그 모습이 눈에 선하네요. 이십팔 년 전에. 그때 아버지와 중국대륙으로 탈출하자고 했는데 불가능한 꿈이었지요."

"그분이 살아 계세요. 일본 출장가서 뵀어요. 다리를 절단했더군요. 내 손을 잡고 한참을 우셨어요. 사량이 돌아왔다면서 …."

"봉현 씨가 정말 쏙 빼닮았어요. 봉현 씨가 아까 들어설 때 나도 눈을 의심했지요. 아, 사량 그분이구나 하고. 나이도 그때와 비슷하잖아요? 뛰는 가슴을 진정시키느라 혼났어요."

채원이 생각난 듯 물었다.

"1946년도에 무슨 일을 당하셨다고 하던가요? 작품세계가 그 이후로 급격히 달라졌잖아요? 어떤 수난을 당하셨는지 궁금해요."

홍숙영은 주인이 날라 온 미역국물로 목을 축이고 나서 말을 이었다. 봉현은 막걸리를 꿀꺽꿀꺽 마셨다. 약간 취기가 올랐다. 취하지 않고는 감당하지 못할 얘기였다.

"북조선문예총이 발족한 후 문인들의 성분조사가 실시된 모양이에요. 김사량 선생은 영락없이 적대계급이었지요. 그의 친일 편력이 문제가 되었다고 해요. 불가피했다는 둥, 그래도 저항했어야 했다는 둥 말이 많았대요. 친일 작품들은 절대 지워지지 않잖아요? 연안파 김창만과 최창익도 소련파 눈치를 보느라고 적극적으로 옹호하지 않았다나 봐요. 결국 선생님은 기회주의자, 동요계급으로 분류되었대요. 문예총 중앙위원에서 평안남도 문학동맹으로 좌천된 것도 그 이유였고요. 좀 두고 보자, 참회와 열성을 적극적으로 보이면 다시 신분 재평가를 하자는 조건으로. 의료분야에도 그런 일이 똑같이 일어났어요. 친일 편력이 있는 의사들은 다 쫓겨났어요. 병원은 국가가 몰수해서 노동자, 농민 병원으로 만들었고 각 지방에 인민병원을 세웠죠. 나는 운 좋게 오빠의 은덕을 입고 당 간부 지정병원인 철도병원에 배속됐어요. 세상이 뒤집어진 것이죠."

홍숙영도 술잔을 들더니 한 모금 마셨다. 봉현과 채원은 얼떨결에 술잔을 들었다.

"오늘은 내가 술을 다 마시네. 선생님이 분개해하던 모습을 떠올리니 술 생각이 나요. 성분조사와 함께 토지개혁이 실시됐는데, 선생님 댁 재산이 모두 몰수됐다고 했어요. 백화점을 빼앗긴 어머니는 앓아 누우셨고. 기독교도 탄압이 있었는데 어머니도 대상자 이름에 오르셨대요. 1948년 봄에는 결국 목사들을 체포해 구금했지요. 전쟁 초기 퇴각 때 편지 전해 주러 갔었잖아요. 살림살이가 벌써 기울었더군요."

숙영은 옛날 생각에 젖어 있다 말을 이었다.

"이래저래 수난이 컸어요. 그런 마당에 선생님까지 기회주의자로 낙인찍히니까 가족 생존을 걱정했어요. 살아갈 길이 막막해졌던 거죠. 선생님도 저도 당 중앙과 문예총이 내놓은 '민주주의적 민족주의'가 뭔지 잘 몰랐어요. 인민위원회에서 지침을 발표했는데, '인민에 복무하지 않는 지식인들은 일단 위험한 존재'라고 규정했지요. 혁명적 인텔리가 아닌 지식인들에겐 모두 현장파견을 명령했어요. 가서 참회하고 오라는 뜻이었죠. 1946년, 1947년 이태 동안 선생님이 지방을 돌아다닌 이유도 그런 것이었어요. 그래서 작품세계가 그렇게 급선회한 것이었죠. 선생님은 무척 괴로워했어요, 잘 모르겠다고."

담배를 피우러 잠시 나온 봉현은 영도다리에 거짓말처럼 걸린 초승달을 쳐다봤다. 뭔가 가슴에 맺힌 멍이 풀리는 듯한 느낌이었다. 굳세어라 봉현아? 봉현은 '훗' 웃었다.

홍숙영과 채원은 얘기에 몰두하고 있었다. 원산과 남포 공장에 다녀온 후 쓴 글을 당시 문단 실세인 평론가 안함광安含光에게서 혹평을 받았다는 얘기였다. 〈차돌이의 기차〉는 남포 제철소를 다녀온 소감을 창작한 것인데, 안이하고 관념적이고 비현실적이라는 비판을 받았다고 했다.

왕년의 뛰어난 재능에 비해 공화국 건설에 기여할 탁월한 예술화 경지에는 이르지 못했고, 더욱 투철한 현장감각이 요청되는 작가라고 힐난을 받았다고 했다. 1948년에 발표한 〈E 기사의 초상〉과 〈남에서 온 편지〉는 그런대로 호평을 받았으나, 중앙위원으로 복귀하기에는 과거 편력의 결점이 너무 많았다. 결국 혁명문학의 규준을 넘지 못했는데, 자신이 보기에는 혁명이념에 투철할수록 문학성과 예술성으로부터 멀어질 운명이었다.

"그게 선생님이 당면한 장벽이었어요. 선생님은 날이 가면 좀 사정이 나아질 거라고 했지만, 결국 서로 충돌하는 예술성 개념을 어찌할 수 없었던 거지요. 우리 같은 의사와는 달리 세상을 보는 시선과 가치관을 몽땅 바꿔야 가능했던 일 아니겠어요? 그런 장벽에 부딪히자 작품은 점점 선전용으로 변해 갔고요. 그걸 선생님은 참을 수 없었던 거지요."

묵묵히 듣고 있던 봉현이 받았다.

"끌려갔던 거겠지요. 정권의 요구에 호응하지 않으면 가족 생계가 위태로워지는 상황에서 자신을 희생하자고 결심하지 않았겠어요? 자신이 변하면 모든 것이 안전해진다고 말이지요. 그때 밤늦게 귀가하신 아버지가 어머니하고 얘기하던 모습이 떠올라요. 뭔가 괴로워하시던 모습이. 저는 몰랐지요. 무슨 일이 벌어지고 있었는지를."

홍숙영이 덧붙였다.

"게다가, 각 지역과 공장에는 인민위원회와 민청이 활동하고 있었어요. 노동자, 농민들의 동향을 파악해 상부에 보고하고, 혹시 일탈한 인민들이 있으면 계도하는 역할을 수행하는 사람들이죠. 파견된 지식인들을 감시하고 평가하는 비밀요원들도 많았고요. 이중, 삼중의 평가와 감시가 가동하는 그런 공간에서 선생님은 질식할 것 같은 또 다른 압박을 느꼈던 거죠. 일제는 물러갔지만 민족을 명분으로 민족에 의한 강요로 뒤덮인 공간. 결코 그 안개가 걷히지 않을 거라는 체념적 상태에 이르자 육신이 무너진 거죠. 철도병원을 찾은 게 그때예요. 절망상태에 빠진 선생님을 봤을 때가."

연거푸 마신 술이 취기를 몰고 왔다. 봉현은 흐릿해진 눈으로 홍숙영을 바라봤다. 어머니의 얼굴과 홍숙영이 겹쳤다. 고운 얼굴이었다. 저리 고운 사람이 상상하지 못할 고난을 겪다니. 상상하지 못할 멍에를 품고 살았다니. 봉현은 홍숙영의 손을 덥석 잡았다. 채원이 놀라 쳐다봤다.

취기가 올랐다. 어머니의 따뜻한 체온이 느껴졌다. 그리곤 참았던 눈물을 기어이 터뜨렸다. 눈물은 주체할 수 없이 흘렀다. 지금까지 한 번도 어머니를 생각하며 눈물을 흘린 적은 없었다. 이를 악물고 참아 왔다. 시간이 흐르자 어느 정도 잊혔다. 봉현은 생각했다. 술 때문에, 이놈의 술 때문이야. 그래도 멈출 수 없었다. 어머니가 눈물을 닦아 줬다. 홍숙영의 고운 손길이 봉현의 얼굴을 부드럽게 감싸 안았다. 채원도 눈물을 흘렸다. 식당 주인이 웬일인가 걱정스런 눈으로 쳐다봤다.

정신을 수습하자 홍숙영이 조용히 입을 열었다.

"얘기를 다 털어놨으니 이제 한을 풀었어요. 마지막 소원이 있는데 … ."

봉현이 자세를 바로잡았다. 채원이 나지막이 말했다.

"말씀해 보세요, 이제 저희들에게 못 하실 말이 있나요?"

조금 뜸을 들인 홍숙영이 말했다.

"거기에 다시 가보고 싶었어요. 그 동굴에. 가서 내 눈으로 확인해 보고 싶었어요. 그런데 무섭기도 하고, 혼자 찾을 수 있을까 두렵기도 하고, 그랬어요. 선생님이 숨을 거둔 그 마지막 장소에 가서 용서를 빌려고. 홀로 왔으니."

봉현이 말했다.

"예! 제가 모시고 갈게요. 저도 가보고 싶어요."

홍숙영이 자리에서 일어섰다.

"자, 말을 다 했으니, 이제 나는 내 자리로 돌아가야죠."

봉현이 일어났다. 조금 비틀거렸다. 채원이 홍숙영의 손을 잡고 괜찮으시겠냐고 물었다. 홀로 가는 게 좋겠다는 말을 남기고 홍숙영은 자리를 떠났다. 채원이 식당 밖까지 배웅했다. 홍숙영이 채원의 손을 잡고 속삭였다.

"행복해야 해요. 우리가 다 치렀으니."

골목을 빠져나가는 홍숙영의 뒷모습이 아련했다.

봉현은 그 자리에 앉아 주전자에 남은 막걸리를 몽땅 따라 연거푸 들이켰다. 허벅지의 통증이 가셨고 육체가 허공을 날아다니는 느낌에 홀가분해졌다.

채원이 돌아왔는지 기억이 없다. 그날 밤, 영도다리 부근 어딘가 여관방에서 곯아떨어졌던 것 같다. 누군가 이불을 덮어 줬다.

채원은 벽에 등을 기대앉아 무릎을 곧추세웠다. 천장에 매달린 백열등이 방안을 희미하게 비췄다. 정리해야 할 생각들이 머릿속에 별처럼 반짝였다. 그런 채로 새벽을 맞았다. 자갈치시장 상인들이 하루를 시작하는 소리가 창밖에서 두런두런 들려왔다.

비밀협약

한 달이 지났다. 장 기자가 연행됐다. 열흘째 감감무소식이었다. 봉현은 중정 시멘트 방이 자꾸 떠올라 몸서리쳤다. 장 기자가 그 걸 견딜 수 있을지 걱정이었지만 할 수 있는 일은 아무것도 없었 다. 정치부 기자들은 눈에 띄게 위축되었다. 12월 3일, 편집국에 서 기자총회를 열어 제3차 언론자유선언을 주동한 기자들은 더 러 행방을 감췄다. 기자들을 보호하려는 편집국장의 은밀한 내락 이 있었다.

이들이 산천을 떠돈다 해도 며칠 못 갈 것이다. 시골 사람들은 동네에 나타난 수상한 사람을 즉시 신고하는 분위기에 감염되어 있었다. 특히 산악지대에 사는 촌민들은 5년 전에 일어난 김신조 사건과 울진 무장간첩단 침투사건을 생생하게 기억하고 있었다.

특수공작대를 훈련시켜 남파하는 북한 124군 부대는 남한 사 람들에게는 공포의 대상이었다. 1968년 1월, 무장한 특수병력 31명이 일렬종대로 남하해 북한산 비봉에 올랐다. 급기야 청와대 뒤편 세검정에서 총격전이 벌어져 30명이 사살되고 1명은 생포됐다. 생포된 김신조의 입에서 나온 말은 전율이었다.

"박정희 목을 따러 왔수다!"

비무장지대를 통과해 서울까지 행군해 오는 동안 한 번도 저지당하지 않았다고 했다. 군 경계태세가 정비됐고, 민간 경계망이 강화됐다. 그해 말, 특수훈련을 받은 무장게릴라 120명이 삼척 해안에 또 침투했다. 무장병력은 울진 내륙 산악지대를 헤집고 다니며 촌민들을 사살했다. 사람들은 경악을 금치 못했다. 공산주의에 대한 공포가 바이러스처럼 확산됐다.

그런 마당에 행방을 감춘 기자들이 오랫동안 몸을 숨길 곳은 없을 것이다. 시국성명을 주도한 사람들, 시위를 배후 조종한 재야인사들, 심지어는 대학가와 종교계 저항인사들에겐 즉각 용공 혐의가 씌워졌다. 지난달 지식인 성명사건에서 연행된 김지하는 다행히 풀려났는데, 함석헌, 김재준, 천관우는 핵심 주동인물로 지목돼 소식이 단절됐다. 간첩단과의 접선 여부를 조사 중이라 했다.

그러자 한국기독교협의회 대표 30여 명이 학원과 언론 사찰을 규탄하는 '인권선언문'을 발표했고, 재야인사들도 저항전선을 결성하기 시작했다. 《사상계》 전 발행인 장준하張俊河가 유신헌법 철폐를 포함해 아예 '개헌청원 100만 인 서명운동'을 제안했다.

그러는 가운데 정권은 긴장완화, 교류협력을 골자로 한 〈남북

공동선언〉의 실행기구인 조절위원회를 판문점에서 열었다. 북측 대표는 회의의 선결요건으로 김대중 납치사건의 전말을 밝히라고 요구해 교착상태에 빠졌다. 용공과 저항이, 이적행위와 민주투쟁이 뒤섞여 일대 혼란을 빚고 있었다.

편집국엔 음울한 분위기가 감돌았다. 겨울 한파에도 사무실은 추웠다. 중동발發 '오일 쇼크Oil Shock' 때문에 정부가 에너지 긴축정책을 강제로 시행했다. 낮에는 난방이 돌아가지 않았다. 기자들은 두툼한 외투를 입고 일했다. 정치부는 손발이 잘려 개점휴업 상태였다. 중앙정보부가 아예 정권비판 기사 금지조치를 내렸다. 반면 문화부는 오랜만에 활기를 띠었다. 신춘문예에 응모한 작품을 선별하느라 눈코 뜰 새 없이 바빴다. 응모작품이 2천여 편을 넘었다.

정국이 우울할수록 사람들은 골방에 틀어박혀 상상력의 자유에 탐닉한다. 작품들은 촌철살인의 문장으로 정권을 찔렀다. 민주주의를 향한 갈망과 좌절이 비수처럼 반짝였다. 빈곤한 농민, 탄압받는 공장 노동자가 주인공으로 등장하는 소설이 많았다. 농촌문학을 개척한 이문구李文求와 혜성처럼 나타난 황석영黃晳暎이 청년문학도의 마음을 움직인 덕분이었다.

봉현과 채원은 책상 위에 산더미처럼 쌓인 투고 작품을 읽어나갔다. 문화부 기자들이 1차 선별한 작품을 심사위원회로 넘기는 순서였다. 1차 선별의 원칙은 단순했다. 소설의 첫 문장과 첫 단락이 감동을 주지 않으면 바로 휴지통에 처박힌다. 시, 소설, 희곡 할 것 없이 맞춤법이 엉망인 원고도 곧장 퇴짜를 맞는다. 청소부들이 시간마다 와서 장독대 항아리만 한 휴지통을 수거해 갔다. 봉현은 책상 위에 수북이 쌓인 원고더미에 파묻혀 있었다. 그때 누군가 다가와 휴지통 옆에 섰다.

"날 보러 오셨소?"

봉현은 오버코트 차림의 낯선 사내를 올려다보며 말했다. 머플러로 코와 입을 감싸 눈만 빼꼼 내놓은 그 유령 같은 사내는 주머니에서 쪽지를 꺼내 건네주곤 아무 말 없이 등을 돌려 편집국을 나갔다. 자코메티 조각상처럼 키가 크고 어깨가 앙상한 그 사내의 등에서 서늘한 바람이 일었다. 칸막이 너머엔 원고를 읽느라 정신이 없는 채원의 반쯤 가려진 얼굴이 보였다. 봉현은 쪽지를 폈다.

'신문사 건너편 귀거래다방에 있소. 잠깐 봅시다. 혼자 나오시오. 정욱제 과장.'

봉현은 겁이 덜컥 났다. 부산행이 발각되었나? 조심은 했는데 박환식이 냄새를 맡았을까? 아니다. 문제가 생겼다면 말없이 연행했을 터, 쪽지로 연락한 것을 보면 그건 아닐 거다. 언론자유선언에도 서명하지 않았다. 자유실천문인협의회 모임도 직접 취재를 나가지 않았다. 중정 사건 이후 봉현을 배려한 편집국의 조치였다. 그렇다면 뭘까?

짚이는 게 없었다. 아니면 회유? 나를 프락치로 삼는다? 〈동아일보〉 편집국 기자들의 내부 동향을 낱낱이 파악해 밀고하고 그 대가로 안전을 보장한다? 봉현은 그런 상상을 하면서 자리에서 일어났다. 마음이 무겁고 거북했다. 거절할 수도 있었다. 그러나 벌써 편집국 문을 열고 복도로 나서는 자신을 발견했다.

징글벨 징글벨 … .

거리에는 크리스마스 캐럴이 흘렀다. 코끝이 찡하게 추운 날씨였는데 전파사에서 연말연시 분위기를 북돋우려 크게 틀어 놓은 캐럴이 온기를 자아냈다. 다방에 들어섰다. 한구석에 앉은 정 과장이 손을 들어 아는 체했다. 봉현은 다시 한 번 가슴이 쿵 내려앉았다. 자리에 앉는 봉현에게 정 과장이 썰면 한 접시나 됨 직한 두툼한 입술을 벌려 능글맞게 웃으며 인사치레를 했다. 금니 서너 개가 번쩍거렸다.

"그래, 건강은 좀 어떠신가?"

"뭐, 견딜 만하지요."

한복을 입고 '육영수 여사 스타일' 올림머리를 한 마담이 차 주문을 받으러 왔다. 봉현은 커피를 마시고 싶었으나 정욱제가 일방적으로 주문했다.

"몸에 좋은 특제 쌍화탕을 마시지 그래? 나는 시원한 칼피스!"

정욱제는 양손을 깍지 끼고 손가락 관절을 우두둑 꺾으며 위력을 과시하는 듯했다. 봉현은 불쾌한 데다 별 할 말이 없어 입을 다물었다.

　주문한 차가 오자 정욱제는 방금 전까지 부라렸던 눈을 반달모양으로 바꿔 눈웃음을 치며 입을 뗐다.

　"지난번에는 우리 애들이 좀 실수를 했드래서 마음이 영 편치 않았능기라요. 미안하게 됐소. 용서하시오."

　봉현은 슬며시 부아가 치밀었다. 그렇게 사람을 잡아 놓고 용서하라니. 이건 또 무슨 수작을 하려고 이러나? 봉현은 신경을 바짝 조였다. 정 과장이 경상도 억양으로 나지막이 말했다.

　"오늘 내가 하는 얘기는 없었던 걸루 하입시다. 오늘 만난 것도 물론 우리 사나이끼리 비밀로 하능기라요. 어때, 그렇게 하시겠소?"

　"무슨 일인지 모르지만 나는 비밀 얘기 따위엔 관심이 없어요. 나를 회유하려거든 아예 포기하시는 게 좋을 거요. 장 기자는 어찌 됐어요? 아직 소식이 없으니 인간이 할 짓이 아니잖아요?"

　봉현은 짐짓 의젓한 어조로 정 과장을 책망했다. 이런 담력이 어디서 나왔는지 자신도 의아했다. 정 과장이 웃으며 다시 나지막이 말했다.

　"그 일이 아니고요, 실은 지난번 일로 내가 미안해서 선물을 하나 주려고 왔능기라요. 절대 비밀로 한다고 약속을 해주면 주고,

아니면, 난 가도 그만이고요. 우짤라요?"

"일단 들어나 봅시다. 무슨 사연인지."

"비밀서약을 한다고 약속을 먼저 해야 말을 하지, 원 사람이 저래 융통성이 없어 우째 세상을 사노? 참 갑갑하네."

정 과장의 어조가 그때와 사뭇 달랐으므로 봉현은 일단 약속을 했다. 듣고 나서 거절해도 될 듯싶었다.

"비밀서약, 오케이! 받아들입니다. 사나이 대 사나이로."

그러자 정 과장이 조금 느긋해졌다. 다방 메뉴 가운데 값이 비싼 칼피스를 한 모금 마시면서 천천히 입을 뗐다. 서울말씨로 돌아왔다.

"김 기자가 부산에 간 것도, 거기서 누굴 만났는지도 다 알고 있소이다. 불문에 부치기로 하지요. 내가 지난번 일로 마음에 걸려 생각해 봤소. 김 기자가 아버지 일을 소상히 알고 싶을 텐데, 어지간한 것은 대충 알았을 거요. 아직 안 풀리는 게 있을 텐데, 그걸 알고 있는 사람의 소재를 알려 주려고 하오. 현준식이오!"

봉현은 깜짝 놀라 허리를 곧추세웠다. 이 사람은 대체 누군가, 도대체 정체가 뭔가? 왜 나에게 아량을 베푸는지, 아버지 일을 어떻게 그리 소상히 알고 있는지, 궁금증이 한꺼번에 밀어닥쳤다.

"아니, 어떻게 그 사람 이름을 아세요? 한 달 전 부산에서 그 일에 관해 들었는데."

"자, 지금부터 하는 얘기는 모두 비밀서약 사항이오. 그리고 또 하나, 일단 이 사람을 만난 후에는 절대 아버지 일로 취재를 다니지 마시오. 그러면 신상에 해로울 거요. 약속하시겠소?"

봉현에겐 밑질 것은 없었다. 부산행 이후 온통 신경은 현준식에게 쏠려 있었다. 누굴까, 어떻게 되었을까, 어디로 갔을까, 그런 의문들이 봉현을 사로잡았다. 봉현이 흔쾌히 약속했다.

"좋아요, 그러지요. 마지막 남은 퍼즐을 풀어 줄 사람이라는데 내가 망설일 이유가 없잖아요?"

"좋소이다. 여기까지 내가 녹음을 했소이다. 당신과 나의 서약이오. 지금부터는 녹음기를 끄겠소."

정 과장은 주머니에서 녹음기를 꺼내 스위치를 껐다. 그리고 다시 주머니에 넣었다.

"내가 현준식을 만난 적이 있소. 우리 어머니가 하동 출신이라 현준식은 외가 친척뻘 되는 집안 형이오. 어릴 적에 하동에 가면 형이 나를 데리고 냇가든 갯벌이든 데리고 다녔지."

정 과장은 어렸을 적 기억을 회상하는 척했다.

"해방되기 몇 해 전부터 소식이 끊겼소. 나도 아버지 일로 정신이 없었지. 아버지가 일본 경찰에 맞아 죽었지. 해방이 되고 6·25가 터졌소. 영천지구 전투 때에는 아내와 아이가 인민군 포탄에 맞아 죽었소. 원수를 갚는다고 경찰에 투신해 전과를 올렸소. 사력을 다해 뛰었지. 전선이 북쪽으로 올라간 어느 날 토벌대 대장이 나를 선발해 토벌대 부소대장을 맡겼지. 경찰에서 군인이 된 거요. 산청에서 소백산까지 빨치산 소탕전에 투입됐소. 말하자면 후방을 맡은 군대였소. 국군이 평양에 입성할 즈음에 후방부대에 명령이 떨어졌소. 낙오된 인민군과 빨치산을 소탕하라는 명령이었소. 우리가 맡은 구역은 원주 부근 소백산에서 홍천, 춘천, 화천, 김화까지 꽤 넓은 지역이었소. 퇴각하는 인민군과 빨치산은 이미 전투력이 형편없이 약화돼 소탕하기도 꽤나 쉬웠소. 아마 수백 명은 사살했고, 이백 명쯤 포로로 잡았소."

정 과장은 칼피스를 쭉 들이켜고는 고급담배 청자를 피워 물었다. 봉현은 무슨 얘기인가 싶어 신경을 곤두세웠다.

"1·4후퇴 이후 나는 혁혁한 전과를 인정받아 대구 3군단 산하 정보국에 잠시 배속을 받았소. 대구형무소에 가둔 빨치산 포로를 심문하고 조사보고서를 꾸미는 일이 주 업무였소. 거기서 현준식 형을 만난 거요. 나도 깜짝 놀랐소. 그러나 아는 체를 하지 않았지. 내가 눈짓을 했더니 형이 금시 알아챘소. 아무튼 하루 정도 심문하고 보고서를 작성했지. 주로 빨치산이 된 경위와 생포되기 이전 행적에 대해 캐물었소. 거기서 김 기자 아버지, 김사량 얘기를 들었던 거요."

잠자코 듣던 봉현이 물었다.

"아니, 23년 전 일을 어떻게 그리 생생하게 기억할 수 있어요? 대체 꾸민 얘기 아니오?"

"내가 왜 얘기를 꾸며요? 아까 선물이라 하지 않았나? 믿든지 말든지는 김 기자가 알아서 할 일이고, 나는 선물만 주면 되니까. 그리고 발설하지 않는다고 약속을 했으니까.”

“그런데 웬 선물? 나에게 선물을 줘야 할 이유가 없잖아요.”

“내가 미안하다고 하지 않았나? 나도 사람인데, 나도 인간인데, 마음의 빚을 지고 살 수야 있나.”

봉현은 하기야 그럴 수 있겠다는 생각이 들어 조금 미안해졌다.

“좋습니다. 계속하시지요.”

“빨치산 포로들이 많은 사람들의 이름을 거명했소. 우리는 그 이름에 신경을 곤두세웠지. 혹시 민간에 첩자들이 있으면 색출하려고. 내가 들었던 이름 중 생각나는 사람은 이현상, 이승엽, 김지회 … 그리고 김사량이오. 고위급 간부거나 지도부 인사들이지. 거기에 김사량은 우리 형이 얘길 했으니 기억하지.”

봉현은 그제서야 조금 납득이 갔다. 마음이 누그러졌다.

“아, 그랬군요. 계속하시지요.”

“김사량은 제 2군단 문화선전부 부단장이었소. 계급은 중좌. 치악산 동굴에 중상자들과 남아 있다가 준식 형이 홍천으로 옮겼다고 했소. 준식 형 말에 의하면, 김사량 중좌가 거길 가보고 싶다고 말했다는 것이오. 그래서 열흘 밤을 걸어갔다고 했소. 홍천군 두메산골 어디쯤일 거요. 준식 형은 그곳을 떠나 북상하다가 이미 앞질러 진을 친 토벌대에 생포되었소. 그 후엔 대구형무소에 갇혀 있었고. 그러다 심문관인 나를 만난 것이지. 전쟁 후 내가 손을 써서 석방되었소. 물론 전향 각서를 쓰고 나서. 지금 하동 고향에 살고 있소. 이게 연락처요. 그리고 이게 마지막이오. 더 이상 아버지 얘기를 캐지 말기 바라오. 덮어 두기로 서약을 했으니 사나이끼리 의리를 지킵시다."

봉현은 갑자기 정 과장이 고마워졌다. 이런 시국에 여기까지 와서 일부러 저런 얘기를 들려주다니, 고마운 마음에 마음이 한없이 누그러졌다. 봉현은 벌떡 일어섰다. 그리고 정중하게 예의를 차리고 허리를 굽혔다.

"정말 감사합니다. 오늘의 언약은 하늘을 두고 맹세합니다. 무덤까지 가져가겠습니다. 오늘 찻값은 제가 내겠습니다."

"기자가 무슨 돈이 있소? 찻값은 이미 냈으니 걱정 말고⋯."

정 과장은 악수를 청했다. 그리곤 짧은 한마디를 남기고 홀연히 다방을 나갔다.

"다시 만나지 맙시다!"

카운터 부근에 그림자처럼 어른거리던 자코메티 철제鐵製 인간이 찻값을 계산하더니 정 과장 뒤를 따라 사라졌다.

하동으로

봉현은 문화부 기자들이 저녁밥을 함께 먹으러 우르르 바깥으로 나갈 때 채원의 소매를 슬쩍 당기며 눈을 찡긋했다.

신문사 앞에 선 택시를 잡아타고 삼청동 전통찻집을 찾아갔다. 이 시간, 그곳이라면 누구의 눈치도 보지 않고 밀담을 나눌 수 있으리라. 저녁 끼니는 단팥죽으로 때우기로 했다.

봉현은 채원에게 할 수 없이 털어놓았다. 비밀협정을 맺었다. 그 기상천외한 얘기를 듣고 채원이 닦달했다.

"내려가서 당장 만나야죠?"

"현준식이 만나 주지 않을지도 모르겠는데 … ."

채원은 마치 선배가 후배에게 타이르듯이 의젓하게 말했다.

"이런 때에 뻗치기를 하는 거라고! 그 집 앞에 텐트 치고 며칠 버티면 안 만나 줄 재간이 없을 거라고!"

"그럴까?"

채원은 궁금해 미칠 지경이라는 듯한 표정을 지으며 목소리를 높였다.

"동네에 소문날 텐데 얼른 들어오라고 할 걸?"

"신춘문예 응모 작품이 아직 절반 이상 남았는데 어쩌지?"

봉현이 미적거리자 채원은 눈을 왕방울만큼 뜨며 다그쳤다.

"그 일이 세상없이 중요한데 웬 신춘문예 타령?"

"신춘문예가 신문사 문화부 연중 최대 행사여서…."

"그건 신참기자들에게나 맡겨요. 신참들이 오히려 황송해할 텐데요?"

"산더미처럼 쌓인 응모작 가운데 눈에 띄는 작품이 있던가?"

"시 응모작 가운데 〈회복기의 노래〉라는 작품이 군계일학이에요."

"귀하가 심사위원이야? 문학평론가야?"

"평범한 독자일 뿐이죠. 그런 내 눈에도 확 띄는 작품이라 심사위원에게 넘길 1순위에 올렸지요."

채원은 자신의 취재수첩에 그 시를 적어 두었다. 봉현은 응모자 이름, 송기원을 발견하고는 입꼬리를 올리며 빙긋 웃었다. 얼마 전 명동복국에서 본 그 청년 시인의 얼굴이 떠올랐다.

"〈전남일보〉 신춘문예로 이미 등단한 송 시인이 중앙 무대에 다시 도전하는구만…."

봉현은 이서현 부장 눈치를 보면서 다시 주말 출장 신청을 했다. 이 부장이 쏘아붙였다.

"이것들이 요즘 수상해. 주말마다 출장을 안 가나, 이번에는 하동이야? 신혼여행을 전국적으로 다녀요, 아예."

12월 중순에 접어든 토요일, 봉현과 채원은 새벽에 고속버스를 탔다. 한 달 전, 호남고속도로가 완공돼 순천과 여수까지 하루 생활권으로 편입됐다. 호남 민심이 그런대로 좋아졌다. 남원까지 고속버스로 갔다가 남원에서 하동으로 가는 시외버스를 탈 예정이었다. 채원이 말했다.

"박정희 덕을 다 보네, 고속도로는 작품이야, 작품."

봉현은 싱긋이 웃었다. 채원이 박정희 칭찬을 다 하다니. 퍼즐의 마지막 단추를 찾으러 가는 길, 봉현의 마음은 갈증이 풀린 듯 흐뭇했다. 매 맞은 덕분인가? 세상에 공짜는 없는 법. 그런데 정 과장은 대체 정체가 뭘까? 그건 알 바 아니다.

아버지의 마지막 행적을 더듬는 것, 베일에 싸인 동굴과 홍천에서 일어난 일을 알고 있는 사람, 아버지의 마지막 순간을 지켜봤을 사람을 만나는 게 급선무였다. 그러면 다 이해할 수 있을 것이다. 해방 후 평양에서 겪은 일과 아버지의 고뇌를, 김일성 찬가를 써야 했던 작가의 모순을, 그리고 봉현을 서울로 보내라고 했던 아버지의 심정을.

채원은 잠에 빠졌다. 요즘 신춘문예 예비심사로 밤을 새운 탓이었다. 고속버스는 빠르게 남하했다. 대전을 지나 삼례, 익산을 통과해 전주에 도착했다. 전주부터는 지방도였다. 지리산을 옆에 끼고 버스가 남원을 향해 질주했다. 남원에 도착해 두 사람은 늦은 아침을 먹었다. 서울에 비해 포근한 날씨였다. 꾸물거리는 날씨로 보아 눈이 내릴 조짐이었다.

지리산 정상은 벌써 하얀 눈으로 덮였다. 오랜만에 보는 지리산이었다. 하동행 시외버스에 올랐다. 채원이 즐거운 목소리로 속삭였다.

"선배 덕에 이 겨울에 지리산에 다 와보고! 아무튼, 선배를 잘 둬야 해."

봉현이 엉뚱하게 받았다.

"저번에 내가 꾼 꿈 있잖아, 청년이 아버지를 업고 어디론가 가는 꿈 말이야. 아버지가 현몽한 거야, 틀림없이."

"정말 그런 모양이네, 조상 영혼이 있다고 노인네들이 말하더니 정말인 듯…. 역사적 가문에는 조상이 현몽을 다 하는데, 나는 뭐지? 싱겁네."

봉현이 훗훗 웃었다.

"명문가에 시집가면 간단히 해결될 텐데, 뭐가 걱정이누?"

채원이 갑자기 팔을 꼬집었다.

"연구팀 해체하면 그때 생각해 보지, 뭐."

섬진강이 나타났다. 꾸물거리는 날씨에도 섬진강물은 맑게 흘렀다. 겨울이라 수량이 줄어 여울진 곳이 더러 보였다. 저런 여울을 수백, 수천 개나 만들면서 강물은 하류로 흘러들어 기어이 바다를 만난다.

바다에 이르면 여울의 기억은 해산할까, 산촌의 고독과 강촌의 이별을 담아 은빛 강물로 흐르는 섬진강은 여인의 옷고름처럼 산기슭을 감싸며 휘어졌다. 여인의 옷고름을 풀어헤치듯 손이라도 담그고 싶은 욕망이 불현듯 샘솟자 버스는 강과 잠시 헤어져 굽은 길을 돌았다. 봉현은 까닭을 알 수 없는 의욕이 꿈틀대는 것을 느꼈다.

사람들은 이 근거 없는 의욕으로 살아간다. 서로 부대끼고 시기하는 세월 속에서, 애증이 엇갈리는 교차로에서 사람들은 삶의 누추함을 추스르며 예견할 수 없는 인생의 항로를 한 발짝씩 더듬어 나아간다. 구부러지고 굴곡진 곳이 문학의 발원지다. 촌락의 애환을 쓸어 담아 여울물에 헹구고 물결이 휘도는 소沼에 퇴적하며 기어이 흐름을 이어 가는 섬진강은 그 자체가 문학이었다.

강폭이 넓어졌다. 하동포구라 쓰인 팻말이 스쳐 지나갔다. 버스가 터미널에 진입했다. 점심때가 조금 지난 시각이었다. 하동장이 열렸는지 읍내는 행상과 촌민들로 번잡했다. 일단 터미널 근처 하동장에 여장을 풀고 점심을 먹었다. 봉현과 채원은 우선 전화를 해보기로 했다.

채원이 말했다.

"부딪쳐 보는 거지."

봉현은 심호흡을 하고 공중전화 다이얼을 돌렸다.

"예, 누구신교?"

아내인 듯한 중년 아낙의 목소리가 흘러나왔다.

"서울에서 온 김봉현이란 사람인데요, 혹시 현준식 씨 계신가요?"

"하동장에 갔는데예 … 곧 온다 연락 왔심더. 그런데 누구신교?"

"그럼 조금 있다 전화 다시 할게요."

봉현은 수화기를 내려놨다. 기다려야 할 모양이었다.

봉현은 채원과 하동장으로 갔다. 기분 전환을 할 겸 시간을 보낼 요량이었다. 하동장에는 농가에서 만든 농기구와 수공 제품, 수를 놓은 갖가지 공예품들이 손님을 맞고 있었다.

박을 타서 만든 크고 작은 바가지, 항아리, 가위, 낫, 도끼 등속이 널려 있었고, 다른 한쪽에는 파전, 부침개, 튀김을 파는 행상, 산 닭과 강아지를 파는 행상도 있었다. 상자 속에 갓 낳은 강아지 새끼들이 꼬물거렸다. 채원은 강아지를 안고 머리를 쓰다듬었다. 토끼를 파는 행상도 있었다. 채원은 살아 있는 것들에 애착을 느끼는 모양이었다. 그냥 스쳐 지나가질 못했다. 살 것도 아니면서 병아리와 토끼 값을 꼭 물어봤다.

"단돈 천 원이래."

시장 끝에는 선술집이 늘어섰다. 순댓국과 소머리국밥집, 해장국집 앞 무쇠 가마솥에서 김이 무럭무럭 났다. 만두집과 국숫

집도 성업이었다.

"사는 냄새가 물씬물씬 나누만."

봉현이 시장을 나와 다시 전화를 걸었다.

"누구십니꺼?"

이번에는 굵은 남자 목소리였다.

"저, 서울에서 온 김봉현이란 사람인데요, 현준식 씨 계십니까?"

"전데요…, 누구십니꺼?"

저쪽에서 경계하는 빛이 역력했다.

"예, 좀 찾아뵈려고 하는데, 시간 좀 내주실 수 있으신지요?"

"일없시예, 누군 줄도 모르고 어찌….."

찰칵! 전화가 끊겼다. 아무래도 봉현은 상대방 설득에 서툰 것 같았다. 보다 못해 이번에는 채원이 전화를 걸었다.

"예, 서울에서 온 김봉현과 그의 처인데요. 정욱제 과장 소개로 왔어요. 시간 좀 내주시면 고맙겠는데요."

그랬더니 반응이 있었다. 현준식은 깜짝 놀라는 기색이었다.

"아니 무신 일로…, 그 일이라면 다 잊었는데, 그라면 아무튼 오시소. 올 때 소리 소문 없이 와야 합니더!"

"예, 곧 찾아뵐게요!"

채원은 손을 번쩍 들어 환호성을 질렀다.

"이렇게 하는 거야, 선배, 봤지?"

두 사람은 택시를 잡아탔다. 하동군 황천2리 5번지. 택시는 가파른 산 고개를 두어 번 날씬하게 넘어 황천리에 도착했다. 집은 길에서 1킬로미터쯤 올라간 산 중턱에 위치해 있었다. 뒤쪽에 넓은 과수원이 딸린 작고 아담한 집이었다.

대문에 들어서자 현준식으로 보이는 장년의 남자가 두 사람을 맞았다.

"어째 … 이 사람은 어디서 많이 봤는데!"

현준식이 나지막이 중얼거렸다. 봉현은 그 순간을 놓칠세라 단도직입적으로 말했다.

"김사량 선생의 아들, 김낭림이라고 합니다."

"아! 사량 동지, 아니 선상님!"

현준식은 화들짝 놀라며 봉현의 손을 잡아끌었다.

"어서 들어가입시데, 동네 사람 보기 전에."

현준식은 상기된 표정이었다. 과거 이력을 숨기고 살아왔는데 일면식도 없는 남에게 들켰다는 당혹스러움과 김사량 선생의 아들과 조우한 뜻밖의 반가움이 겹쳐 어쩔 줄 몰라 했다.

봉현은 우선 여기까지 온 경위를 얘기했다. 채원을 아내라고 소개했고 자신은 〈동아일보〉 기자라고 신분을 밝혔다. 그리곤 정욱제 과장과의 일을 얘기했다. 비밀협정을 맺었다는 말을 강조했다. 그제서야 현준식은 안도의 한숨을 쉬었다.

"그리됐구만요. 우리 애들이 타지에 나가 있어 그렇지 안 그랬으면 얼씬도 못 했을긴데."

큰아들은 서울에서 다음 달에 치를 대학입시를 준비하고 있고, 고등학생인 작은딸은 진주에 나가 있다고 했다. 긴장을 푼 현준식은 아내에게 술을 내오라고 일렀다.

"이런 일을 얘기하자면 술 없인 곤란한 기라요. 아무튼 저하고도 비밀협정인가 서약인가를 맺어야 함미데이."

아내가 술상을 차려 왔다. 집에서 옥수수로 빚은 걸쭉한 농주였다. 봉현과 채원은 현준식이 따라 준 농주를 한숨에 들이켰다. 그 마지막 스토리를 듣자면 술이 필요했다. 누르스름한 농주를 단숨에 마신 현준식이 천천히 지난 얘기를 풀어놓기 시작했다.

"그란디, 어째 이리 닮았능기라요? 아까는 헷갈리서 숨이 막히는 줄 알았심더."

"그런 말을 들었어요. 저번에 부산에서 홍숙영 씨를 뵀을 때도 그러더군요."

"아니, 홍숙영 동지가? 지금 … 지금 어디 살고 계신다고요?"
현준식의 목소리가 높아졌다.

"부산 국제시장 근처에 살고 계세요. 평양에서 포로로 잡혀 거제도로 이송되어 왔다는군요. 포로석방 때 부산에 정착했다고."

"아이고, 무세라. 세상에, 그리 가까이 살고 계신 줄 알았더라면 달려갔을 긴데."

현준식은 과거의 동지 이름을 듣자 농주 두 잔을 연거푸 마셨

다. 그리곤 가슴을 진정시켰는지 얘기를 시작했다. 두 시간 정도
계속된 현준식의 얘기는 놀라웠다.

현준식

태항산에서 돌아온 후 현준식은 고향인 하동에 정착했다. 그런데 과거 경력이 문제였다. 독립운동을 하다 귀향했다고 둘러댔는데, 결국 연안파로 알려지자 애국지사가 아니라 위험한 공산주의자로 낙인찍혔다. 하동에도 일본 유학생들이 많았다. 그들은 대체로 해방 후 사회주의자나 공산주의자가 되어 돌아왔다고 했다.

현준식 부모는 그래도 농토가 많은 유지에 속했기에 그런대로 살 만했고, 현준식이 농사에 몰두한 덕분에 별다른 일은 없었다. 그런데 여수 순천 반란사건이 문제였다. 정부 수립 직후 터진 반란사건은 진압군에 의해 곧 수습되었지만, 잔당들이 대거 지리산으로 들어가 빨치산이 되었다. 빨치산이 준동하자 순천, 광양, 하동에 좌익사상을 가진 사람들을 감시할 목적으로 보도연맹이 만들어졌다. 현준식은 바로 보도연맹에 강제 등록됐다. 요주의 인물이자 감시 대상이 된 것이다. 그때부터 인생이 꼬이기 시작했다.

토지개혁 때에는 빨갱이 집안이라고 농지를 몰수당했다. 마을 청년들이 쳐들어와 가물을 몽땅 부쉈다. 부모는 친척 집으로 피신했다. 그때 6·25가 터졌다. 8월 하순, 방호산 주력부대가 하동읍에 진주했다. 방호산이라면 의용군사령부 군사지도위원이었다. 현준식은 연안에서 방호산을 몇 번 본 적이 있었다.

현준식은 이참에 집안을 일으키리라 각오를 새로이 했다. 인민위원회 청년부장이 됐다. 재물을 몰수한 청년을 잡아 감옥에 가뒀다. 죽이지는 않았다. 빼앗긴 재산을 회수했다. 그리고 하층민과 노인들을 보살폈다. 악덕 지주들을 잡아다 하동역 광장에서 공개재판을 하고, 읍민이 보는 앞에서 통렬한 자아비판을 하도록 했다. 신바람 나는 날들이었다.

그러나 오래가지 못했다. 진주 부근까지 쳐들어간 방호산 군단은 퇴각하기 시작했다. 현준식도 성치 못할 게 뻔했다. 부모를 두고 백운산으로 입산했다. 빨치산이 된 것이다.

"나같이 팔자 사나운 사람 드물 겝니다. 두 번씩이나 산사람이 됐신께."

현준식은 농주를 한 사발 더 들이켰다. 봉현은 긴장을 늦추지 않았다. 아버지 얘기가 나올 대목이었다.

"그랑께, 어디까지 얘기했능교?"

"빨치산 … ."

"아 예, 그거이."

백운산은 지리산으로 가는 길목이었다. 9월 하순경 지리산에 집결한 빨치산들은 몇 개 중대로 재편됐다. 각각 북상하는 길을 달리 잡았다. 현준식이 속한 중대는 원주를 통해서 홍천, 김화로 올라가는 길을 지정받았다. 소백산맥 동쪽에서 해안을 따라 북상하는 부대도 있었다. 병력 손실을 적게 하려는 분산 전략이었다.

"아마 9월 20일경이었을겝니다. 치악산 협곡에 집결했는데 거기서 홍숙영 동지를 만났능기라요. 너무 반가워서 손을 덥석 잡았드랬지요. 할 얘기가 많았신께. 그란디, 중상자 속에서 우리 김사량 선상님을 봤는기라요. 아이고, 우짬 좋겠노, 다 죽어 가네, 고만. 선상님이 원래 심장병이 있어 지하고 북경에서 탈출할 때도 애 많이 묵었능기라요. 내가 연락원이었잉께."

그 대목에서 현준식은 술을 한 잔 더 들이켰다. 봉현과 채원도 술을 따라 마셨다. 셋 모두 얼굴이 불콰해졌다.

"그란께, 우짜겠어요? 지가 들춰 업고 환자트에 옮겨 놨지요. 홍숙영 동지도 따라와서 간호를 했잉께, 아휴, 극진하더만요. 근데 사령부에서 바로 출발 명령이 떨어졌네, 고만. 우짤까 고민하다가 지는 남겠다고 중대 본부에 얘기하고 허락을 받았구만요. 워낙 중요한 인물이었잉께, 우리 선상님이. 지는 10월 초에 평양에서 원대 복귀하겠다고 약조를 했지요. 근데 그게 어디 쉽겠능가요? 어림없는 소리지. 아무튼, 부대는 떠났고 홍숙영 동지도 울면서 갔고, 지는 남았는데, 아이고, 심장병을 어찌할 도리가 있시야지요. 끙끙 앓는데 정말 미치겠더만요. 하루가 지났는데, 선상님이 그러시더만요. 홍천으로 가자고, 홍천으로 데려다 달라고요."

아! 이 대목이었다. 봉현이 그토록 확인하고 싶었던 그 마지막 행로가. 꿈에서 아버지가 현몽한 그곳, 홍천이었다.

봉현은 농주를 한 잔 더 마셨다. 주전자가 비었다. 현준식이 아내에게 소리쳤다.

"이보소, 한 주전자 더 주소!"

어차피 이판사판이었다. 그래서 아버지를 등에 업고 밤에만 이동했다고 했다. 현준식은 산을 잘 탔다. 연안 경험도 있었거니와 워낙 몸이 건장하고 어릴 적부터 고향 산천을 쏘다니는 걸 좋아했다. 낮에는 P-51 전투기와 B-29 전폭기들이 상공을 장악했다. 7일쯤 산을 타고 북상했더니 홍천 시가지가 보였다. 그동안 계곡 물과 밤, 도토리 따위 나무열매로 배를 채웠다.

아버지는 원기를 회복했다가 다시 기진맥진하기를 반복했다. 홍숙영이 주고 간 약을 잊지 않고 먹었다. 이틀 후, 아버지가 알려 준 화전민 집에 도착했다. 새벽 무렵이었다. 현준식은 긴장을 놓지 않은 채 문을 두드렸다. 인기척이 났다. 산막골 이장 집이었다. 이장은 아버지를 알아봤다. 그는 주위를 살피더니 아버지를 뒤채 골방에 모셨다.

한 15년 전, 홍천군수와 경찰서장이 방문한 적이 있다고 했다. 일본인 경찰서장이 이장에게 마구잡이로 폭력을 행사할 때 막아준 사람이 당시 도쿄제국대학 제복을 입은 김사량, 아버지였음을 이장은 또렷이 기억했다. 이후에 친형인 홍천군수가 먹을 것을 포함해 생계에 필요한 긴요한 물자를 많이 보내 준 것도 기억했다.

현준식은 하루를 머물고 밤중에 그곳을 떠났다. 차마 발길이 떨어지지 않았지만, 10월 초 평양에 집결하라는 명령을 받은 상태였다. 그러나 늦었다. 국군 후방부대와 토벌대가 현준식을 앞질러 북상한 시점이었다. 현준식은 가마연봉을 너머 인제로 방향을 잡았다. 인제를 넘으면 양구가 나오고, 양구로 해서 김화로 건너갈 예정이었다. 그러나 식량도 무기도 없는데 홀로 전진하기는 어려웠다.

결국 양구 외곽에서 토벌대에 발각됐다. 평양까지 가는 게 불가능했기에 오히려 잘된 일이라고 체념했다. 그 길로 현준식은 대구로 이송되어 형무소에 갇혔다. 심문을 받는 과정에서 정욱제를 만났다. 3년을 더 형무소에 갇혀 있다가 석방되었다. 전향 각서를 썼고, 대한민국에 절대 충성한다는 서약서를 썼다. 다른 수감자들에 비해 빨리 석방된 것은 정욱제가 뒤를 봐준 덕분이었다. 고향으로 내려왔다. 다행히 집과 농토는 그대로 있었다. 부모를 모셔 왔고 농사일에 매진했다. 결혼을 했고, 이후 가정을 꾸려 지금껏 조용히 살고 있다.

현준식은 얘기를 마치며 덧붙였다.

"거기 한번 가볼라 켔는데, 서약서를 썼으니 고만 가보지도 못하고 이래 있습니더."

눈시울이 붉어진 봉현이 목멘 소리로 물었다.

"돌아가실 정도였나요, 아저씨가 그곳을 떠날 때에?"

"그 정도는 아닐 듯한데, 약이 있었으니께, 한두 달 더 사시지 않으셨을까 그래 생각이 들대요. 이장이 정성으로 돌봐 주셨을 텐께, 그런 생각도 들고요."

"제가 가보려 합니다. 거기가 정확히 어딘지 짐작하세요?"

"홍천군 두촌면 산막골, 이장 집. 제가 아는 건 그게 답니다. 지가 가면 찾을 수는 있을 겝니다만, 가만있으라 켔으니 나델 수도 없고. 요즘 시상이 무서버서요. 김신조도 오고, 무장간첩도 왔싸니."

봉현은 술을 한 잔 더 마시고 작별인사를 했다. 비밀협정은 끝까지 지키겠다고 안심을 시켰다. 아버지를 돌봐 준 은혜를 꼭 기억하겠다고 정중하게 고마움을 표시했다. 연락처를 남겼다. 봉현과 채원은 큰절을 올렸다. 현준식이 당황하면서 자신도 꾸부정하게 엎드렸다. 대문 밖까지 따라 나오면서 현준식은 아쉬움을 토로했다.

"아휴, 이래 마음을 뒤집어 놓고 가시면 나는 우짠대요, 고마?"

산비탈길을 내려오는 동안 현준식은 내내 두 사람을 보고 있었
다. 봉현은 손을 흔들었다. 저녁 어스름에도 현준식이 그들을 보
았는지 두 손을 들어 흔들었다.

다시, 빛 속으로

봉현과 채원은 아침 시외버스에 몸을 실었다. 대구로 해서 원주, 홍천으로 갈 작정이었다. 어젯밤 하동장으로 돌아와 밤늦게 토론했다. 여기서 다시 서울로 돌아갈 수는 없다, 홍천으로 가야 한다고 주장하는 채원과 일단 서울로 복귀해서 짬을 내보자는 봉현의 의견이 엇갈렸다.

봉현의 마음은 채원과 같았으나 자신의 일로 월요일 결근을 또할 수는 없었다. 홍천까지는 하루가 걸리는 거리였다. 거기서 산막골까지 갔다가 서울로 가면 월요일 결근을 해야 한다.

이 부장 얼굴이 떠올랐다. 쑥대밭이 된 편집국을 비워 두고 자리를 비우는 게 마음에 걸렸지만 봉현은 채원의 말을 따르기로 했다. 기왕 내친 김에 대단원의 막을 내리고 싶었다. 토요일 밤, 전화를 받은 이 부장이 본격적으로 화를 냈다.

"야, 니들 신춘문예는 내팽개치고 어딜 그리 싸돌아다녀? 이번에는 뭐, 홍천? 신혼여행을 전국적으로 다니누만. 하동도 부족해

서 홍천까지? 아예 전국일주를 해라. 왜 평양은 안 가고? 오기만
해봐라, 시말서 쓸 각오해!"

봉현은 출장허가를 억지로 받아 내고 홍숙영에게 전화를 걸었
다. 홍천으로 가려 하니 내일 저녁 홍천에서 합류하면 어떨지 제
안했다. 홍숙영은 하동 현준식 얘기를 듣더니 두말이 없었다.

"평생 기다리던 일이에요. 내일 만나요."

꾸물거리던 날씨가 기어이 눈을 쏟아 냈다. 버스가 하얀 눈발
을 맞으며 북상했다. 대구 버스터미널에서 홍천을 경유, 인제로
가는 직행버스를 갈아탔다. 의성 부근을 지나면서 눈발은 더 굵
어졌다. 앞이 안 보일 정도로 눈이 쏟아져 쌓였다. 산천은 하얗
게 변했다. 채원이 걱정스레 말했다.

"내가 너무 과욕했나? 눈이 길을 가로막네."

봉현이 위로했다.

"할 수 없지, 눈이 우리 행진을 막아도 전진하는 수밖에."

채원은 훗훗 웃었다.

"오래간만에 마음에 쏙 드는 말을 하네요."

버스가 원주에 접근했다. 23년 전, 홍숙영과 아버지가 북상하
던 길이었다. 치악산이 하얀 눈을 맞으며 다소곳이 앉아 있었다.
저곳으로 가셨다. 전투기 기총소사를 피해 홍숙영과 아버지는
저 산속으로 숨어들었다. 예나 지금이나 산은 누구라도 품을 만
큼 너그럽다. 그러나 역사는 품을 사람과 버릴 사람을 가릴 만큼

냉혹하다. 품고 버리는 판단은 누가 하는가. 역사에 이성이 있는가?

20세기는 이데올로기의 시대다. 역사의 고삐를 장악하려는 각종 이데올로기가 충돌해 피비린내 나는 전쟁을 겪어야 했다. 수천만 명의 생명이 전쟁터에서 희생됐다. 그들은 이성적 판단의 희생자인가? 아니다. 역사는 절대적 진리의 길을 따라 운행하지 않는다. 절대적 진리란 존재하지 않는다. 시대적 변화에 따라 해석의 관점이 달라질 뿐이다. 관점의 차이가 개별 인간의 죽고 사는 여부를 결정하는 것은 야만이다.

가치관은 상대적이다. 입장과 관점의 차이가 역사를 야만으로부터 구출해 주는 이성의 발원지라면 아버지는 결국 역사를 절대화하는 회오리바람을 무릅쓰고 이성의 광산을 캐고 있었던 거다.

빛은 이데올로기에서 나오는 것이 아니다. 인간의 삶을 야만으로 몰고 가는 모든 억압의 가면을 벗기는 행위가 빛이다. 전쟁터에서 빛을 찾는 데에 절망한 아버지는 젊은 시절 빛을 찾아 헤맸던 그 원점으로 돌아온 것이었다. 자연과 사투하며 살아가는 화전민의 삶 속에서 《빛 속으로》의 충만한 의욕을 발견한 홍천이 바로 그런 곳이었다.

홍천에 도착하자 저녁 어스름이 내렸다. 눈길에 버스는 두 시간 연착했다. 눈발은 잦아들었다. 온통 하얀 눈을 쓴 채 엎드린 시가지에 어둠이 내려앉아 은밀히 접선했다. 시가지의 불빛에 그

접선의 경계선이 신비하게 흔들렸다.

홍숙영과의 조우遭遇, 현준식과의 만남이 그러했다. 23년의 세월이 흘렀어도 그 옛날 젊은 시절 각인된 아픈 기억을 품고 산다. 그들과는 사뭇 다른 새로운 시간을 살아온 아들의 출현이 아픈 기억과 조우할 때 견디기 어려운 슬픔은 치유의 길을 스스로 발견한다. 그 아들도 공허했던 존재의 빈터에 어떤 필연의 꽃이 개화하고 있음을 어렴풋이 감지했다.

봉현과 채원은 늦은 저녁을 먹고 홍숙영과 만나기로 약속한 버스터미널로 향했다. 터미널 건물 안에서 난로를 쬐고 있는 홍숙영을 발견한 채원은 반갑게 달려갔다.

"선생님, 무사히 오셨네요, 눈이 내려서 걱정했어요."

봉현도 한 달 만에 뵙는 홍숙영이 반가웠다.

"갑자기 뵙자고 해서 송구합니다. 사정이 그렇게 되었어요."

홍숙영은 마치 자식을 만난 듯 대답 대신 흐뭇하게 웃었다.

"늦었는데 어디 가서 여장을 풀어야지요."

봉현이 홍숙영의 가방을 받아 들었다.

세 사람은 인근 홍천장에 여장을 풀었다. 눈발은 다시 굵어지기 시작했다. 밤이 유난히 길 것이다. 채원은 몸을 방바닥에 누이더니 곧 잠에 곯아떨어졌다. 이불을 덮어 줬다. 천장에 매달린 백열등이 방안을 흐리게 비췄다.

봉현은 잠을 자지 못할 것임을 깨달았다. 옆방에 든 홍숙영도

밤새 몸을 뒤척일 것이다. 봉현은 등을 벽에 붙이고 무릎을 곧추
세웠다. 창밖에 눈발이 백열등 빛을 맞고 떨어졌다. 눈 오는 밤
이 지루하게 흘렀다.

마지막 편지

세 사람은 홍천장터의 허름한 국밥집에서 시래기 선지국밥을 한 그릇씩 먹고 택시를 대절했다. 두촌면 산막리. 택시기사는 주소를 알아보고 방향을 잡았다.

눈은 그쳤다. 인제로 가는 국도변에 홍천강이 구불거리며 흘렀다. 강 건너편에는 너른 들이 펼쳐지고 들판 끝에 가파른 산이 우뚝 솟았다. 산은 홍천을 둘러싸고 길게 펼쳐졌다. 가마연봉이 눈을 뒤집어쓴 채 저 멀리 버티고 섰다.

눈발에 생긴 옅은 구름이 중턱에 머물러 조금씩 이동하고 있었다. 택시는 갸우뚱하며 두촌면으로 들어섰다. 10여 분 올라가자 산막리가 나타났다. 길은 그곳에서 끝나 있었다. 기사가 말했다. "더 못 올라가요."

봉현은 택시기사에게 여기서 기다려 달라고 부탁했다. 택시기사는 종일 돌아다니지 않고도 하루분 사납금을 벌 수 있다는 계산에 즐거웠던지 경쾌하게 말했다.

"천천히 오세요."

세 사람은 눈길을 조심스레 올라갔다. 초가집 10여 호가 산기슭에서 중턱까지 여기저기 흩어져 있는 산촌이었다. 아침이라 촌민들이 보이지 않았다. 봉현이 인근 초가집에 들러 예전 이장 댁을 물었다. 주인이 나오더니 저쪽 산 중턱을 가리켰다.

"저기가 그 박 이장 댁이라오."

커다란 느티나무가 눈을 맞은 채 서 있었다. 뒤채가 달린 아담한 초옥이었는데 앞채는 나무껍질로 지붕을 이었다. 봉현이 사립문을 열고 들어가 주인을 불렀다. 문이 열리고 장년의 남자가 나타났다. 40대 후반쯤으로 보였다. 봉현이 조심스레 물었다.

"여기가 박 이장 댁인가요?"

"그런데 … , 뉘신지?"

아침에 낯선 사람들의 방문을 받은 장년의 남자는 경계하는 눈빛이 역력했다. 봉현이 정중하게 말했다.

"예, 혹시 아버님이 계신지요? 뭐 좀 여쭤볼 게 있어서요."

"아버지는 병환으로 누워 계시는데, 어째서 왔드래요?"

"김사량이 제 아버지입니다. 가서 좀 여쭤 주세요."

장년의 남자가 아들임이 분명했다. 남자는 고개를 갸우뚱하더니 집으로 들어갔다. 잠시 후 나오더니 손짓했다.

"들어오시드래요."

박 이장은 누워 있다가 겨우 일어나 앉았다. 60대 후반에 이른 노인이었다. 기력이 없어 보였다. 방안에는 메주 익는 퀴퀴한 냄새가 물씬 풍겼다. 세 사람은 예의를 차리고 윗목에 앉았다. 봉현이 입을 뗐다.

"제가 김사량의 아들입니다."

박 이장이 봉현을 여기저기 뜯어보더니 밭은 목소리로 중얼거렸다.

"에고! 왜 지금 왔누? 이리 늦게."

노인의 목소리엔 기력이 없었다.

"그리됐습니다. 세월이 많이 흘렀지요. 최근에야 소식을 접했어요. 고맙고 죄송합니다."

박 이장은 생각에 잠겼다가 입을 열었다.

"세상이 하도 무서워 나도 묻고 있었드랬는데, 그래도 후손들이 와주면 얘기를 해줄라고 생각은 했었구만요. 이리 오셨구만."

아들이 큼직한 사발에 든 물을 갖고 들어왔다. 박 이장은 물을 마시더니 조금 기력을 차린 기색이었다. 목소리가 살아났다. 봉현이 물었다.

"아버지가 언제 돌아가셨어요?"

"그러니까, 그때가 23년 전 10월 중순경이었지요. 야밤에 어떤 청년이 사람을 업고 문 앞에 있었드랬어. 전쟁 중이라 무서웠지. 내가 나가 보니까 그 사람이더구먼. 제대帝大 대학생, 홍천군수 동생…. 그 학생이 예전에 내가 매 맞는 걸 구해 줘서 기억하고 있어. 그 이후에도 몇 번 찾아와 머물다 갔고. 우리 아들도 기억하고 있을 게구만. 친하게 지냈드랬어. 가족처럼…."

박 이장은 쿨럭쿨럭 기침을 하고 물을 한 모금 마시고는 말을 이었다.

"그런데 신상이 영 엉망이었지, 그때. 내가 뒤채 골방에 눕혔어. 누가 알까 조심스러워하면서 돌봐 줬지. 인민군 계급이 높더구먼. 중좌라 하대요, 나중에 기운 차리고 하는 말이. 신세를 져서 송구하다고 하면서. 한 달을 머물렀어요. 병세는 악화되었고. 어느 날 갔더니 삼베에 싼 편지를 주더구먼. 혹시 가족들이 올지 모르니 주라고. 아직 보관하고 있어, 저기 장롱 서랍 속에. 그 다음 날 아침에 문을 열어 보니 송장이 돼 있드랬어. 영 딱했어. 그게 11월 20일이었지 아마…."

노인은 장롱을 가리켰다. 아들이 장롱을 열고 서랍 속을 뒤져 그것을 찾아냈다. 누렇게 색이 바랜 천을 흰 실로 묶었는데 무엇인가 희끗한 종이가 들어 있었다. 노인은 그 편지를 봉현에게 내밀면서 말했다.

"이제야 묵은 숙제를 했구먼. 내가 죽기 전에 저걸 무덤에 넣을까 생각도 했는데."

"아, 무덤이 있나요?"

봉현이 물었다.

"그럼 어떡해? 사람이 죽었는데 장사를 지내 줘야지. 그때 저

아들은 징집돼 나가 없었고, 요 밑에 가까운 친척이 살았드랬어. 아무도 몰래 밤에 지게로 지고 가서 야산에 묻었지. 그래도 양지 바른 곳이야, 거기가. 집 뒤로 해서 산길로 올라가면 묵정밭이 나오는데 그 근처야. 동네 사람들에게는 일가친척이라 해뒀지. 명절 때에는 벌초도 했는데 요즘은 몸이 아파 그것도 못 하네."

무덤이란 말에 세 사람의 눈이 번쩍 뜨였다. 봉현은 아버지가 생환이라도 한 것처럼 가슴이 울렁였다.

"거기 가볼 수 있을까요?"

세 사람이 마치 합창이라도 하듯 동시에 물었다.

"그럼, 여부가 있나. 경표야, 이분들 모시고 댕겨오느라. 나는 좀 누워 있을란다."

아들 이름이 경표였다. 그가 앞장을 서고 세 사람은 그 뒤를 따라 산길로 올라갔다. 한 10분쯤 오르니 비스듬히 펼쳐진 묵정밭이 나타났고, 그 뒤로는 산림이 우거졌다. 무덤은 묵정밭 끝에 있었다.

봉분이 눈을 맞은 채 세 사람을 맞았다. 봉현은 가슴이 아렸다. 먹먹했다. 아버지 무덤이라니…. 아버지 무덤 앞에 섰다. 그토록 그리던 아버지가 여기에 누워 계셨다니. 23년 동안 가족을 그리워했을 아버지를 생각하니 눈물이 번졌다. 털썩 주저앉았다. 망연자실하게 앉았던 봉현은 가지고 간 소주를 따라 올렸다. 그리고 거의 쓰러질 듯 엎드렸다. 땅의 찬 기운이 아버지의 체온처럼 전해졌다. 가슴 밑바닥에서 올라온 울음은 마침내 목을 타고 솟구쳤다.

"아, 아버지 … 여기 계셨어요? 낭림이에요, 저 낭림이가 왔어요 … . 아버지, 저 낭림이 … ."

꺼이꺼이 우는 봉현을 채원이 달랬다. 채원도 울고 있었다.

홍숙영이 술을 한 잔 따르고 고이 앉았다. 흑흑, 하는 소리가 나지막이 들렸다.

"선생님, 저예요, 숙영이가 왔어요. 홀로 두고 간 저를 용서하세요. 내내 죄를 안고 살아왔어요. 이리 묻혔으니, 선생님, 저를 용서하세요 … ."

울음은 한동안 계속됐다. 죽음으로 묻힌 23년의 세월과 죄의식 속에 살아온 그만큼의 세월이 접속했다. 태항분맹에서 처음 만나 맺었던 끈질긴 인연이 생과 사의 경계에서 다시 피어나고 있었다. 생과 사의 경계는 백색의 눈이었다. 그곳에서 눈밭을 헤치고 노란 복수초가 고개를 들 것이었다. 그날 이후 품었던 한(恨)이 응어리져 노란 꽃잎을 피워 내면 홍숙영은 그걸 갈무리하며 살아갈 수 있으리라.

채원이 홍숙영을 달랬다. 홍숙영이 천천히 일어섰다.

채원이 얌전히 앉아 술을 따라 올리고 고개를 숙였다. 선배 세대가 겪었던 고난의 무게가 묵직하게 다가왔다. 그 고난을 헤아리고 조심스레 짚어 그 우회로를 찾아내는 것이 후대의 몫이란 생각이 들었다. 채원은 나지막이 중얼거렸다.

"아무래도 제가 봉현 씨 곁에 있으렵니다. 아버님이 허락해 주세요."

세 사람은 일어나 한참을 서 있었다. 그리움과 눈물이 섞였다. 회한과 서러움이 섞였다. 뒤틀린 역사의 험로를 걷다 시대의 부하負荷를 이기지 못해 주저앉아야 했던 작가의 고뇌가 혈육과 사랑에 섞여 눈 더미에 묻혔다. 세 사람은 어렵사리 발을 돌려 다시 산길을 내려왔다.

모두 숙제를 마친 느낌이었다. 홀가분해졌다. 멀리 산봉우리에 구름이 넘고 있었다. 일행은 박 이장에게 작별인사를 하고 산촌을 내려왔다. 차 안에서 졸고 있는 택시기사를 깨워 천천히 홍천으로 돌아왔다. 눈발이 다시 날리기 시작했다.

홍숙영은 이 길로 돌아가겠다고 말했다. 눈가에 여전히 눈물이 맺힌 채였다. 봉현은 버스터미널에서 홍숙영을 환송했다. 홍숙영은 헤어지기 전에 가방에서 뭔가를 꺼냈다.

"아버지가 그날 동굴에서 준 만년필이에요. 제가 간직하고 있었는데 이제 봉현 씨가 갖고 있어야지요."

미쓰코시 백화점 각인이 새겨진 만년필이었다. 홍숙영은 봉현과 채원을 가볍게 포옹하고는 버스에 올랐다. 버스가 시가지를 천천히 빠져나갔다.

눈이 더 쌓이기 전에 봉현과 채원도 길을 서둘러야 했다. 서울행 시외버스를 탔다. 월요일이라 승객은 별로 없었다. 두 사람은 중간쯤 좌석에 앉았다. 버스가 출발했다. 봉현은 가방에서 삼베에 싸인 편지를 꺼냈다. 삼베가 삭아서 조각이 떨어졌다. 창호지에 쓴 글이었는데 잉크가 군데군데 번져 있었다. 봉현은 조심스레 창호지를 펼쳤다.

처 창옥 전前

이제 생명이 얼마 안 남았음을 느끼오. 여보, 내가 한 번도 그리 불러 보지 못했는데 처음이자 마지막으로 그리 부르고 있소. 여보, 창옥이. 고생 많았소. 낭림이, 정림이가 그립소.

어머니 병환은 좀 어떠오. 전장에 나와 절망이 더 쌓였소. 회복할 기력이 없구려. 생명의 마지막 심지가 꺼지고 있소. 역사가 나를 밀어낸 것이오. 한 사람의 미약한 작가가 파도처럼 밀려드는 물결을 감당하기엔 벅찼소. 우리의 고난이 후손들에게 반복되지 않을 것을 바랄 뿐이오. 빛은 없었소, 우리의 생애엔. 한 줄기 빛을 보았던 이곳에서 다시 시작하고 싶었소.

그러나 여기에서 생과 작별하는 것으로 만족해야 하오. 혹시 남하하거든 언젠가 나의 무덤을 발견하게 될 것이오. 낭림이, 정림이, 어머니를 부탁하오. 잘 사시오.

어제 저녁 별빛이 유난히 찬란했소. 새벽에 별빛이 스러지면 내가 왔다 간 줄 아시오. 여불비餘不備.

봉현은 편지를 든 채 창밖을 내다봤다. 눈발은 산과 들에 하염없이 내려앉고 있었다. 내일 새벽 눈이 그치면 스러지는 별빛을 볼 수 있을 것이다. 버스는 눈보라를 헤치며 가파른 고갯길을 올라갔다. 채원은 봉현의 손을 꼭 쥔 채 창밖을 응시했다.

김사량 연보*

김사량

1914년   평양 인흥정에서 태어남. 모친과 누이는 기독교인.

형은 시명(時明), 누나는 특실, 누이동생은 오덕.

본명은 시창(時昌).

1928년   평양고등보통학교 입학.

1931년   광주학생운동 2주년을 맞아 평양에서 학생시위가 일어남.

학교에서 퇴학처분을 받음.

이 해 말, 교토대학(京都大學) 법문학부에 다니던

형 시창의 도움으로 일본으로 밀항함.

1933년   사가(佐賀) 고등학교 문과 을류(乙類)에 입학.

도쿄제국대학 동인이었던 쓰루마루 다쓰오(鶴丸辰雄),

나카지마 요시히토(中島義人)와 교우.

1934년   〈토성랑〉 창작.

---

* 안우식 저, 심원섭 역, 《김사량 평전》(문학과지성사) 350~366쪽을 기초로, 곽
형덕, 《김사량과 일제 말 식민지문학》(소명출판), 김재용·곽형덕 편역, 《김사
량, 작품과 연구》(역락)를 참조해 작성함. 특별히 '조선어'란 표기가 없으면 일
본어로 쓰인 작품이다.

1935년   극단 '신협' 회원들과 교류.

1936년   사가고등학교 졸업기념회지에 〈짐〉(荷) 게재.

　　　　도쿄제국대학 독문학부에 입학.

　　　　신다니 도시오(新谷俊郎), 나카지마 요시히토 등과

　　　　동인지 《제방》 발행. 세틀먼트 활동.

　　　　신협극단의 무라야마 도모요시(村山知義)와 교류.

　　　　10월 '조선예술좌' 회원 검거 때 모토후지(本富士) 경찰서 구금.

　　　　강원도 여행.

1937년   〈윤참봉〉(尹參奉) 발표.

　　　　평양으로 귀국했다가 다시 도쿄로 돌아감. 강원도 여행.

1939년   최창옥과 결혼.

　　　　졸업논문 "Heinrichi Heine, der letzte Romantiker"를 제출.

　　　　《문예수도》(文藝首都) 주간 야스타카 도쿠조(保高德藏)를 만남.

　　　　북경 여행.

　　　　4월 〈조선일보〉 학예부 기자. 이때 경성에서 《빛 속으로》 집필.

　　　　6월 일본행.

　　　　평론 〈조선문학풍월론〉(《문예수도》), 〈극연좌의 춘향전을

　　　　보고〉〔《비판》(批判)〕, 8월 〈북경왕래〉(《비판》),

　　　　9월 〈에나멜구두의 포로〉(《문예수도》), 〈독일의 애국문학〉

　　　　〔조선어, 《조광》(朝光)〕, 10월에 《빛 속으로》(《문예수도》),

　　　　〈밀항〉〔《문장》(文章)〕을 발표.

1940년 〈낙조〉(조선어, 《조광》) 연재.

《빛 속으로》 아쿠타가와상 후보작 수상. 심사위원이었던

가와바타 야스나리(川端康成)는 원래 수상작으로 뽑았으나

반도인이라는 이유로 후보작을 줄 수밖에 없었다고

그 배경을 설명함. 6월 《문예춘추》에 실림.

4월 홍천군 두촌면 가마연봉 화전민 부락 실태조사.

〈천마〉(《문예춘추》), 〈기자림〉(《문예수도》), 〈풀숲 깊숙이〉

(《문예》), 〈현해탄 밀항〉(《문예수도》), 〈무궁일가〉

〔《개조》(改造)〕, 〈조선문화통신〉〔〈현지보고〉(現地報告)〕,

〈산가 세 시간〉〔조선어, 《삼천리》(三千里)〕, 〈평양에서〉

(《문예수도》) 발표. 〈뱀〉(蛇), 〈곱단네〉가 도쿄

적총서방(赤塚書房) 간행 《조선문학선집》 3권에 수록됨.

1941년 〈조선문학과 언어문제〉(조선어, 《삼천리》), 〈광명〉(《문학계》),

〈유치장에서 만난 사내〉(조선어, 《문장》), 〈화전지대를 가다〉

(《문예수도》), 〈지기미〉(《삼천리》), 〈도둑놈〉(泥棒)

(《문예》) 발표.

조선, 만주 여행을 하던 히로쓰 가즈오(廣津和郎),

마미야 모스케를 평양에서 환대.

〈벌레〉(虫)(《신조》), 〈향수〉(《문예춘추》), 〈산의 신들〉

(《문예수도》), 〈코〉(鼻)(《지성》) 발표.

용지규격 통제령에 의해 문예동인지 《창원》, 《산맥》이

《문예수도》와 통합함. 김달수(金達壽)와 조우.

〈며느리〉(嫁)(《신조》) 발표. 12월 9일 태평양전쟁 발발.

사상범예방구금에 의해 가마쿠라 경찰서에 연행됨.

1942년 1월 29일 가마쿠라에서 석방됨.

〈곱사왕초〉(《신조》), 〈물오리섬〉(《국민문학》),

제2소설집 《고향》을 교토 갑조서림(甲鳥書林)에서 발간.

12월 야스타카 도쿠조, 나라사키 쓰토무,

미우라 이쓰오(三浦逸雄) 등을 평양에서 영접함.

1943년 《태백산맥》을 《국민문학》에 연재 시작.

8월 해군견학단 일원으로 일본에 파견됨.

르포 〈해군행〉(조선어, 〈매일신보〉) 연재.

《태백산맥》 연재 마침.

〈날파람〉(《모던 일본》) 발표.

《바다의 노래》를 〈매일신보〉에 연재 시작.

1944년 중국 여행. 10월 《바다의 노래》 연재 마침.

1945년 2월 재지(在支) '조선 출신 학도병 위문단원'으로 중국에 파견.

5월 연안으로 탈출. 7월 초순 남장촌 도착.

8월 하순, 장가구, 열하성, 승덕, 금주를 거쳐 귀국길에 오름.

11월 초 귀국.

〈호접〉(胡蝶, 호가장의 전투)이 아랑극단에 의해 서울에서 상연.

1946년 〈더벙이와 배뱅이〉(이하 작품은 조선어, 《문화전선》) 발표.

함경도 농촌과 탄광지역 파견. 공장 파견.

〈차돌이의 기차〉, 〈마식령〉 집필.

평안남도 예술연맹 위원장 취임.

1947년	〈복돌이의 군복〉, 〈동원작가의 수첩〉(《문화전선》) 발표.
	《려마천리》(驢馬千里)를 평양 양서각에서 발간.
1948년	〈마식령〉, 〈차돌이의 기차〉를 모아 《풍상》(風霜)이란
	작품집 발간. 〈남에서 온 편지〉(《문화선정성 창작집》) 발표.
	〈녀성〉 집필, 〈E기자의 초상〉 발표. 병원에 입원.
1949년	〈칠현금〉(《문학예술》) 발표.
	병원에 재입원.
1950년	〈대오는 태양을 향하여〉(《문학예술》) 발표.
	6 · 25전쟁이 발발하자 북한 인민군 종군작가로 남하,
	〈서울서 수원으로〉, 〈우리는 이렇게 이겼다〉, 〈락동강반의
	전호 속에서〉, 〈바다가 보인다〉, 〈지리산 유격대를 가다〉를 씀.
	10월 중순 어느 날 지병인 심장병 악화, 원주 부근에서 낙오됨.
	이후 소식이 끊김.
1954년	일본 이론사(理論社)에서 《김사량 작품집》(김달수 편) 간행.
1955년	북한 국립출판사에서 《김사량 전집》 간행.
1973~ **1974년**	일본 하출서방신사(河出書房新社)에서 《김사량 전집》 4권 간행.

참고문헌

곽형덕, 《김사량과 일제 말 식민지문학》, 소명출판, 2017.

김윤식, 《일제 말기 한국작가의 일본어 글쓰기론》, 서울대학교 출판부, 2003.

김재남 편, 《김사량 작품집, 종군기》, 살림터, 1992.

김재용, 《북한문학의 역사적 이해》, 문학과지성사, 1994.

김재용·곽형덕 편역, 《김사량, 작품과 연구》, 1~5권, 역락, 2014.

안우식 저, 심원섭 역, 《김사량 평전》, 문학과지성사, 2000.

이상경, 《노마만리, 김사량 작품집》, 동광출판사, 1989.

찰스 암스트롱 저, 김연철·이정우 역, 《북조선 탄생》, 서해문집, 2006.

최강, 《조선의용군사》, 연변인민출판사, 2005.

河出書房新社, 《金史良全集》, 東京, 1973.

봉건과 근대가 맞부딪힌 역사의 섬, 강화도.
밀려드는 외세 앞에 선 경계인, 신헌申櫶.

1876년 강화도에서 세계를 맞은 유장儒將 신헌!
서양인 천주교 신부를 보며 시대에 의문을 던지고
사랑하는 여인을 가슴에 품고 외세를 온몸으로 막아냈다.
뜨거운 사랑과 치열한 외교, 격변하는 시대를 벼려 낸 수작!

강화도 수호조규 체결 때 전권을 위임받고 협상대표로 나선 신헌. 그가 바라본 19세기 후반의 조선과 세계사 움직임을 우리 시대 사회학계를 대표하는 송호근 서울대 교수가 주목했다. 송 교수의 첫 장편소설인《강화도: 심행일기》는 '소설가 송호근'의 광대무변한 문학적 상상력과 치열한 문제의식으로 빚어낸 걸작으로 강대국에 둘러싸인 오늘날의 한반도 자화상이기도 하다. 사회학자가 소설가로 변신한 필연의 이유는 무엇일까. 30여 년 학자 경험은 앞으로 펼칠 소설가로서의 도저(到底)한 도정(道程)의 디딤돌이 아닐까.

신국판 | 296면 | 값 13,800원

나남 www.nanam.net | 031-955-4601